PRISIONEIRA DA INQUISIÇÃO

Outras obras da autora publicadas pela Galera Record

O selo Médici
A profecia de Nostradamus
Prisioneira da Inquisição

THERESA BRESLIN

PRISIONEIRA DA
INQUISIÇÃO

Tradução de
DOMINGOS DEMASI

1ª edição

Galera

RIO DE JANEIRO

2014

CIP-BRASIL. CATALOGAÇÃO NA FONTE
SINDICATO NACIONAL DOS EDITORES DE LIVROS, RJ

B85p Breslin, Theresa
   Prisioneira da inquisição / Theresa Breslin; tradução Domingos Demasi. – 1ª. ed. –
Rio de Janeiro: Galera Record, 2014.

   Tradução de: Prisoner of the Inquisition
   ISBN 978-85-01-09389-9

   1. Ficção escocesa. I. Demasi, Domingos. II. Título.

             CDD: 828.99343
14-13248   CDU: 821.111(411)-3

Título original em inglês:
Prisoner of the Inquisition

Copyright © Theresa Breslin, 2010

Todos os direitos reservados. Proibida a reprodução, no todo ou em parte, através
de quaisquer meios. Os direitos morais do autor foram assegurados.

Texto revisado segundo o novo Acordo Ortográfico da Língua Portuguesa.

Direitos exclusivos de publicação em língua portuguesa somente para o Brasil
adquiridos pela
EDITORA RECORD LTDA.
Rua Argentina 171 – Rio de Janeiro, RJ – 20921-380 – Tel.: 2585-2000,
que se reserva a propriedade literária desta tradução.

Impresso no Brasil

ISBN 978-85-01-09389-9

Seja um leitor preferencial Record.
Cadastre-se e receba informações sobre nossos
lançamentos e nossas promoções.

EDITORA AFILIADA

Atendimento e venda direta ao leitor
mdireto@record.com.br ou (21) 2585-2002.

Um livro para Annie Eaton — finalmente!

Introdução

Em 1469, quando a rainha Isabel de Castela se casou com o rei Fernando de Aragão, dois reinos se uniram. Era a grande ambição de suas vidas unir o resto da Espanha e governá-la como um único país. Intensamente religiosos, eles também queriam que todos os seus súditos seguissem a fé cristã. Com fogo e espada, cumpriram essa missão.

A Santa Inquisição (1232-1820) foi uma instituição judicial fundada pela Igreja Católica para descobrir e extinguir a heresia. Durante o reinado de Isabel e Fernando, agentes da Inquisição (alguns padres, apoiados por irmãos soldados religiosos) e funcionários públicos juntaram-se — nem sempre de boa vontade — para perseguir hereges. Na Espanha, sob o regime do chefe inquisidor, Tomás de Torquemada, a Inquisição foi particularmente ativa. A tortura era usada durante o interrogatório de acusados, e castigos extremos, incluindo queimar na fogueira ainda vivo, amarrado a uma estaca, eram aplicados a quem fosse declarado culpado — especialmente àqueles que haviam se convertido ao Cristianismo e depois voltado atrás.

No ano de 1490, o navegador-explorador Cristóvão Colombo procura o patrocínio dos monarcas espanhóis para seu ambicioso plano de cruzar o oceano Atlântico. A essa altura, a maior parte da Espanha havia sido reconquistada dos mouros — exceto o reino de Granada. Os exércitos da rainha Isabel e do rei Fernando estão se reunindo, pois eles planejam sitiar a cidade de Granada e capturar o belo palácio mouro de Alhambra.

Enquanto isso, os agentes da Inquisição continuam seu trabalho por toda a Espanha...

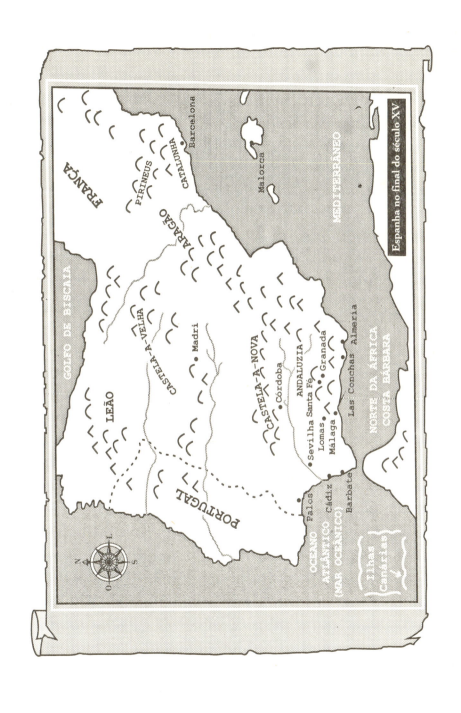

Prólogo

Espanha, 1492

Ela implorou por uma cruz para segurar.

Não lhe deram uma.

Seu corpo estava amarrado firmemente com cordas à parte central da estaca. Seus braços e mãos estavam livres. Ela os uniu. Atravessou com o polegar da mão direita o dedo indicador da esquerda. Pressionou os lábios na interseção dessa cruz e gritou em voz alta:

— Em nome do Abençoado Senhor Jesus que morreu por nossos pecados!

As chamas começaram a se erguer à sua volta.

Seria verdade que, em alguns casos, eles umedeciam a madeira da fogueira para que o condenado assasse mais lentamente? Seu corpo foi obscurecido pela fumaça, sua forma era uma sombra se contorcendo dentro do fogo.

Ela não podia ser vista, mas podia ser ouvida agora, gritando, e a multidão entoava para ela: "Abjure! Abjure!"

Um jovem bradou:

— Pelo amor de Deus, deixem que ela morra! Deixem que ela morra!

Às vezes, o carrasco se adiantava e rapidamente garroteava os hereges antes que as chamas os atingissem. A ela, porém, não foi demonstrada tal piedade.

Seus gritos diminuíram para serem substituídos por algo pior — um balbuciante grasnido agonizante.

O homem baixou a cabeça, soluçando, as mãos cobrindo os ouvidos.

O fedor de carne queimada pairou sobre a praça por muitas horas depois.

PARTE UM

UMA EXECUÇÃO

Verão de 1490
Las Conchas, um pequeno porto em Andaluzia,
no sul da Espanha

Capítulo 1

Zarita

Não vimos o homem que seguia atrás de nós.

Pois, no verão de 1490, antes de a Santa Inquisição trazer medo e suspeita à nossa cidade, eu não olhava constantemente à minha volta enquanto cuidava de meus afazeres. Eu era Zarita, filha de um rico e poderoso magistrado, e podia ir aonde quisesse. E, naquele dia de agosto, um dia tão quente que até mesmo os gatos tinham fugido furtivamente do sol para a sombra a fim de conseguir um pouco de ar fresco, eu estava acompanhada de Ramón Salazar, um belo e jovem fidalgo que havia declarado que morreria por amor a mim.

Ramón saracoteava a meu lado, a espada nova de aço de Toledo balançando no quadril, enquanto seguíamos nosso caminho ao longo da rua não calçada do velho porto. Ele levava muito a sério seu papel de meu protetor, franzindo o rosto numa careta e lançando olhares severos a todos os transeuntes. Estávamos ali porque eu queria visitar o santuário de Nossa Senhora das Dores, que ficava situado numa igreja perto do mar. Aos 16 anos, Ramón era apenas um ano mais velho do que eu e nunca havia participado de um duelo, mas me acompanhava com o ar de superioridade de um soldado experiente

Ele permaneceu na entrada principal enquanto eu ia ao altar la teral. Eu queria pedir à Mãe de Deus que intercedesse pelas vidas de minha mãe e o filho bebê que ela acabara de dar à luz com muita dor e sangue. Precisei de vários minutos para que meus olhos se acostumassem à escuridão.

Não notei a porta lateral se abrir e um vulto deslizar para o interior.

Ele permaneceu no escuro, esse homem, e me observou enquanto eu caminhava na direção da estátua da Virgem. Esperou atrás de uma coluna conforme eu erguia o véu, acendia uma vela e me ajoelhava para rezar.

Então, quando abri a bolsa para apanhar algum dinheiro para uma oferenda, ele se lançou à frente.

Capítulo 2

Zarita

— Señorita, eu lhe imploro. Apenas uma moeda.

— O quê? — Assustada, levantei-me. O homem era mais alto do que eu, seus enormes olhos castanhos parecendo quase pretos num rosto esquelético e cinzento com barba por fazer.

— Eu preciso de dinheiro — disse ele. — Andei a manhã inteira e não consegui nenhum. Não posso voltar para minha mulher e meu filho de mãos vazias. — Estendeu a mão, a palma para cima.

Fiquei subitamente ciente de que estava sozinha com aquele rufião no interior da igreja vazia. Baixei o véu sobre o rosto e dei um passo para trás.

Ele foi à frente — para muito perto de mim. Sua boca se abriu, exibindo dentes escurecidos e a falta destes. Um cheiro imundo e opressor. A mão estendida roçou na minha.

Soltei um gritinho de sobressalto.

Ramón veio correndo pelo corredor, após surgir pela porta principal.

— Meu filho tem fome. Minha mulher está muito doente. Ela precisa de remédios. Uma moeda daria para comprar algo que amenizasse seu incômodo — falou o homem para mim.

Mas não liguei para seus apelos. O cheiro dele e o contato de seus dedos, juntamente à pele áspera e às unhas quebradas, me causaram repulsa. Que um camponês fosse tão longe a ponto de tentar segurar a mão de uma mulher de minha posição era ultrajante.

— Ele me tocou — berrei. — Esse homem realmente me *tocou*!

Ramón olhou-me horrorizado. Seu rosto ficou vermelho de raiva.

— Você atacou essa mulher! — gritou para o pedinte.

— N-Não — gaguejou o homem, confuso. — Eu apenas pedi uma moeda. — Olhou para mim, como se eu pudesse confirmar o que ele dizia.

Amedrontada, sacudi a cabeça e solucei novamente.

— Ele me tocou.

— Por causa disso, vai morrer! — bradou Ramón, e tentou puxar a espada da bainha. Ele, porém, não tinha praticado muito para conseguir fazer isso com apenas um movimento. A espada ficou presa em sua túnica, ele praguejou e sacou a adaga do cinto.

O pedinte virou-se e saiu correndo pela porta lateral.

Ramón saiu em perseguição, e eu, apavorada por ter sido deixada sozinha, ergui as saias e corri atrás dos dois.

Capítulo 3

Saulo

Eu tinha visto meu pai entrar na igreja pela porta lateral.

Mordi o lábio, constrangido, ao me dar conta de que ele foi muito humilde e receoso de entrar pela porta principal. Ele não sabia que eu estava lá; que o seguira durante a última hora enquanto ele caminhava penosamente pela cidade, mendigando. Meu pai teria ficado envergonhado se soubesse que seu filho presenciara pessoas o rejeitando e um Grande do Reino empurrando-o para o lado e cuspindo na rua, enquanto ele passava.

Ele pensava que eu estivesse com minha mãe, sentado ao lado do colchão de palha onde ela se encontrava deitada, incapaz de se mexer por causa da doença que a derrubara algumas semanas antes. Supostamente, eu devia permanecer a seu lado e tentar mantê-la quieta, pois na noite anterior ela passara a berrar palavras numa língua desconhecida para mim. Quando isso começou, meu pai ficou muito aflito e tentou silenciá-la para que os vizinhos não a ouvissem falar nessa língua estranha. Então ele acariciou sua cabeça, ao mesmo tempo que murmurava, meio que cantando, um poema em seu ouvido. Isso pareceu acalmá-la. Quando lhe perguntei o que havia dito, ele me respondeu que era a fala dos anjos. Mas reconheci sua expressão: eu já a tinha visto antes em seu rosto, em outros lugares onde vivemos, quando ele decidiu que estava na hora de nos mudarmos; o mesmo olhar de um animal caçado que fareja perigo.

Toda a minha vida tínhamos viajado de cidade a cidade. Nessas ocasiões não pensei muito sobre o motivo disso. Nunca havia dinheiro suficiente. Qualquer um que conseguíamos meu pai usava para comprar remédios, pois a saúde de minha mãe sempre foi ruim, e geralmente um de nós tinha de ficar em casa para cuidar dela. Nossos dias eram gastos em conseguir comida suficiente para nos alimentarmos, e era isso que estava ocupando minha mente. Eu sabia que era um pedinte melhor do que meu pai. Ele ficaria angustiado se descobrisse que, algumas vezes, recorri à mendicância para termos pão. Mas eu já fizera isso antes, tirando vantagem do fato de que parecia muito mais jovem do que realmente era. Quando nenhum de nós dois conseguia trabalho, eu me aconchegava num vão de porta até avistar alguma señorita rica se aproximando, então choramingava de modo patético.

Entretanto, ao me sentar debaixo de uma árvore na praça do lado de fora da igreja, naquele abafado dia de verão, tinha esperanças de que meu pai fosse bem-sucedido. Ao sair naquela manhã, ele me pedira que cuidasse de minha mãe, mas eu lhe desobedeci. Minha mãe tinha caído no sono, e segui meu pai enquanto ele ia atrás da moça ricamente vestida e de seu acompanhante. Calculei, como imaginei que ele o fez, que, se alguém como ela estava andando por essa área, só podia ter um destino. Devia estar indo ao santuário da Virgem Maria, que ficava no interior da igreja sobre o rochedo onde se podia contemplar o mar. E, se essa moça ia visitar uma igreja num dia não reservado à prática religiosa, então o mais provável era que tivesse uma tendência à piedade. Parecia ter a minha idade, com o mais lindo cabelo negro comprido preso em tranças e cachos por refinados pentes de casco de tartaruga. De vez em quando, o jovem nobre que a acompanhava virava-se para sorrir para ela e estender a mão para tocar-lhe o cabelo. Ela parecia uma boa moça, o rosto coberto apropriadamente por um véu, amável e devota. Tinha vindo

PARTE UM: UMA EXECUÇÃO

a esta parte pobre da cidade para visitar o santuário, portanto isso devia significar que buscava algum favor especial, que tinha uma contrição ou uma súplica.

Pensei, *ela vai ouvir meu pai, do mesmo modo como espera que seu Deus a ouça.*

Eu estava errado.

Capítulo 4

Saulo

A porta lateral da igreja abriu-se com um estrondo, e meu pai saiu correndo. Olhou de relance para os fundos da edificação; a parede do rochedo fechava a parte de trás, sem qualquer caminho visível. Ele virou e correu ao longo da lateral da igreja em direção à frente desta.

Imediatamente, pressenti o perigo. Levantei-me.

A porta da igreja abriu-se novamente, e o jovem nobre que acompanhara a moça apareceu, seguido pela própria moça, bem mais atrás, as barras das saias apertadas nas mãos, correndo.

O jovem perseguia meu pai, gritando loucamente.

— Assassino! Ladrão! Criminoso!

Havia pouca gente por ali, mas quem estava na praça parou para olhar.

Fiz um aceno com a mão. Achei que meu pai tinha me visto, mas ele se afastou com uma guinada para a direita, na direção de uma escada que descia para o mar.

Meu coração batia forte no peito. Não! Aquele caminho levava à praia, e a água barraria seu caminho.

No primeiro degrau, o jovem o alcançou e arremeteu com sua adaga.

— Ramón! — gritou a moça. — Tenha cuidado!

Meu pai não carregava arma alguma. Empurrou o homem chamado Ramón e o derrubou. Mas, ao fazer isso, ele mesmo caiu para trás e rolou pela escada.

PARTE UM: UMA EXECUÇÃO

Juntamente aos outros espectadores, corri adiante para ver o que estava acontecendo.

Abaixo de nós, meu pai, com dificuldade, se punha de pé. Mais alguns segundos e ele teria escapado; poderia ter encontrado outra passagem ou caminho pelo rochedo para fugir. Mas então um grupo de soldados surgiu marchando pelo quebra-mar. Do topo da escada, Ramón, seu perseguidor, gritou para o tenente no comando:

— Prenda esse homem! Ele acabou de atacar uma moça no interior da igreja e tentou me matar!

Os soldados avançaram atrás do meu pai, agarraram-no e, com muitos socos e chutes, levaram-no escada acima para enfrentar Ramón.

— Levem-no ao pai desta moça! — O rosto do jovem nobre estava contorcido de raiva. — Ele se chama Dom Vicente Alonso Carbazón e é o magistrado local!

E, assim, meu pai foi arrastado pelas ruas até a casa do magistrado e lançado ao chão de sua propriedade. Corri atrás deles, incapaz de pensar claramente sobre o que estava acontecendo, tão depressa estavam se desenrolando esses terríveis acontecimentos. No caminho, mais gente se reuniu atrás dos soldados para assistir ao espetáculo. Todos agora se aglomeravam diante do portão aberto.

A moça abraçou o pai ao chegar à porta de casa. Ela fez menção de erguer o véu, mas ele segurou sua mão. Ele estava sem o casaco; e a gola da camisa, aberta. O cabelo estava desgrenhado, e seu corpo tremia enquanto falava.

— Que barulho é esse — exigiu raivosamente — que me perturba no momento em que mais preciso de paz? — Ergueu a mão. — Silêncio — rugiu. Então apontou para o jovem nobre. — Você, Ramón Salazar, diga-me o que está acontecendo aqui.

— Senhor, Dom Vicente... este mendigo atacou sua filha na igreja do modo mais cruel. E, quando fui impedi-lo, ele tentou me matar.

Dom Vicente deu um passo adiante e agrediu meu pai com um soco no rosto. Meu pai caiu no chão, cuspindo dentes e sangue na terra vermelha do pátio.

PRISIONEIRA DA INQUISIÇÃO

— Senhor — meu pai tentou falar —, o mais nobre Dom...

Dom Vicente desferiu um chute em sua cabeça.

— Silêncio, seu vira-lata — vociferou. — Se não tivesse assuntos mais urgentes a tratar, eu o julgaria aqui mesmo e faria cumprir imediatamente sua sentença.

— Estamos em estado de guerra — lembrou o tenente que comandava os soldados. — A rainha Isabel de Castela e seu marido, o rei Fernando de Aragão, têm afirmado que não tolerarão qualquer agitação civil enquanto lutam para reunificar todas as nossas províncias para que a Espanha se torne um país novamente. Um magistrado do município pode mandar que um traidor seja executado por um oficial militar sem um julgamento formal. E quem ofende, numa igreja, um homem ou uma mulher da nobreza deve ser condenado por traição. — Apontou para uma árvore próxima. — Podemos enforcá-lo agora mesmo e encerrar aqui esse assunto.

— Faça isso — ordenou Dom Vicente. Deu meia-volta e se preparou para entrar em sua casa. — E livre-se dessa plebe no meu portão.

— Pai! — gritei, quando os soldados começaram a fechar as pesadas portas de madeira da propriedade.

Tentei forçar a entrada, mas eles fizeram que todos recuassem agredindo-nos violentamente com a lateral da espada. Soquei a superfície de madeira; esta não cedeu. Quando ouvi o trinco ser fechado, corri em volta do muro até encontrar um local onde houvesse um apoio para o pé. Recuei alguns passos, então me lancei contra essa parte do muro e o escalei com unhas e pés até alcançar o topo. Agora conseguia ver o pátio embaixo. Um cavalariço dos estábulos recebera ordem de apanhar uma corda, e esta foi arremessada por cima da parte superior de uma frondosa árvore. A boca do meu pai estava escancarada de terror e incredulidade. Sangue escorria dos seus lábios.

— Papa! — A moça puxou a manga da roupa do pai.

Seu papa, o magistrado, livrou-se dela com um empurrão.

— Vá para dentro — mandou. — Você desgraçou nossa família.

PARTE UM: UMA EXECUÇÃO

— Papa — choramingou a moça, angustiada. — Ouça-me. Esse homem não merece morrer.

Mas era tarde demais.

Rapidamente fizeram um laço na corda e o colocaram em volta do pescoço do meu pai, e os soldados o içaram bem alto no galho da árvore. Alguns deles riram e gracejaram enquanto faziam isso, como se fosse um esporte ver um homem chutar o vazio e desesperadamente agarrar a garganta enquanto morria sufocado. Um soldado, porém, um homem ruivo troncudo, adiantou-se e puxou com força as pernas do meu pai para acabar com sua agonia.

O corpo do meu pai estremeceu num último espasmo. Os braços caíram para os lados. Para mim, parecia que ele os estendia para me abraçar. Pulei para o pátio e corri até ele, as lágrimas escorrendo pelo meu rosto.

— Papai! Papai! — gritei. — Papai!

Dom Vicente parou na soleira da porta da casa. Examinou-me com desdém.

— Eu deveria imaginar. Uma podridão como essa sempre gera mais sujeira. — Suas feições se contraíram formando linhas de profunda repugnância. — É melhor eliminar o fruto e a semente. — Abanou a mão numa ordem para os soldados. — Que o filho do mendigo dance a mesma dança.

O tenente gesticulou com a cabeça para o cavalariço.

— Traga outra corda — disse ele.

Capítulo 5

Zarita

Meu papa, Dom Vicente Alonzo Carbazón, era conhecido em nossa cidade de Las Conchas pela severidade em lidar com criminosos, mas eu nunca tinha visto um ódio tão frio em seu rosto antes daquele terrível dia de verão.

Alertado pela agitação, ele veio à porta de nossa casa. Após ouvir de Ramón a versão deturpada dos acontecimentos, ele atingiu a boca do pedinte com tanta força que o rosto do homem se abriu como uma romã rebentando. A visão do pobre homem rastejando a seus pés pareceu inflamar em vez de aplacar a raiva de papa. Eu não sabia que ele estava enfurecido pela tristeza e perdera o controle das emoções.

— Papa. — Pousei a mão em seu braço, mas ele a afastou e me dispensou. Então: o horror! Mandaram buscar uma corda.

Olhei para Ramón, para que ele parasse com aquilo, mas ele continuava furioso por ter sido humilhado na igreja e ter precisado convocar soldados para ajudá-lo a capturar um camponês debilitado. A terrível satisfação revelada em seu comportamento me disse que não adiantava apelar para que ele detivesse papa.

Recuei cambaleante pela soleira da porta enquanto os soldados executavam sua horrível tarefa. Então um rapaz saltou de cima do muro da propriedade e correu em nossa direção, soluçando e gritando pelo pai.

PARTE UM: UMA EXECUÇÃO

Um dos soldados o agarrou pelo cós dos calções e o ergueu no ar.

— Mais um para os corvos arrancarem os olhos — gargalhou.

E ouvi palavras desprezíveis vomitadas da boca de papa, que mandou o tenente enforcar o rapaz com o pai.

— *Papa!* — Dessa vez, meu grito agudo chamou-lhe a atenção. — O rapaz não estava na igreja. Ele não tem nada a ver com isso.

— Esses ladrões e salteadores agem em bandos — disse-me papa. Ele tentou me fazer entrar em casa. — Você é jovem e inocente demais, minha filha, para saber de certas coisas.

— Ele não passa de uma criança. — Puxei a manga da camisa de papa. — Olhe para ele. Pense no seu filho recém-nascido.

— Eu não tenho filho.

Encarei papa. Então notei algo que não tinha percebido antes. Ele não estava vestido de maneira apropriada, e os cabelos e a barba estavam desgrenhados.

— Seu irmão morreu meia hora atrás — explicou.

— Ah, não! — Lágrimas quentes inundaram meus olhos. Minha mãe suportou nove gravidezes desde o meu nascimento, com todas elas, exceto esta última, resultando em abortos. E, agora, o bebê estava morto. Não admirava que papa estivesse descontrolado.

— Papai! Papai! — Lá fora, o rapaz continuava lutando e se esticando para tocar no cadáver do pai que pendia da árvore. Mas o laço de uma segunda corda foi colocado em volta de seu pescoço e o tenente jogou a longa extremidade por cima do mesmo galho.

— Você estará com seu pai muito em breve — zombou um dos soldados. Ele começou a puxar a ponta da corda, e o rapaz ergueu-se no ar, as pernas chutando do mesmo modo como fizeram as de seu pai havia menos de cinco minutos.

Ajoelhei-me diante de meu papa.

— Pense em mama — implorei. — É uma mãe bondosa e gentil para mim. Ela não iria querer que esse rapaz morresse assim como seu próprio filho.

O rosto de meu pai se contraiu, e ele colocou as mãos sobre o rosto.

PRISIONEIRA DA INQUISIÇÃO

— Sua mama... — começou, mas não conseguiu continuar. Soluços agitaram seu corpo.

— Mama? — Minha respiração congelou nos pulmões. — Mama! Diga-me que nada aconteceu a ela. Por favor, papa. Diga-me que ela está viva.

— Ela está viva — confirmou ele —, mas não por muito tempo. — Ele hesitou, então gesticulou para o tenente. — Já houve muitas mortes nesta casa por um dia. Pouparei a vida do rapaz, mas cuide para que ele seja mandado para onde eu nunca mais o veja.

Meio decepcionados, os soldados largaram a corda, e o rapaz caiu no chão com um estrondo, onde permaneceu estremecendo, aturdido, mas vivo.

— Estamos a caminho para nos juntarmos a navio aos exércitos da rainha Isabel de Castela e do rei Fernando de Aragão no cerco contra Granada — informou o tenente a meu pai. — Entregarei este rato mendigo à primeira galé que encontrarmos no mar. Ele poderá servir como escravo até o fim de seus dias.

Papa concordou com a cabeça, porém eu mal notei esse gesto. Passei apressadamente por ele e corri escada acima para o quarto da minha mãe. Minha tia Beatriz estava ajoelhada ao lado da cama segurando sua mão. Eu soube então que minha mãe devia estar morrendo, pois minha tia era uma freira de convento que não deixava a clausura exceto em circunstâncias extremas. Afastara o véu de freira, de modo que pude ver como suas feições se pareciam com as de minha mãe, embora minha tia fosse mais jovem. Falava com a irmã num tom de voz tranquilizador, dizendo-lhe que suas tribulações desta vida logo chegariam ao fim e que em breve encontraria seu descanso e recompensa no céu.

— Não! — falei em voz alta. — Não diga isso! Mama não pode morrer. — Mas pude ver que suas faces e suas órbitas haviam afundado, e que, para ela, cada respiração era um sofrimento.

O sacerdote local, o padre Andrés, que se encontrava de pé na extremidade da cama, tentou oferecer palavras de consolo, mas não fui apaziguada. Gritei para ele:

PARTE UM: UMA EXECUÇÃO

— Eu fui ao santuário de Nossa Senhora das Dores para rezar e fazer uma oferenda para que tudo terminasse bem. Acendi uma vela e pedi que mama se recuperasse após o parto. Mas não havia ninguém no céu me escutando. — Fiquei com raiva do Deus dele, por ter ignorado meus apelos por misericórdia. — Do que adiantou eu ter feito aquilo? — berrei para o sacerdote. — Não adiantou de nada. Nada!

O rosto do padre Andrés registrou o choque provocado pelas minhas palavras, mas ele me falou amavelmente.

— Não deve dizer essas coisas, Zarita. É errado questionar a vontade de Deus.

Minha tia Beatriz disse:

— Zarita, minha menina, acalme-se. Sua mãe está indo embora. Deixe-a fazer isso em paz, com palavras tranquilas de amor de sua parte.

Mas eu só conseguia pensar em minhas próprias necessidades, minha própria dor. Joguei-me atravessada ao corpo de mama na cama, derramei lágrimas e gritei:

— Não me deixe, mama! Mama! Mama! Não me deixe!

Capítulo 6

Saulo

Naquele dia, jurei vingança.

Meu choque entorpecido diante da total e selvagem crueldade dos atos daquele dia foi substituído por um ódio venenoso. Antes de os soldados amarrarem minhas mãos e me arrastarem pelas ruas até o cais, encarei friamente o rosto do homem que me tratou injustamente e jurei que jamais o esqueceria.

Eu, Saulo, da cidade de Las Conchas, decidi que causaria a ruína de Dom Vicente Alonzo Carbazón. Derrubaria a árvore na qual ele enforcara meu pai. Dispersaria seu gado e envenenaria seus poços. Incendiaria sua casa junto aos bens e à mobília de seu interior e os pisotearia até virarem pó. Eu destruiria a ele, sua mulher e todos os seus filhos.

Capítulo 7

Perto da meia-noite, no interior da igreja de Nossa Senhora das Dores, situada no alto de um rochedo que contemplava o mar Mediterrâneo, a vela acesa naquela manhã por Zarita del Vicente Alonzo de Carbazón tremeluziu e se apagou. Vinte minutos depois, a vida de sua mãe também se extinguiu.

Deste modo, o simples acender de uma vela deu início a uma cadeia de eventos que levaria o desastre aos envolvidos nos incidentes daquele dia.

PARTE DOIS

A Chegada da Inquisição

1490-1491

Capítulo 8

Zarita

Se, por um lado, meu papa, o magistrado, era respeitado na cidade de Las Conchas, por outro, minha mãe fora amada.

As pessoas foram para as sacadas das casas para ver a carruagem fúnebre, puxada por quatro cavalos negros emplumados, seguir seu imponente caminho pelas ruas, e jogaram pétalas de flores quando o cortejo passou embaixo delas. Além de ser conhecida por seus atos de caridade, mama ajudara a fundar um hospital para cuidar dos destituídos; ali, sua irmã mais nova, minha tia Beatriz, fundara uma ordem de enfermeiras religiosas. Completamente veladas, com os capelos de seus hábitos puxados para baixo, as freiras se posicionaram diante do prédio a fim de assistir ao cortejo fúnebre, e muitos dos pobres se enfileiraram em ambos os lados do caminho de terra que levava ao cemitério na colina acima da cidade. Os amigos de negócio do meu pai compareceram, assim como uma pequena parte da nobreza local. Embora fosse rico, meu pai não tinha sangue nobre, mas era respeitado pelos lordes e pelos dons, que sabiam que ele fazia cumprir as leis que os mantinham em segurança.

O túmulo da família tinha sido aberto, e o padre Andrés, paramentado de preto, esperava junto ao portão do cemitério. Estava acompanhado de uma dúzia de acólitos que usavam sobrepelizes brancas sobre sotainas pretas e seguravam compridas velas grossas de cera maciça de abelha. Eu ouvira meu pai ordenar ao administrador de nossa fazenda, Garci Díaz, que mandasse fazer aquelas velas especialmente para a ocasião.

"Não poupe despesas", ordenara. "Quero o melhor para minha esposa e meu filho." A voz de papa falhara nesta última palavra, e Garci havia estendido sua mão a ele, mas a havia recolhido antes de tocá-lo.

Agora o condutor da carruagem fúnebre puxou as rédeas para parar os cavalos, e o padre veio ao nosso encontro.

E, de repente, tudo se tornou real para mim. Eu tinha passado os últimos dias chorando e soluçando através do que parecia um terrível pesadelo, mas, ao ver os homens erguerem o caixão de madeira que continha os corpos de mama e do meu irmão recém-nascido, fui arrebatada pela emoção em toda a sua força. O sol ofuscante penetrou a renda negra de minha mantilha e crestou minha visão. Era tudo verdade; não se tratava de um sonho do qual eu acordaria. Minha mãe seria colocada naquele lugar frio e escuro, e não voltaria para casa, para nós.

Os cavalos mudaram de posição e seus arreios e tirantes tiniram. O padre Andrés começou a entoar as preces pelos mortos: *"Das profundezas, eu clamo a ti, Ó Senhor. Senhor, escuta a minha voz."*

Ele liderou a procissão. Os homens com sua carga o seguiram, depois a família e os amigos. Eu mal conseguia me mexer. Minha velha ama de leite, Ardelia, colocou o braço em volta de minha cintura para me apoiar. Ela chorava copiosamente, pois também fora ama de leite de minha mãe e a amava, assim como todos que a conheceram. Seus estremecidos soluços reverberavam através de mim. Lágrimas escorreram novamente de meus olhos.

Havia anos, quando foi nomeado magistrado, meu papa mandou erigir nossa cripta funerária com colunas, estátuas e os elegantes adornos que achou de acordo com sua nova posição. Naquele momento ele parecia ter sido esculpido no mesmo mármore frio, e meu coração gelou quando vi seu rosto. Ele me dirigira menos do que uma dúzia de palavras desde a morte de minha mãe.

PARTE DOIS: A CHEGADA DA INQUISIÇÃO

Ardelia tentara explicar: "Não se aflija por causa dos modos de seu pai", dissera-me ela. "É compreensível que ele aja dessa maneira. Você se parece tanto com sua mãe que olhá-la deve partir seu coração."

Nos meus pensamentos mais sombrios eu me afligia por isso. Se eu fosse homem, papa teria ficado tão agoniado? Prantearia seu há muito desejado filho homem mais do que o fez por minha mãe? Ele não me demonstrara qualquer sinal de compaixão que me ajudasse a suportar minha perda. Naquela primeira noite após mama ter falecido, fui me ajoelhar junto à sua cadeira, como costumava fazer à noite, quando ele afagava meu cabelo e conversava comigo. Eu pretendia compartilhar meus pensamentos com ele; talvez falássemos de mama e consolássemos um ao outro. Quando, porém, me ajoelhei à sua frente para descansar a cabeça em seu colo, ele se levantou abruptamente e deixou a sala.

"Lembre-se, homem, que és pó, e ao pó voltarás..."

Paramos diante da entrada da tumba, e notei que havia ali outra pessoa que não se dirigira a mim nem me dissera qualquer palavra gentil desde o dia da minha perda.

Ramón Salazar estava parado ao lado. Tentei atrair a atenção dele, mas seu olhar movimentava-se por entre o grupo de mulheres. Imaginei que ele não conseguia olhar para mim porque lhe seria doloroso ver-me aflita. Seu rosto exibia uma adequada expressão sombria. Contudo não pude deixar de notar que ele vestia um gibão bordado novo em folha com plissado pespontado ao estilo italiano. Era do mais escuro veludo e encimado por uma gola enrugada de renda branca, e fiquei imaginando se ele não o mandara fazer especialmente para a ocasião e escolhera o estilo para destacar as aristocráticas linhas angulares de seu rosto. De repente, senti a necessidade do calor de um homem — em particular daquele homem que frequentemente confessara seu amor eterno por mim. Desejava sua proximidade e almejava ter sua força para me apoiar. Impulsivamente, caminhei em sua direção. Ele me olhou de relance e então examinou minha aparência mais detidamente, e percebi um vislumbre de leve desdém em seu rosto. Agarrei-o e tentei pousar a cabeça em seu peito.

PRISIONEIRA DA INQUISIÇÃO

Ele deu um pequeno passo para trás.

Menos de uma semana atrás, Ramón teria procurado qualquer desculpa para me envolver em seus braços, mas agora ele me fizera um afago e deixara os braços caírem pelas laterais. Eu era tão feia assim em minha dor? Eu sabia que meus olhos estavam vermelhos de chorar, as faces manchadas, a mantilha torta por eu ter puxado e coçado o cabelo.

Ardelia atraiu-me delicadamente para si.

"Que bandos de anjos a conduzam ao Paraíso..."

Chegara a hora do sepultamento. Os familiares próximos entraram no mausoléu. O cheiro de morte penetrou minhas narinas. As luzes bruxuleavam nas paredes.

"Que lhe seja concedido o descanso eterno, Ó Senhor."

Descanso eterno.

Eterno.

Para sempre.

Eu nunca mais veria mama novamente.

Meus sentidos pareceram flutuar, e um barulho atordoador percorreu minha cabeça.

Então um braço forte estava nas minhas costas e dedos me apoiavam pelo cotovelo. Por um segundo vertiginoso pensei que fosse Ramón vindo em meu auxílio. Mas era tia Beatriz que estava a meu lado.

— Zarita — falou com firmeza em meu ouvido —, comporte-se com dignidade. Sua mama teria desejado isso.

Mordi o lábio com força suficiente para sentir gosto de sangue. Endireitei-me e ergui bem alto a cabeça. No meu outro lado Ardelia apertou com sua enorme mão a minha e sussurrou palavras de encorajamento no meu ouvido.

Enterraram mama com o bebê que ela dera à luz; o bebê menino pelo qual meu papa ansiava tão desesperadamente para que seguisse seus passos, cuidasse da fazenda, fosse um orgulhoso proprietário de terras como ele e perpetuasse seu nome.

PARTE DOIS: A CHEGADA DA INQUISIÇÃO

Depois da cerimônia, papa estava exausto; retirou-se para seu quarto assim que voltamos do cemitério. Fui deixada para cuidar dos enlutados que tinham aceitado a oferta de comida e bebida em nossa casa.

Ramón estava presente, mas não ficou ao meu lado, como deveria ter feito, para me ajudar a cumprimentar e depois agradecer aos convidados por terem comparecido para apresentar suas condolências.

Minha tia Beatriz foi embora mais ou menos uma hora depois. Ela me abraçou e me beijou.

— Perder a mãe é uma dor esmagadora, Zarita. Saiba que compartilho seu pesar e que isso lhe sirva de consolo. Eu amava minha irmã, pois ela era linda tanto de aparência quanto de caráter. Ela se foi... esperemos que para um lugar melhor do que este. — Tia Beatriz fez o sinal da cruz em mim, tocando-me a testa, o coração e através do peito. — Cada pessoa sobre esta terra tem seu próprio Calvário para escalar, Zarita. Só posso lhe dar um pequeno conselho. Faça como sua mãe teria feito. Continue o trabalho dela. Seja ativa em seus atos de caridade. Tenha interesse naqueles dentre nós que nada têm. Pense se há pessoas que podem precisar de sua ajuda. Talvez você nem saiba quem são. Cabe a você encontrar tempo para procurá-las.

As palavras de minha tia permaneciam em minha mente quando comecei a acender os lampiões contra a escuridão. Todos tinham ido embora, menos Ramón Salazar, que estava afundado em uma poltrona junto à janela, um cálice pendendo de sua mão. Seu belo rosto estava afogueado de tanto vinho e me lembrei de como tínhamos sido felizes havia menos de dois ou três dias. Uma repentina lembrança do mendigo na igreja me surgiu, junto a outro pensamento. Fui até lá, sentei-me na poltrona defronte a Ramón e lhe perguntei se ele se lembrava das palavras que o homem pronunciara. Ramón, porém, não queria se lembrar daquele dia. Tentou contornar minha pergunta e relutou em manter uma conversa sobre o incidente. Mesmo assim, insisti: a vergonha por minha falta de caridade para com o mendigo, que causara sua execução, me fazia falar.

— Ele mencionou uma esposa — comentei.

— O quê? — Ramón bebeu mais um pouco do cálice de vinho. Suas palavras eram indistintas. — Quem tem uma esposa?

— O mendigo — repeti. — Quando me pediu uma moeda na igreja, ele mencionou que sua esposa estava doente e que poderia morrer.

— E daí? — Ramón bocejou.

— Eu estive pensando — falei bem baixinho —, o que terá acontecido com ela?

Capítulo 9

Zarita

Entre as pessoas que vieram à nossa casa apresentar seus pêsames nas semanas e meses após a morte de minha mãe estava a condessa Lorena de Braganza. Tinha 20 anos, somente cinco a mais do que eu, e era apenas uma conhecida distante de nossa família, mas acariciou o braço de meu papa como se fosse uma amiga íntima e ronronou condolências em seu ouvido.

A princípio, prestei-lhe pouca atenção, pois estava concentrada em meus próprios assuntos. Eu descobrira um propósito, uma missão especial de caridade para empreender. Acreditava que, se conseguisse encontrar a mãe do filho do mendigo e salvá-la da pobreza, eu poderia ser como minha mama e, desse modo, estar perto dela ainda que tivéssemos sido separadas. Eu me via agora como um anjo de piedade e esperava que isso expiasse minha má ação e aliviasse um pouco da culpa que sentia pela morte do mendigo.

Eu sabia que teria de ir às áreas mais pobres da cidade e, por causa disso, precisaria de um acompanhante. Não pedi a Ramón Salazar. Não achei que ele concordaria. Em todo o caso, suas mais recentes visitas à minha casa costumavam coincidir com as de Lorena de Braganza, quando a atenção dele era desviada pela conversa e pelos comentários espirituosos da condessa, e não houve qualquer oportunidade para eu lhe falar em particular pelo menor período de tempo que fosse.

Decidi pedir ajuda a Garci, o administrador de nossa fazenda. Estava segura de sua ajuda, pois, quando eu era pequena, ele não me recusava nada. Garci e sua esposa Serafina nunca tinham sido abençoados por um filho e de certa forma me adotaram, de modo que podia lhe pedir qualquer coisa, que meu desejo era satisfeito. Portanto, fiquei surpresa quando lhe resumi minha proposta e ele sacudiu a cabeça.

— Não, Zarita. Não irei com você às favelas da cidade. Não podemos ter outro incidente no qual seu pai tenha de aplicar uma justiça rápida para impedir roubos e violência.

— Justiça! — exclamei. — Aquilo não foi justiça, Garci. Não pode querer desculpar o que meu papa fez, enforcando o mendigo sem um julgamento.

— Eu não estava lá — replicou Garci lentamente. — Como sabe, estava na feira equestre de Barqua. — Olhou-me severamente. — E esse foi o principal motivo por você ter conseguido deixar esta casa acompanhada apenas por Ramón Salazar. Se eu estivesse aqui, não teria aberto o portão para você ir às ruas do velho porto sem uma escolta armada e uma companhia feminina.

Mudei de posição, incomodada. Garci adivinhara que eu havia me aproveitado do tumulto em casa naquele dia: meu papa, Ardelia e Serafina, nossa governanta, estavam ocupados com mama, de modo que consegui dar uma escapulida acompanhada apenas por Ramón.

— Portanto, como não testemunhei a situação — prosseguiu —, não julgarei os atos de seu pai. Ele é um homem rigoroso. — Fez uma pausa. — E agora que sua mãe faleceu, quem estará presente para lembrá-lo de que a piedade é uma virtude concedida por Deus?

Garci mencionara minha mãe, e percebi seu ponto fraco.

— Mama teria desejado isso — disse-lhe. — Ela teria ficado horrorizada com a morte do mendigo e providenciaria para que a esposa deste fosse cuidada.

Alguns momentos se passaram antes de Garci responder.

PARTE DOIS: A CHEGADA DA INQUISIÇÃO

— Você tem razão — disse ele. — Sua mama teria feito o que você diz. Irei com você procurar essa pobre mulher.

Garci sabia que papa não podia tomar conhecimento de nossa expedição, portanto esperamos até uma tarde quando ele estava ausente, visitando a casa do pai da condessa Lorena nas colinas vizinhas. Tive o bom senso de me vestir com simplicidade, sem usar roupas finas nem joias, e cobrir completamente o cabelo e o rosto. Mas, antes mesmo de chegarmos aos arredores das *barriadas* da cidade, Garci quis voltar.

— Essas favelas não são lugar para uma pessoa decente — disse-me.

— Mesmo assim, pessoas decentes devem viver aqui — retruquei. — Ou você acha que a pobreza torna uma pessoa indecente?

Essa era uma das frases de mama; ela defendia sua caridade a meu papa quando ele declarava que, em sua opinião, os pobres causavam infortúnio a si mesmos. Garci não respondeu; apenas fez um ruído estalando a língua para demonstrar sua desaprovação.

— Estou fazendo um ato de caridade — acrescentei para acalmá-lo, e então lembrei-lhe: — Minha mama teria aprovado.

— Ah, sua mama — disse Garci. — Ela era a mais bondosa das mulheres. — Suspirou, e eu soube que havia lágrimas em seus olhos.

Depois disso ele se tornou mais submisso, batendo de porta em porta para perguntar sobre o paradeiro de uma mulher doente que agora devia estar sozinha, mas anteriormente tivera marido e filho cuidando dela. Contudo, não achamos qualquer vestígio da mulher. Um grande número de portas permaneceu fechado para nós, e as pessoas que abriam as suas eram hostis e desconfiadas. Finalmente, Garci parou no meio da rua.

— É inútil — afirmou. — A mulher do mendigo pode estar em qualquer aposento deste emaranhado de construções, doente demais para se levantar e atender nossas batidas à porta.

Havia uma velha senhora sentada num batente. Fui até lá e me ajoelhei diante dela.

— Mãe — falei.

PRISIONEIRA DA INQUISIÇÃO

Ela me olhou com leitosos olhos brancos de extrema velhice.

— Eu não tenho filha — rebateu. — Tive três excelentes filhos, mas foram para a guerra e nunca mais os vi.

— Eu lhe chamei de mãe porque não tenho uma — disse-lhe baixinho. A velha estendeu a mão nodosa e tocou a minha. Perguntei-lhe se conhecia alguém que pudesse ser a mulher que procurávamos.

— Não conheço tal pessoa — respondeu.

Desesperada, sentei-me sobre os calcanhares. Então tateei dentro da bolsa, tirei uma moeda e lhe dei. Ela escondeu-a numa dobra da roupa, e fiquei imaginando quantos dias de pão ela teria com aquilo.

Ao me levantar, a velha ergueu a cabeça e informou:

— Talvez haja alguém que possa lhe ajudar. Há um homem, um médico, que mora na casa do fim da rua. Ele cuida de quem está doente, mas não tem dinheiro.

Caminhei rapidamente para a casa que ela indicou. Mas, quando chegamos perto da porta, Garci recuou.

— É a casa de um judeu — disse ele, e se benzeu.

— É a casa de um médico que pode nos ajudar — retruquei.

Um homem abriu a porta da frente e permaneceu na entrada.

— Por que estão parados na rua olhando para a minha casa?

Garci pôs a mão no meu braço para me afastar dali. O homem pareceu se divertir com isso e fez menção de voltar para dentro. Falei rapidamente:

— Estou procurando uma mulher, uma mulher em particular, que está doente. — Informei tudo o que sabia sobre a esposa do mendigo.

— Talvez eu conheça essa pessoa — observou ele. — Dias atrás, fui chamado por uma vizinha para cuidar de uma mulher que, segundo ela, estava gravemente doente. A vizinha me disse que o marido dessa mulher fora executado e que o filho dela havia desaparecido, não voltou para casa, e por isso não havia ninguém para cuidar dela.

Peguei minha bolsa e a coloquei diante dele.

— Pode pegar o dinheiro necessário para comprar remédios para ela e pagar pelo tempo gasto para curá-la.

PARTE DOIS: A CHEGADA DA INQUISIÇÃO

Ele pendeu a cabeça para um lado e me inspecionou.

— Isso é um ato de misericórdia, ou de uma consciência pesada? — perguntou tranquilamente.

Atrás do véu, meu rosto enrubesceu de vergonha e não consegui responder. Teria ele ouvido a história de como o mendigo havia morrido? Teria me reconhecido como a filha do magistrado?

— Não importa. — Ele pareceu chegar a uma decisão. — Eu a levarei até ela.

A mulher estava deitada num catre de palha num quarto do andar superior de uma casa a duas ruas de distância. Quando entramos, algo se moveu apressado no canto mais distante, fazendo a mulher se agitar e gritar.

O médico se curvou sobre ela e lhe falou rapidamente numa língua desconhecida para mim. Perto da porta, Garci voltou a se benzer.

O médico a ergueu e a ajudou a tomar um líquido de uma garrafa que havia levado. Então ela afundou novamente na cama improvisada, seu corpo nada mais do que uma trouxa de ossos.

— Ela conhece você? — indagou-me o médico.

Sacudi a cabeça, negando.

— Não faria qualquer diferença — disse ele. — Ela está distante demais da capacidade de reconhecer alguém. — Ele puxou o cobertor sobre ela e nos conduziu para fora do quarto.

Novamente ofereci-lhe minha bolsa.

— A mulher está morrendo — admitiu. — Não posso curá-la. Ninguém pode. A boa vizinha lhe traz todos os dias uma sopa rala e um pouco de água, pois ela não consegue ingerir nada além disso, e eu venho diariamente lhe dar um opiato para amenizar sua dor durante a noite. — Ergueu os olhos e encarou os meus atrás do véu. — Guarde seu dinheiro e gaste-o onde for capaz de ajudar os vivos. — Olhou a rua de cima a baixo. Sua insinuação foi óbvia.

Depois que ele nos deixou, virei-me e falei para Garci:

— Precisamos tirá-la daqui, para longe dos bichos que infestam essa casa.

— Se movimentá-la, ela morrerá — disse Garci.

— Ela morrerá de qualquer maneira. Vamos ajudá-la a morrer em melhores condições do que estas.

— Não podemos levá-la para sua casa! — Garci ficou horrorizado. Eu sabia disso. Meu papa não admitiria tal intrusão.

— Não — falei —, vamos levá-la para um lugar tranquilo onde ela será tratada com amor.

Portanto, foi no convento-hospital de minha tia Beatriz que ajudei a cuidar da esposa do mendigo durante as últimas semanas de sua vida.

Capítulo 10

Zarita

No passado talvez eu conseguisse persuadir, com adulações, meu papa a deixar a mulher moribunda ser trazida para nossa casa — ao menos para os aposentos dos criados acima dos estábulos —, pois muitas vezes bajulava-o para que ele concordasse com algo que havia proibido inicialmente. Minha influência, porém, diminuía à medida que a condessa Lorena de Braganza se tornava uma presença quase constante em minha casa.

Eu estava tão envolvida com minhas visitas ao convento-hospital para cuidar da esposa do mendigo que se passou mais ou menos um mês antes de me dar conta da extensão do poder de Lorena sobre papa. Certo dia, ao chegar em casa, vi que nossas cortinas pretas de luto haviam sido retiradas das janelas. Fui falar com Serafina e a encontrei guardando-as em caixas. Seu rosto não mostrou qualquer emoção quando lhe perguntei por que fizera isso.

— Estamos apenas na metade de dezembro — aleguei. — Ainda não se passaram nem seis meses desde a morte de minha mãe.

— A ideia não foi minha — respondeu. — Seu papa me mandou fazer isso. — Em seguida, acrescentou: — Acredito que a condessa Lorena de Braganza deve ter sugerido isso a ele. Ela acha que a casa precisa de alegria para a época de Natal.

Então, para minha raiva, descobri que Lorena estivera aconselhando papa sobre mim, dizendo que eu não era capaz de cuidar de um

PRISIONEIRA DA INQUISIÇÃO

lar tão importante quanto o dele; que eu era uma garota insensata e que provara isso por ter saído sem uma dama de companhia; que o incidente na igreja havia maculado minha reputação; e que eu deveria rapidamente ser mandada para um convento ou me casar com alguém que me aceitasse. Notei também que ela se aproximara de Ramón Salazar, conversando longamente com ele, fingindo pedir sua opinião sobre os assuntos mais triviais. Não fiquei demasiadamente preocupada, porque Ramón sempre fora atraído por mim e somente por mim. Por mais de um ano ele me perseguiu e procurou minha companhia, de tal maneira que veio a ser como um membro da família. Eu acreditava que era apenas uma questão de semanas até ele falar com papa e nossas famílias chegarem a um acordo para noivarmos. Achava que papa aprovaria o casamento. Ele queria que eu fosse feliz, mas também tinha aspirações à nobreza e Ramón Salazar tinha sangue nobre. Meu pai tinha consciência de sua posição na sociedade, e uma aliança com Ramón Salazar aumentaria ainda mais sua reputação.

Na primavera do ano seguinte, *houve* de fato um casamento. Mas não foi para o meu matrimônio com Ramón que tendas foram montadas no terreno de nossa fazenda, grinaldas de flores penduradas sobre as portas da casa, mesas compridas postas com toalhas de linho branco e copos cintilantes e um padre chamado para realizar a cerimônia.

Foi para o meu pai.

Meu pai e sua nova esposa, a condessa Lorena de Braganza.

Antipatizei com ela desde o momento em que a vi; aquela condessa com seus olhos brilhantes e língua minúscula que dardejava entre dentinhos. Uma língua tão afiada quanto um alfinete, e olhos que incomodavam e espreitavam. Uma língua que nunca ficava parada por muito tempo e se ocupava com comentários maliciosos e sugestões dissimuladas. Olhos que perambulavam pelos nossos ornamentos e prataria, calculando seu valor e avaliando o preço de tudo o que viam.

Os vestidos que usava tinham um decote baixo para expor o volume de seu colo, e ela se inclinava à frente e gargalhava quando

PARTE DOIS: A CHEGADA DA INQUISIÇÃO

homens que estavam em sua companhia falavam, mesmo que seus comentários não fossem nem um pouco divertidos. De minha parte, ficava sentada, olhando-a, pois ela dizia as coisas mais tolas que eu já tinha ouvido.

Eu não queria que ela se casasse com meu pai. Eu não a queria em minha casa. Na noite em que seu noivado foi anunciado, ela veio ao meu quarto para falar comigo e percebi que usava o colar de coral de minha mãe. O colar que minha mãe prometera que eu teria no meu aniversário de 16 anos.

— Isto é meu! — Arranquei-o do pescoço dela. O fecho se quebrou, e as contas saíram voando, caíram e rolaram pelo chão.

Ela gritou, e sua criada e meu pai vieram correndo.

— Socorro — choramingou, segurando o pescoço. — Zarita teve um ataque e me arranhou. — Tirou as mãos para revelar um vergão vermelho brilhante no pescoço.

Perdi o fôlego. Ela pressionara as próprias unhas no pescoço para fazer a marca!

— Eu não fiz isso — garanti a meu papa.

— Zarita, precisa se desculpar imediatamente — ordenou ele.

Fiquei num silêncio mal-humorado.

— Imediatamente! — repetiu papa. — Ou vou trancá-la em seu quarto até você se desculpar.

Murmurei uma desculpa, mas, quando meu pai saiu, disse a Lorena:

— Você mesma fez essa marca.

Para minha surpresa, ela não negou minha acusação. Gesticulou para sua criada sair e disse:

— Você não deveria se queixar, pois emprega os mesmos métodos para ganhar atenção.

— Não sei do que está falando.

— Claro que sabe. — Olhou-me atentamente. — Eu vi você saindo da igreja no dia em que o mendigo supostamente a agrediu.

— Ele me tocou *mesmo* — falei em voz baixa, pois aquele era um dia que eu preferia esquecer.

PRISIONEIRA DA INQUISIÇÃO

— Ah, eu sei disso. Ouviram você dizer. — Lorena sorriu, e não foi um sorriso amistoso. — Ele me *tocou* — imitou minha voz. — Aquele homem realmente me *tocou.*

Recuei diante dela. Como sabia o que eu dissera no interior da igreja de Nossa Senhora das Dores?

— Todo mundo acredita que o mendigo atacou você — prosseguiu Lorena —, mas seu corpete não estava rasgado, nem seu vestido ficou danificado de modo algum. O que o pobre homem tentou fazer? Pegar um centavo de sua bolsa ou arrancar o dinheiro de sua mão antes que o colocasse na caixa para os padres? Boa sorte para ele, digo eu. Falei com o janota que supostamente devia ser seu protetor, Ramón Salazar, e descobri o que aconteceu. Esperava que Ramón se contentasse em sustentar o fingimento da agressão... ele pareceria mais homem por ter se lançado em sua defesa. Mas foi você — Lorena se aproximou e ciciou no meu rosto —, *você*, com sua petulância mimada, que causou o enforcamento de um homem porque ele encostou em sua mão.

Caí para trás diante de seu ataque violento, a verdade de suas palavras despindo minha alma e deixando-me nua.

— Portanto, não me venha com afetações, minha cara senhorita santinha. Você tem de conviver com suas próprias falsidades e as consequências de seus atos. — Lorena ergueu as saias para sair. — Um homem inocente está morto. E seu filho também, muito provavelmente.

Capítulo 11

Saulo

Mas eu não estava morto, embora, por muitos dias e muitas noites após deixar Las Conchas, tivesse desejado estar.

Os soldados em pouco tempo dispersaram a multidão que se juntara do lado de fora da propriedade de Dom Vicente Alonzo Carbazón. Então o tenente deu um puxão na ponta da corda e me arrastou para fora do portão e através da estrada. Seus soldados nos seguiram, dando-me tapas e chutes o caminho todo na direção da zona portuária até encontrarem o navio no qual compraram passagens.

— Gostaria de não ter de me preocupar em procurar uma galé para levá-lo como escravo — comentou o tenente, quando tropecei e caí ao subirmos a prancha. — Não quero esse tipo de escória comigo quando nos juntarmos aos exércitos do rei e da rainha.

— Podemos jogá-lo ao mar com o lixo, quando deixarmos o porto — sugeriu um dos soldados.

O tenente grunhiu.

— Talvez o cadáver flutue até a praia e revele o que fiz. Não arriscarei enfurecer aquele magistrado, caso ele descubra que matei o rapaz após ele decidir que sua vida seria poupada.

O capitão do navio, que ouvira a conversa, sugeriu:

— Se não encontrarmos uma galé entre aqui e a primeira terra avistada, vamos amarrá-lo na âncora e baixá-lo com ela. — Deu uma piscadela. — Podemos dizer que ele ficou preso na corda e foi arrastado por cima da murada.

Ele me agarrou pelo cabelo, puxou-me pelo convés e me arremessou para o interior de um dos porões, onde caí violentamente, batendo braços, pernas e a cabeça contra fardos e caixas de carga, até parar sobre um chão de madeira maciça. Mal havia recuperado o fôlego quando a abertura foi trancada e a luz se extinguiu. Aquele era um novo terror para mim. Eu nunca estivera numa escuridão total; o sangue aumentou repentinamente atrás dos meus olhos enquanto tateava loucamente com os braços estendidos para encontrar algo em que me apoiar. O navio estremeceu quando os marinheiros se prepararam para partir. Subitamente o mundo se movimentou debaixo dos meus pés e o universo inteiro deslizou. Minha mente se agitou, pois eu nunca estivera num barco. As velas rangeram, e começamos a deixar o porto. Quando o vento aumentou, as ondas nos arrebataram e a espinha do navio arqueou contra o mar. Aterrorizado pelo poder primitivo dos elementos, fui jogado de um lado a outro, gritando na escuridão, enquanto o navio subia e então caía, era erguido e baixado pela mão de uma criatura gigantesca. Vomitei, emborcando várias e várias vezes, até a ânsia vazia contrair meu estômago com dores excruciantes, e caí no chão, exausto, e permaneci ali, choramingando.

Não havia como diferençar luz do dia da escuridão. Privado da visão, os ruídos que eu ouvia soavam altos em minha cabeça — a correria de ratos e os gemidos e rangidos do casco de madeira à medida que este forçava seu caminho pela água. Eu achava que as pranchas rachariam, se fariam em pedaços, e eu seria lançado nas profundezas, e gritava vergonhosamente pela minha mãe e pelo meu pai morto.

E, dentro do fermento de minha mente, eu os vi de novo: minha mãe deixada sozinha, doente e moribunda, e meu pai, o corpo balançando no fim de uma corda.

O tempo piorou, o navio se arremessava e ondulava, e os enormes caixotes e fardos da carga começaram a se movimentar. Temia ser esmagado. Rastejei até encontrar um espaço entre as escoras, no qual

PARTE DOIS: A CHEGADA DA INQUISIÇÃO

me enfiei, ao longo das costelas do navio. Ali me segurei enquanto, lá fora, as ondas batiam fazendo estrondos, procurando uma maneira de me esmagar. Permaneci sem me mexer pelo que me pareceu dias, até ficar tão fraco que mal conseguia erguer a cabeça.

Foi o soldado ruivo, aquele que mostrara piedade para com meu pai puxando-lhe as pernas para diminuir sua derradeira agonia, quem, enfim, abriu a escotilha. Uma corda desceu tombando, e ele baixou por ela para me dar uma olhada. Então berrou para alguém que estava na parte de cima à espera de informações:

— Ele está vivo!

Voltou minutos depois com uma moringa de água.

— Por duas vezes, você enganou a morte — afirmou, enquanto abria minha boca à força e despejava água pela minha garganta abaixo —, pois o certo era ter morrido aqui por falta de água. — Subiu novamente e voltou com um pedaço de pão e uma pele cheia de um azedo vinho tinto. Quebrando o pão em pedaços, molhava-o no vinho e observava enquanto eu tentava engolir. Grunhiu ao me ajudar a ficar de pé. — Talvez você tenha nascido sob uma estrela especial.

Uma pequena galé mercante espanhola fora avistada no horizonte. O tenente não se importava se eu estava vivo ou não: mesmo se estivesse semimorto, ele teria me jogado por cima do costado, mas agora via uma possibilidade de me trocar por alguma bebida alcoólica.

Um barril de vinho barato foi o quanto eu valia. E, mesmo assim, com relutância. Foi mais com um espírito de apaziguamento que o capitão da galé concordou com a troca, pois os soldados mantiveram suas armas apontadas para o barco menor. Bem afundada na água, sem alojamentos cobertos para os ocupantes, a galé era dotada apenas parcialmente de convés, com um grosseiro pano de vela mastreado como toldo na popa, fechado de ambos os lados para proteção contra a fúria dos elementos. Havia um canhão de pequeno porte montado na frente, e, embora poucos tripulantes carregassem facas nos cintos, eles seriam facilmente dominados por um navio maior equipado com canhões e homens armados.

A negociação foi feita em minutos, e o destino decretou que eu me tornasse um rato de galé.

O soldado ruivo foi me buscar para me fazer subir ao convés. A escotilha se abriu novamente, e o sol brilhou no meu rosto. Olhei para cima com os olhos semicerrados enquanto a corda descia.

— Se não consegue subir sozinho pela corda, segure na ponta que eu puxo você — sugeriu ele, mas não de um modo indelicado.

Cambaleei adiante para agarrar a ponta oscilante da corda.

Algo cintilou na luz.

Presa entre as amarras de um fardo havia uma faca. Era comprida e de lâmina estreita: do tipo que uma mulher usaria para descascar legumes. Posteriormente, descobri que era do tipo usado por funcionários do governo para cortar os cordões durante o processo de afixar o selo da aduana em mercadorias tributáveis. A faca devia ter ficado presa enquanto a carga era inspecionada antes de ser levada para o navio. Alcancei-a, e, num instante, estava em minha mão. Mas onde escondê-la? Curvando-me para bloquear a vista de quem estivesse vigiando de cima, cortei a parte interna do cós da calça e enfiei a faca lá dentro.

Uma corda foi colocada do navio militar à galé para transferir o barril de vinho. Uma ponta de uma segunda corda foi amarrada na minha cintura e a outra ponta foi presa à primeira. Então fui jogado por cima do costado. Os tripulantes da galé me puxaram através do espaço vazio, mas eu estava fraco demais para subir pela corda até o barco deles. O navio soltou sua ponta da corda, e eu teria sido colhido pela contracorrente, mas ouvi uma voz gritar da galé: "Puxem ele! Puxem ele!"

Engasgando e tossindo, pousei na larga plataforma da popa da galé.

O homem que dera a ordem se aproximou de mim. Ele era uma estranha visão, vestido com camisa, calções e perneiras pretas encimados por uma jaqueta justa azul-pavão com três-quartos de comprimento, bordada abundantemente com fios de prata. Usava um chapéu extravagante, de um tipo que eu nunca tinha visto — preto, com uma pena roxa e mais esmerado do que os usados por pantomimos e atores

PARTE DOIS: A CHEGADA DA INQUISIÇÃO

que fazem representações teatrais em praças nas épocas do Natal e da Páscoa. Fivelas reluziam em seus sapatos, enquanto uma agitação de rendados espumava nos punhos e pescoço. Uma argola de ouro pendia de uma orelha, e, em seu rosto bronzeado, ele deixara crescer um bigode e um minúsculo cavanhaque. Pelas roupas e modos, vi que era o capitão. Curvou-se sobre mim e alisou meu cabelo.

Virei bruscamente a cabeça para o lado e enfiei os dentes em sua mão — consequentemente, ele me atingiu com a bengala de bambu que carregava. Recuei para o canto como um animal selvagem. O capitão da galé chupou o local da mordida, mas longe de ficar irritado com meu ataque, ele fez um gesto de aprovação com a cabeça.

— Gosto de um jovem com coragem — declarou. — Isso significa que será útil numa batalha e capaz de evitar problemas para nossos próprios remadores. Está esquelético demais para pegar imediatamente num remo, mas se fortalecerá para isso se o alimentarmos.

Permaneci onde estava pelo resto do dia, agachado no canto. Naquela noite, ancoramos em águas rasas ao largo de uma ilha para que os remadores pudessem descansar e comer. O capitão me deu um pedaço da cabra que assava num braseiro montado no convés, dentro de uma fornalha de ferro usada para cozinhar alimentos. Comi avidamente. Haviam se passado semanas, talvez meses, desde que eu comera carne pela última vez.

O capitão deu uma risadinha enquanto me observava devorar a comida.

— Calma, rapaz. Você não parece ter tido uma refeição decente em toda a sua vida. Entupir-se assim tão rápido só vai lhe causar dor de barriga.

Ele tinha razão. Uma hora depois, eu estava curvado por causa das cólicas, depois que a comida, de um tipo que eu não estava acostumado, seguiu seu caminho pelas minhas entranhas. Para minha surpresa, alguns dos remadores vieram me examinar. Eu havia imaginado que eles estivessem acorrentados aos seus bancos, mas apenas um pequeno número, oito no total, era de escravos ou criminosos aprisionados

PRISIONEIRA DA INQUISIÇÃO

daquela maneira. O resto, mais de vinte homens livres, tinha decidido fazer aquele trabalho. Descobri que homens de vários países se tornavam remadores de galés por opção. Esse era considerado um trabalho que requeria habilidade, embora árduo, mas o pagamento e os lucros podiam ser bem recompensadores: além do salário básico, o remador recebia uma porcentagem do lucro obtido pela carga e de qualquer butim que surgisse em seu caminho. Nessa galé em particular, sob o comando do capitão Cosimo Gastone, a comida era nutritiva: carne, peixe ou ave, com bastante pão, queijos fortes e frutas e mel engolidos com vinho. Os remadores eram excepcionalmente bem alimentados, pois o capitão achava que deviam se manter no melhor de sua forma.

Eu iria descobrir, do modo mais brutal, que nossas próprias vidas dependiam da aptidão dos remadores.

Capítulo 12

Saulo

No dia seguinte, o capitão me entregou ao mestre remador, que se chamava Panipat. Era um gigantesco homem-urso com braços grossos, peito e pernas musculosos, vestido apenas com calções curtos de couro, um chicote e uma faca comprida enfiados no cós. Cada centímetro de pele exposta estava coberto por tatuagens pretas e azuis, até, e incluindo, a superfície de sua cabeça raspada. Amarrada em volta do pulso havia uma corda da qual pendia a chave da corrente dos escravos.

— Está na hora de você conhecer Panipat. — O capitão Cosimo cutucou com a bengala as minhas costas, empurrando-me à sua frente ao longo da estreita passarela de madeira que percorria o centro do barco.

Panipat estava sentado na vante conversando com um tripulante que cuidava do canhão posicionado ali. Aquele era o local onde ficava o pequeno grupo de remadores acorrentados, logo atrás da proa. Os quatro de um lado eram árabes, provavelmente capturados e comprados pelo capitão num mercado de escravos. Os quatro do outro lado eram homens de diferentes lugares que haviam sido sentenciados às galés por causa da gravidade de seus crimes. Se fôssemos atacados e nosso canhão servisse de alvo para o fogo inimigo, eles seriam as primeiras baixas. Havia evidências de que o chicote fora usado em suas costas e ombros. Estremeci quando os vi, cada um acorrentado a seu banco, pois sabia que, no devido tempo, aquele seria meu destino. Interminável e para sempre.

PRISIONEIRA DA INQUISIÇÃO

O capitão Cosimo anunciou nossa presença.

— Se isso lhe agrada, nobre mestre dos remadores, tenho um novo rato de galé para você.

Panipat levantou-se, assomando acima de mim. Deu um aterrorizante sorriso que expôs dentes quebrados e a falta destes.

— Deixa eu dar uma olhada em você, Ratinho. — Firmou as mãos em volta do meu pescoço, sacudindo-me no ar, deixando meu rosto a poucos centímetros do seu. — Vai obedecer todas as minhas ordens! — Cuspiu na minha cara. — Imediatamente e sem questionar. E, se me causar qualquer problema, esfolarei cada centímetro de pele do seu corpo. Entendeu?

O sangue latejava no meu cérebro. Não conseguia sequer murmurar uma resposta.

— Responda!

Ele me sacudiu com tanta força que pensei que meus ouvidos iriam explodir, e os olhos, saltar da cabeça.

O capitão bateu em seu ombro com a bengala.

— O rapaz não consegue responder-lhe pois você está com as mãos em volta de sua traqueia.

Panipat me soltou, e desabei no convés a seus pés, onde grasni, tentando recuperar o fôlego.

O capitão baixou o olhar para mim.

— Creio que o Ratinho entendeu você muito bem — observou, com alguma compaixão na voz.

Panipat explicou o que queria que eu fizesse.

Em cada extremidade da passarela havia um barril de água fresca. Eu teria de reabastecê-los, todas as noites, de um enorme tonel mantido embaixo da passarela, que era onde a nossa carga ficava estivada também. Recebi uma funda concha de madeira com um cabo comprido. Durante o dia, tinha de encher essa concha e subir e descer a passarela dando água aos remadores que a pedissem; na subida, para um lado, na descida, para o outro. A maioria dos homens livres trazia suas

PARTE DOIS: A CHEGADA DA INQUISIÇÃO

próprias garrafas de água, as quais eu também mantinha reabastecidas. Por minha vez, podia tomar um gole a cada vez que completava a volta na popa, na extremidade do barco.

De manhã bem cedo zarpamos. O vento estava fresco, e, por isso, mais ou menos durante a primeira hora fomos conduzidos principalmente pela vela e eu simplesmente percorri a passarela de cima a baixo, fazendo o que me fora instruído. Os homens soltavam comentários indecentes e esticavam os cotovelos para que eu tropeçasse, mas eu estava acostumado a ser insultado e tinha os pés ágeis, portanto isso não me incomodou muito. Então o sol ficou mais alto, o vento diminuiu e ficamos em águas paradas sem qualquer abrigo à vista. Na plataforma elevada da popa, o capitão Cosimo estava sentado debaixo de um toldo estudando seus mapas e traçando o curso. Os homens livres e até mesmo alguns dos escravos haviam almofadado seus bancos com trouxas de aniagem e usavam tiras desse pano para proteger os ombros e a cabeça dos raios do sol do meio-dia, já que a faixa de toldo acima não era larga o bastante para cobri-los adequadamente. Percebi que precisava me movimentar com mais rapidez para atender suas exigências por água. Em pouco tempo estavam berrando insultos contra mim por eu ser lento demais.

Enquanto isso, Panipat estava montado num banquinho na popa, logo abaixo da plataforma de comando, gritando orientações enquanto o capitão, que também agia como piloto, dava instruções sobre a direção que devíamos tomar. Então o mestre dos remadores se levantou.

— Ei! Ratinho! — gritou para mim. — Dê um gole para cada homem ao subir e descer. Nada mais do que isso, ou eu o esfolarei vivo!

Os remadores começaram a reclamar. Panipat então colocou-os numa braçada forte e constante, e suor escorreu de suas testas e antebraços. Os escravos e os criminosos sem qualquer cobertura em suas costas sofreram mais, e, a cada volta que eu dava, um homem mais velho continuava me implorando por mais água. Eu sacudia a cabeça, mas, afinal, em desespero, ele cravou os dentes na borda da concha de madeira e tentou engolir tudo, derramando água pelo seu rosto e torso. Panipat deu um salto, foi batendo o pé pela passarela e o atingiu no rosto com a ponta do cabo do seu chicote.

— Cão — bradou ele. — Ninguém neste barco desobedece minhas ordens! — Atingiu o homem novamente com a mão aberta, então se virou e começou a caminhar de volta para seu lugar.

Rapidamente, aproveitando que Panipat estava de costas para mim, ergui a concha até minha boca e tomei um gole extra de água.

Panipat girou num instante.

Não vi a correia, apenas senti a ferroada em meus dedos quando ela se enrolou em minha mão e arrancou a concha à força. Olhei, aturdido, a concha rodar no convés, e então vi, tarde demais, Panipat erguer novamente o braço. Um estalido — e ah!, a terrível mordida quando a ponta metálica da correia talhou meu peito, rasgando o fino tecido de minha camisa.

— Isso foi apenas um aviso, Ratinho — rosnou Panipat. — Eu poderia ter partido sua carne até o osso se quisesse.

Alguns remadores gargalharam, pois, para eles, qualquer distração era divertimento. Panipat também gargalhou, ao caminhar de volta para o banquinho.

— Agora, Ratinho, não beberá mais água hoje até eu dizer que pode.

O dia prosseguiu. O ardente sol de fim de verão queimava o céu e o mar à nossa volta. Surgiu uma leve brisa, e a vela foi içada novamente. Senti o estômago revirar quando um surto de enjoo me atingiu, mas eu sabia que não devia pedir licença para ir vomitar por cima do costado. Engoli a náusea. A bile sufocou a minha garganta, mas continuei com meu trabalho. Por volta do meio da tarde, eu estava febril e cambaleante com calor e exaustão. Panipat diminuiu a voga para deixar que os homens descansassem, mas não creio que ele tivesse demonstrado piedade se um dos homens livres de grande experiência não tivesse interferido. Esse homem era conhecido apenas pelo seu lugar de origem, Lomas, uma aldeia do interior perto de Málaga. Gesticulou com a cabeça para eu ir até ele e então me passou sua garrafa de água.

— Beba — ordenou —, ou vai desmaiar e nenhum de nós terá mais água.

PARTE DOIS: A CHEGADA DA INQUISIÇÃO

Olhei temeroso para Panipat, mas o mestre dos remadores virou a cabeça e fingiu não ver.

— Beba — repetiu Lomas. — Sou o melhor remador de Panipat. Ele sabe disso e não vai me contradizer.

Bebi a água e consegui ficar de pé o resto do dia. Ao cair da noite, quando ainda não tínhamos aportado, Panipat ordenou que os homens descansassem os remos e foi confabular com o capitão.

— Sente-se aqui comigo, rapaz — disse Lomas.

Desabei agradecido na passarela ao lado de seu posto de remador. Ele dobrou para trás a parte rasgada de minha camisa e, apanhando um frasco guardado embaixo do banco, desenroscou a tampa e o estendeu para mim.

— Espalhe um pouco deste unguento no seu corte — disse. — Ajudará a sarar.

Agradeci e, então, quando lhe devolvi o fraco, perguntei-lhe:

— Nós estamos perdidos?

— Não completamente — sorriu Lomas —, pois seria difícil, até mesmo para o nosso capitão maluco, se perder completamente num mar fechado como o Mediterrâneo, mas já deveríamos ter avistado terra uma hora atrás. Será amanhã antes de vermos Alicante. — Levantou-se e cuspiu no mar. — Ele nasceu em Gênova, nosso capitão Cosimo, e os genoveses são supostamente os melhores marujos, mas esse aí mal consegue encontrar a Estrela Polar numa noite sem nuvens.

— Mas, se você é um homem livre, por que aceitou trabalhar neste barco? — perguntei-lhe.

— A principal habilidade do capitão Cosimo é seu senso para negócios. Ele emprega apenas quatro tripulantes: o intendente, que também cuida do canhão e das outras armas, o carpinteiro-cozinheiro, o veleiro e o mestre dos remadores, Panipat. Nosso capitão é um negociante esperto, ganha mais dinheiro do que os outros capitães, que são melhores navegadores. Embora ele desperdice sua parte em jogatina antes mesmo de deixarmos o porto, a tripulação e os homens livres ganham um bom dinheiro neste barco. Transportamos cargas para portos tão distantes

PRISIONEIRA DA INQUISIÇÃO

a leste quanto as ilhas Baleares e depois a oeste, para Cádiz, na costa atlântica da Ibéria. O capitão Cosimo tem um faro de especialista para que tipos de mercadorias são desejadas, onde e quem pagará mais por elas. Para fazer uma barganha, não tem ninguém melhor. É uma pena que ele nunca irá se aposentar como um homem rico, mas posso trabalhar dois anos e depois tirar uma folga de seis meses e ir para casa viver do que ganhei com minha mulher e meu filho.

O tripulante que era igualmente carpinteiro e cozinheiro havia acendido carvões no braseiro instalado na proa e começara a cozinhar os peixes frescos que o intendente tinha pescado durante o dia com seu arpão. Fiquei surpreso com a fome que eu sentia. Mais cedo, quando tivera as ânsias de vômito, pensei em nunca mais ingerir comida novamente. Lomas me viu esfregando a barriga.

— Rá! Você me lembra meu filho. Sempre com fome. Tem o cabelo da mesma cor e quase a mesma altura. Quantos anos você tem?

— Não tenho certeza — respondi. — Dezesseis... talvez mais.

Lomas assoviou entre os dentes.

— Então não tem sido alimentado regularmente em sua vida, não é mesmo?

Eu nada disse. Não foi preciso. Eu sabia que era menor do que o normal e muito magro. Eu podia ver como meus braços e pernas eram finos.

— Vá até o cozinheiro. Diga-lhe que eu o mandei e peça-lhe um pedaço de peixe para comer.

Levantei-me. Lomas estendeu a mão para me deter. Puxou-me para perto e falou baixinho no meu ouvido.

— Escute bem o que vou lhe dizer agora, Ratinho. Precisa tomar cuidado, todas as noites, quando os homens estão fazendo suas refeições e têm permissão para deixar seus postos e irem à privada. Cuide para que, nessa hora, você não fique sozinho em nenhum lugar do barco. Não tome vinho. Não importa o quanto os outros tentem convencê-lo. Alguns desses homens livres cortarão sua garganta só por diversão; são piores criminosos do que aqueles mantidos acorrentados

PARTE DOIS: A CHEGADA DA INQUISIÇÃO

na proa, e com mais chances de machucar você do que qualquer um dos escravos árabes. — Alcançou embaixo do banco e afastou para o lado o saco com seus pertences. — À noite, pode dormir aí debaixo.

Lomas tinha razão. Alguns dos homens tentaram mesmo me encorajar a tomar vinho, e alguns me olharam de um modo que me assustou de verdade. Na hora das refeições nunca me afastava muito do banco de remador de Lomas e, com sua proteção, fiquei seguro — pelo menos por um tempo. Eu sofria de pesadelos recorrentes, observando minha mãe morrer de fome e revivendo cada momento, várias e várias vezes, do fim brutal do meu pai. Eu passava meus dias obedecendo às ordens de Panipat e me protegendo de qualquer perigo que pudesse me atingir. O constante pensamento que me sustentava era o de que um dia eu talvez vingasse meus pais.

Enquanto isso, um aspecto dessa nova vida era melhor do que qualquer um da antiga. Eu não vivia mais constantemente com fome. Cada dia eu comia o suficiente para encher o estômago. As semanas se passaram e fomos do outono para o inverno. E, mesmo que o tempo se tornasse mais tempestuoso, eu havia adquirido o equilíbrio de um marinheiro, de modo que minhas entranhas não se deslocavam com cada movimento do barco num mar agitado. A exposição ao sol bronzeou a superfície de minha pele, e, por baixo dela, eu podia sentir músculos firmes se formando em meus braços e pernas, e pelo peito. Trabalhar ao ar livre me tornou mais saudável do que eu jamais fora — tanto que o capitão acabou sendo forçado a me arranjar calções maiores para vestir. Sentia-me feliz com tudo isso, embora soubesse que cada dia de desenvolvimento me levava para mais perto do momento em que teria de substituir um dos homens mais velhos e mais fracos e assumir seus remos na proa. Quando esse dia chegasse, Panipat colocaria uma algema metálica no meu tornozelo e juntaria as duas extremidades. A corrente que mantinha os escravos em seus lugares no banco seria presa à algema, e então eu estaria condenado a remar pelo resto de minha vida. Meu destino estava selado, sem esperanças.

Só que...

No cós de meus calções eu ainda tinha a faca.

Capítulo 13

Zarita

Havia cavaleiros no pátio.

Quando ouvi o barulho de cascos, levantei-me de onde estávamos terminando nossa refeição do meio do dia para ir até a janela e olhar.

— Zarita! — repreendeu-me papa. — Você não é mais uma criança. Não deve sair correndo da mesa porque está entediada e ouviu alguma distração lá fora.

Ele estava sentado com a mão sobre a de Lorena. Atormentava-me vê-lo tão envolvido e eu teria usado qualquer desculpa para deixar a mesa onde papa gostava que fizéssemos todo dia pelo menos uma refeição juntos.

Dois meses atrás, quando se tornou esposa de meu pai, Lorena não tomara na mesa o lugar de mamãe, do lado oposto ao dele. Desde minha tenra infância eu me sentara entre meus pais, então conversávamos como um trio e, enquanto comíamos, compartilhávamos nossas histórias e brincadeiras. Após o casamento deles, Lorena se posicionara do lado direito do meu pai e, durante a refeição, frequentemente focinhava-o do modo mais desavergonhado.

Embora eu estivesse contente por ela não usar o lugar de mamãe, Lorena usava a cadeira que outrora eu ocupava e considerei uma afronta o fato de ela não ter me consultado antes de decidir onde se sentaria. Nas refeições, sentia-me deixada de lado, pois ela nunca me

PARTE DOIS: A CHEGADA DA INQUISIÇÃO

incluía em qualquer uma de suas conversas e fazia uma carranca de modo desagradável sempre que eu tentava participar.

— Chegaram cavaleiros — informei a meu pai. — Um deles é um monge, e os outros usam um uniforme muito estranho.

Meu pai fez um ruído de irritação com a língua por não ter conseguido fazer com que eu voltasse para o meu lugar. Então limpou a boca com o guardanapo e foi até a janela.

— Veja... — Apontei para onde os homens estavam desmontando.

Seis cavaleiros. Um monge usando um hábito negro acompanhado por cinco soldados vestindo túnicas com uma incomum cruz verde pintada no peito.

Ouvi papa inspirar fundo.

Olhei-o com curiosidade.

— Quem são eles?

Seguiu-se um silêncio, e então meu pai falou firmemente.

— Os soldados usam o uniforme da Santa Inquisição.

Atrás de mim, ouvi Lorena suspirar alto.

— Vou me retirar para o meu quarto — disse ela rapidamente.

— Não, espere — ordenou-lhe papa. — Disseram-me que é melhor ser completamente receptivos com essas pessoas. Ficará óbvio que perturbaram nossa refeição. Portanto, minha esposa e minha filha deverão estar sentadas à mesa. Eles poderão se juntar a nós se quiserem comer.

Houve uma batida autoritária na porta da frente. Meu pai mandou-me ficar sentada e ele mesmo foi abri-la, interceptando Serafina no caminho.

— Eu atendo os visitantes — disse-lhe ele. — Creio que são representantes da Inquisição.

Serafina deu um olhar assustado para papa e fez o sinal da cruz na testa.

— Não tenha medo — recomendou-lhe, enquanto ela voltava apressada para a cozinha. — E diga aos demais criados que eles nada têm a temer.

Eu o segui até a entrada da sala de jantar, para olhar dali a porta.

PRISIONEIRA DA INQUISIÇÃO

— Você deveria voltar e se sentar — gritou Lorena para mim. — Creio que seu pai ficará aborrecido se não estiver sentada na mesa quando esses homens entrarem.

Lancei-lhe um olhar de desprezo por cima do ombro.

— Como se eu fosse fazer alguma coisa que você me aconselhasse.

Lorena deu de ombros.

— Está bem — disse ela, e sua voz teve um toque de alegre satisfação. — Faça o que lhe der na telha, Zarita. — Então acrescentou num tom mais baixo: — E sofra as consequências.

Eu estava determinada a permanecer onde estava. Então pensei melhor. A chegada daqueles homens tinha afetado meu pai de uma maneira peculiar. Não tinha certeza de como ele reagiria agora à minha desobediência e talvez Lorena tivesse sugerido de propósito que eu deveria obedecer a ele, sabendo que eu faria o oposto. Considerava minha madrasta astuta o bastante para armar uma situação que me metesse em encrenca. Quando ouvi papa abrir a porta da frente, corri de volta à mesa e ocupei o meu lugar.

Lorena pareceu realmente decepcionada quando me sentei novamente. Ouvimos vozes vindas da entrada e depois passos se aproximando. Antes que os homens entrassem na sala, Lorena ergueu seu xale, que estava jogado por cima do encosto de sua cadeira, e envolveu completamente a parte de cima do corpo, ocultando o decote e os braços nus.

— Padre Besian, é com satisfação que o acolho em minha casa e lhe apresento minha família. — Papa falava com o monge que havia entrado na sala à sua frente. E meu pai, tão acostumado a controlar a si mesmo e aos outros, fez um gesto nervoso.

O padre Besian, por sua vez, nos examinou. Lorena acenou com a cabeça e baixou os olhos, mas quando o olhar do religioso alcançou o meu, recusei-me a baixar docilmente a cabeça como ela fizera. Ele me encarou com profundos olhos negros. Tendo sido tão protegida por minha mama, eu só ouvira através dos criados vagas histórias sobre os julgamentos da Inquisição e não via por que tínhamos de temer seus

PARTE DOIS: A CHEGADA DA INQUISIÇÃO

associados. Era verdade que o tal monge parecia severo, mas para mim a expressão em seu rosto era de preocupação.

— Estou disponível para confissão enquanto estiver aqui — anunciou ele — e espero que todos desta casa se confessem. Com honestidade e clareza — acrescentou.

— Deve nos desculpar se estivermos transtornados, pois este é um lar enlutado — disse-lhe meu pai. — Ainda choramos pela minha esposa, que morreu há quase um ano.

— Entendo. — O padre pensou por um instante e então disse: — É possível que a perda de um ente querido leve a fé de uma pessoa a hesitar. É benéfico para a alma confessar essas dúvidas e falhas a um padre.

Meu próprio coração então palpitou, pois recordei minhas duras palavras ao sacerdote da nossa região, padre Andrés, sobre a falta de piedade demonstrada por Deus quando mama faleceu. E, do mesmo modo como meu pai e Lorena, fui tomada pela prudência.

O padre Besian pareceu notar isso. Olhou-me novamente.

— Quem é essa jovem? — indagou.

— É minha filha, Zarita — respondeu meu pai.

— E essa outra dama? — O padre apontou para Lorena.

— Lorena. — Meu pai pigarreou. — Minha esposa.

— Uma segunda esposa? — O padre ergueu uma sobrancelha. — Mas não disse que não se passou um ano ainda do falecimento da mãe dessa menina?

— Zarita é minha única filha... uma mulher. Deve entender, padre Besian — papa estendeu as mãos, as palmas viradas para cima —, um homem precisa de um filho para herdar sua terra e seus bens.

Ouvi Lorena trincar os dentes. Teria sido porque meu papa estava dizendo que se casara com ela simplesmente por causa de sua habilidade em procriar? Fiquei imaginando. Fui tomada por uma sensação incomum de compaixão por Lorena, mas a rejeitei e ela não chegou a nutrir minhas ideias.

O mais rapidamente possível, Lorena pediu licença e deixou a sala. Quando reapareceu, pouco depois, foi para ir à bênção na capela da localidade. Fiquei pasmada. Desde o começo de maio Lorena não saía no fim da manhã ou começo da tarde. Ela considerava muito fortes os raios do sol de verão e preocupava-se que pudessem estragar sua cútis. Estava vestida de preto; não o preto elegante de renda de malhas largas e tafetá farfalhante que às vezes ela usava, mas de materiais simples e escuros, e seu rosto estava coberto com um pesado véu.

O padre Besian deu-lhe um olhar de aprovação e então se dirigiu a mim.

— Você não comparece à bênção? — indagou compassivamente.

— Zarita cuida de seus estudos durante o dia — interpôs meu papa antes que eu pudesse dizer qualquer coisa. Deu-me um olhar firme. — E é melhor você fazer isso agora, minha filha.

Fazia tanto tempo que papa não me chamava de "filha" que senti as lágrimas brotarem. Fitou-me fixamente, e havia um apelo em seus olhos que fez com que eu me levantasse e lhe obedecesse.

Fui para o quarto e apanhei alguns dos livros que papa comprara para eu ler na época em que esteve mais interessado em minha educação. Era difícil me concentrar. A chegada daqueles homens mudara a atmosfera da casa; um silêncio anormal havia se instalado por toda a parte. Fui à janela. Normalmente, os criados se sentavam num lugar à sombra e conversavam por mais ou menos uma hora no calor da tarde: Serafina e as criadas preparavam vegetais enquanto Garci e o cavalariço, Bartolomé, poliam os latões das montarias ou se ocupavam de alguma outra tarefa leve. Agora, as únicas pessoas por ali eram os soldados que acompanhavam o padre Besian, que estavam sentados debaixo de uma árvore comendo alguma coisa. Enquanto eu observava, Bartolomé, sobrinho de Serafina, saiu dos estábulos com um balde na mão e um sorriso contente no rosto. Foi até o poço e começou a tirar água de uma bica. Um dos homens acenou-lhe com a cabeça; imediatamente, o cavalariço largou o balde, espalhando a água que havia recolhido, e seguiu a passos rápidos e parou diante dele. Bartolomé era muito inocente e faria qualquer coisa para agradá-lo. Embora tivesse quase 20 anos, sua mente era a de uma criança. Minha mama me

PARTE DOIS: A CHEGADA DA INQUISIÇÃO

dissera que pessoas como Bartolomé são os seres mais preciosos de Deus. São enviadas para esta terra para nos lembrar de nunca perder nosso senso de deslumbramento. Sorri ao ver Bartolomé agitar furiosamente a cabeça e abanar os braços no ar. E pensei, *se esses homens pretendem se intrometer em nossos assuntos, nada conseguirão arrancar dele que faça sentido*.

Mais tarde, minha antiga babá, Ardelia, trouxe-me a refeição da noite.

— Seu pai pediu que você ficasse em seu quarto até a hora de dormir.

— Por quê? — perguntei.

Ela baixou a voz.

— Dom Vicente Alonzo acha melhor que você e Lorena não estejam por perto enquanto esses homens estiverem nos visitando. — Olhou para o teto. — O padre Besian vai dormir no sótão bem em cima de você. Ele pediu o quarto mais simples da casa. Os outros estão nos aposentos dos criados acima dos estábulos. — Fez uma careta. — Ninguém lá está falando com eles.

— Exceto Bartolomé — emendei. — Mais cedo, eu o vi falando com eles.

— O quê? — Ardelia pareceu alarmada. — Preciso contar isso a Serafina e Garci. — Saiu apressada do quarto.

Ao apanhar a comida, minha sensação de intranquilidade aumentou. Por que Ardelia ficou tão transtornada e por que papa queria que eu permanecesse no meu quarto? Não me importei muito com isso, em parte porque ele impôs o mesmo a Lorena, mas também porque fiquei contente por não ter de me encontrar com o padre Besian. A ideia de me confessar com ele começava a me perturbar.

Não muito tempo depois de ter me recolhido para dormir, ouvi o rangido de tábuas no assoalho acima de minha cabeça. O padre Besian devia estar se preparando para dormir. Se eu tivesse de me confessar com ele, o que deveria dizer? Eu detestava Lorena. Isso era um pecado contra a tolerância. Eu contara isso numa confissão ao nosso sacerdote, o padre Andrés, e ele dissera que era por causa da grande dor que eu ainda carregava pela perda de minha mãe. Esses pensamentos ruins eram sentimentos naturais, mas eu precisava superá-los. Ele me garantiu que desapareceriam, principalmente depois que Lorena tivesse um bebê, o que, sem dúvida, aconteceria em pouco tempo. Então eu amaria essa criança e passaria a aceitar Lorena melhor. Eu dissera a Serafina, mulher de Garci, que desgostava muito de Lorena, e ela, com a cabeça curvada sobre o fogão, murmurou: "Não tanto quanto eu". Isso me fez rir, mas sabia que não era a reação de que mama teria gostado, e eu tentava viver como ela gostaria que eu vivesse. Quando meus ânimos estavam baixos e esses pensamentos ameaçavam me dominar, eu ia ao convento-hospital de minha tia Beatriz e procurava um bálsamo para minha alma.

— Zarita — disse-me ela —, você não é sua mama. Ela era uma santa mulher, mais santa do que eu jamais consegui ser, e sou freira. Embora esta ordem que fundei não seja reconhecida por qualquer decreto formal do papa, fiz votos a mim mesma e a Deus para preservar certas virtudes. Mas saiba disto: eu não fui a criança boa de minha família. Em minha juventude, na corte, levei uma vida mais desenfreada do que era julgado apropriado para uma garota daquela época. Minha irmã, sua mama, era quem tinha a verdadeira bondade dentro de si. Existem poucas pessoas capazes de rivalizar com ela. — Tia Beatriz puxou-me para perto dela, alisou meu cabelo e me tranquilizou. — Você tem de ser você mesma, Zarita. Não pode ser outra pessoa.

Além disso, porém, pesando em minha consciência havia um outro pecado, bem maior, que eu não havia confessado a ninguém: a ocasião em que virei o rosto para Deus porque Ele não poupara a vida de minha mãe e de meu irmãozinho bebê. Enterrei isso bem fundo dentro de mim e nunca falei a respeito. Eu agora suava. Esses pensamentos se acumularam em minha mente, ao mesmo tempo que os passos de padre Besian ressoavam acima de minha cabeça. Havia em mim uma forte convicção de que, se eu ocultasse algo desse padre numa confissão, ele saberia. Resolvi evitar me confessar com ele. Fracamente, ouvi o entoar de preces enquanto ele recitava seu ofício noturno, e mergulhei em um sono agitado.

Capítulo 14

Zarita

Na manhã seguinte, Lorena e eu estávamos tranquilamente fazendo o desjejum na companhia do padre Besian quando papa entrou a passos largos na sala.

— Quero falar com você! — Ele se dirigiu rispidamente ao padre. — Em particular — acrescentou.

O padre Besian olhou-o atentamente e disse:

— Não há nada que não possa ser falado na frente de sua esposa e de sua filha.

— Você ordenou que estes panfletos fossem distribuídos e pregados por toda a minha cidade?

Papai abriu um pedaço de papel que trazia amassado na mão e o entregou ao sacerdote.

O padre Besian pegou o papel, colocou-o sobre a mesa e alisou-o calmamente.

— Sim, ordenei — disse ele.

Inclinei a cabeça para tentar ler as palavras que estavam escritas no papel.

— Você não tem o direito de convocar as pessoas desta cidade para dar informações umas das outras dessa maneira. — A voz de papa tremia de raiva.

PRISIONEIRA DA INQUISIÇÃO

— Pelo contrário — retrucou o padre Besian —, o Chefe Inquisidor, Tomás de Torquemada, garante a mim, como agente da Santa Inquisição, o direito de fazer isso. É vital que erradiquemos a heresia e descubramos se algum dos proclamados convertidos do judaísmo ainda mantém suas antigas práticas religiosas. Descobri que há judeus e muçulmanos vivendo nesta cidade. Suas influências são potencialmente corruptoras. Pela minha experiência, bons resultados são obtidos quando apelamos à população para ficar vigilante e servir como testemunhas.

— Há meia dúzia de famílias judias confinadas na parte mais pobre da cidade, perto das docas, e alguns poucos pescadores muçulmanos que amarram seus sambucos no píer mais distante. Eles nunca nos causaram problemas. Eu sou o magistrado desta cidade, de forma que você deveria ter falado primeiro comigo antes de divulgar proclamações que podem incitar agitação.

O padre Besian deu um gole em sua xícara de leite morno e então a pousou diante de si.

— A única agitação que se seguirá às minhas instruções será nos corações dos incrédulos.

— O que pretende fazer quando esses informantes aparecerem? — exigiu saber papa. — Vai descobrir que haverá quem aproveite a oportunidade para se vingar de uma antiga dívida ou contar mentiras sobre um vizinho contra quem têm uma rixa.

— Eu os interrogarei muito cuidadosamente. Isso será uma dificuldade para aqueles que não têm um motivo verdadeiro para suas denúncias.

— Pretende iniciar uma Inquisição na cidade?

— Pretendo.

— Ontem à noite, me disse que estava apenas de passagem e me pediu que providenciasse acomodações enquanto esperava transporte num navio que o levará a Almería.

— Mudei de ideia — disse o padre Besian.

— E onde pretende realizar seus interrogatórios e julgamentos? — Meu pai deu uma risada. — Esta não é uma cidade grande. A cadeia é

PARTE DOIS: A CHEGADA DA INQUISIÇÃO

o subsolo de um prédio de um andar, e a minha assim chamada corte dos magistrados é esse pequeno andar acima.

O padre Besian reclinou-se na cadeira. Olhou pela janela para os edifícios de nossa fazenda e depois à sua volta, pela sala. Sorriu.

— Tem uma casa muito bem equipada, Dom Alonso. Usarei suas instalações para executar essa obra de Deus.

— Minha casa! Meu lar! — Papa recuou, chocado. — Não! Isso é impossível! Não permitirei.

— Devo lembrar-lhe, Dom Vicente — a voz do padre tornou-se gelada —, que, como o magistrado local, está obrigado por lei a me auxiliar de qualquer modo que eu julgue necessário.

O padre Besian levantou-se, e percebi subitamente que ele era mais alto do que papa e, embora muito mais magro, sua presença pareceu fazer meu pai encolher.

— A Santa Inquisição foi instituída pela rainha Isabel de Castela e pelo rei Fernando de Aragão como parte de sua gloriosa missão de estabelecer o reino cristão de Espanha. Esses dois monarcas de reinos separados dentro do território espanhol estão unidos, tanto em casamento quanto em mente, para guiar todas as outras províncias e distritos sob seu domínio. Mesmo agora lutam para tomar Granada dos infiéis e substituir a bandeira da lua crescente pela da cruz. Eu, como agente da Inquisição, possuo total autoridade sobre a Igreja e o Estado. Você não deve tentar impedir de nenhuma maneira o meu trabalho. Frequentemente, tenho verificado que quem costuma fazer isso tem algo errado ou... inconsistente... dentro da própria família para esconder. — O padre olhou para meu pai e então abruptamente girou a cabeça para abarcar Lorena e a mim em seu olhar.

O efeito dessas palavras em papa foi impressionante. A cor sumiu de seu rosto como acontece com a luz no céu quando uma nuvem passa pelo sol. Ele cambaleou e agarrou o encosto de uma cadeira próxima para se apoiar.

— Além de pregar avisos pela cidade — prosseguiu o padre Besian —, informo-lhe agora que pretendo proclamar, para todo mundo, a mesma mensagem do púlpito durante meu sermão na missa de amanhã. Espero ver você, sua família e todos os membros de sua casa no branco da frente da igreja. Uma pessoa importante como o magistrado deve dar o exemplo para o resto da comunidade.

E, assim, estávamos lá no dia seguinte — eu, papa e Lorena —, apropriada e sobriamente vestidos. Antes de a cerimônia começar, minha tia Beatriz se juntou a nós. Um véu drapejava até abaixo do seu nariz, e o capuz de seu traje cobria a cabeça e as laterais do rosto, como era costume das Irmãs de Compaixão sempre que saíam em público. Papa tinha se distanciado de sua cunhada ao se casar com Lorena. Embora minha tia nunca tivesse revelado seus sentimentos por ele ter tomado uma nova esposa tão pouco tempo após a morte da irmã, eu acreditava que essa era a causa do afastamento entre eles. Agora ele lhe concedeu um olhar de gratidão pela presença naquela manhã.

Enquanto o padre Besian insultava hereges, judeus, muçulmanos e todos aqueles que ele afirmava que ameaçavam a igreja e a segurança da Espanha, nós nos forçávamos a ficar calmos e atentos.

— Nossos monarcas, a virtuosa rainha Isabel de Castela, unida em matrimônio com o igualmente honrado rei Fernando de Aragão, tiveram por propósito juntar os reinos e províncias visando a tornar a Espanha um país unificado. Este será um país católico, unido. Para isso, eles têm empreendido uma guerra santa, uma cruzada contra todos os incrédulos. Mesmo agora eles se encontram em batalha contra os infiéis que mantêm o Reino de Granada e que não cedem à ordem cristã de suas majestades. Por muito tempo os muçulmanos têm maculado o solo espanhol, mas eles serão expulsos. Há, porém, em nosso meio, aqui, dentro de nossos corações e de nossos lares, a quem também devemos expulsar. E esses são os que conseguem ser mais traiçoeiros. Os tais que precisamos desenraizar como se faria com uma hera que sufoca plantas boas e frutíferas.

O padre Besian chegara à parte do sermão em que exortava a congregação a ser vigilante e a informar a ele e a seus agentes da Inquisição qualquer delito que precisassem.

PARTE DOIS: A CHEGADA DA INQUISIÇÃO

— Devem informar qualquer caso que possa ser um ato de heresia. Ainda se a pessoa de que se suspeita seja um irmão, uma irmã, um pai ou um filho. Sim — estrondeou —, seja uma filha que suspeite de um pai, ou uma mãe de seu próprio filho! Eu os condenarei à dor do pecado mortal. Arriscarão a danação de sua alma imortal se permanecerem calados.

Minha tia inspirou fundo. Arrisquei um olhar de relance para papa e vi sua mandíbula se apertar e o rosto ficar sombrio. Ao lado encontravam-se os ajudantes de nossa residência. Estavam sentados em um banco, empertigados, numa atitude de apreensão. Todos, exceto Bartolomé, que sempre se portava da mesma maneira na igreja: sorria, brincava com os dedos e cantava baixinho para si mesmo. Mas, quando o sermão durou mais do que o normal, para temor de todos, ele começou a fazer ruídos de estouros com a boca.

O padre Besian ergueu a voz para cobrir a interrupção.

Bartolomé igualou-se ao desafio. Encheu as bochechas de ar e, antes que Serafina conseguisse impedi-lo, bateu nelas com ambas as mãos, causando o som de peido mais alto ouvido por algum tempo na igreja. Uma risadinha formou-se em minha garganta. Fingi tossir. Junto a mim, senti o corpo de minha tia se sacudir e notei que ela também contivera uma risada. As feições do padre Besian foram tomadas pela raiva. Fez uma pausa e olhou do púlpito abaixo para Bartolomé, que alegremente acenou para ele. Bartolomé costumava acenar para o padre Andrés quando este fazia sua pregação, e ele acenava de volta. Bartolomé não via motivo para que esse padre fosse diferente do outro. O padre Besian encurtou o sermão e desceu a escada do púlpito.

Encerrado o serviço religioso, saímos para o ar fresco, onde respiramos mais facilmente. Serafina segurou Bartolomé pela mão e saiu caminhando rapidamente, seguida pelo resto de nossos criados. Notei que os outros habitantes fizeram o mesmo; após as cerimônias na igreja, eles normalmente se demoravam por ali para conversar com parentes e amigos e se atualizar com as notícias, mas, dessa vez, saíram apressadamente.

PRISIONEIRA DA INQUISIÇÃO

— Quem era aquele idiota que interrompeu meu sermão? — O padre Besian aproximou-se de nós, obviamente ainda furioso pela afronta à sua dignidade.

Papa abriu a boca para responder, mas tia Beatriz interrompeu delicadamente.

— Ele é de fato um idiota, mui reverendo padre. Uma alma simplória. Foi um sábio por ter percebido isso. Há aqueles, menos perceptivos, que teriam ficado incomodados com tal má educação.

O padre Besian dirigiu olhos astutos para minha tia.

— Você é...?

Minha tia curvou a cabeça.

— Beatriz de Marzena, freira do convento-hospital dirigido pelas Irmãs de Compaixão.

— Como freira, não deveria estar no interior dos muros de seu mosteiro?

— Sou irmã da primeira esposa de Dom Vicente e, como tal, sou parte de sua família. Ele me informou do desejo do reverendo de que todos os membros da família comparecessem à sua pregação hoje.

O padre Besian inspecionou minha tia e então disse:

— As Irmãs de Compaixão? Tenho viajado por muitas partes da Espanha, fazendo a obra da Santa Inquisição, e nunca ouvi falar de tal ordem.

— Eu mesma a fundei — informou-lhe minha tia. — Ainda não fomos reconhecidas formalmente pelo nosso Santo Padre, o papa.

O padre Besian inspirou rapidamente.

— De fato? — disse ele.

Foi a vez de meu papa interromper.

— Preciso cuidar de alguns assuntos — dirigiu-se ele ao padre. — Se não precisa de mim no momento...

O padre Besian abanou a mão num gesto de dispensa. Minha tia aproveitou a oportunidade para se afastar um pouco. E falou para meu papa:

PARTE DOIS: A CHEGADA DA INQUISIÇÃO

— Será que Zarita pode me acompanhar até o hospital para uma visita?

Papa concordou com a cabeça — com certo alívio, pensei.

Em poucos dias a cidade de Las Conchas mudou completamente.

As lojas e as barracas da feira tornaram-se muito mais silenciosas. Havia menos pessoas nas ruas, e as que saíam de casa olhavam desconfiadas umas para as outras. Forasteiros, anteriormente bem-vindos como estímulo para o comércio, agora eram evitados. Os pescadores árabes partiram silenciosamente em seus sambucos e não voltaram. Dizia-se que os judeus tinham trancado suas casas e permanecido dentro delas a noite toda e a maior parte das horas do dia. Tínhamos sido uma cidade sossegada com um porto razoavelmente movimentado. Agora éramos uma comunidade fechada onde vizinhos mal se cumprimentavam ao se encontrar na rua. Para minha contrariedade, fui impedida de fazer minha cavalgada diária. Garci disse-me que papa lhe dera instruções para que nem Lorena nem eu saíssemos da propriedade sem sua permissão. Para evitar me encontrar com o padre Besian, eu normalmente ia ao convento-hospital após a missa de cada manhã e passava lá a maior parte do dia em companhia de minha tia e suas freiras.

— Independentemente de qualquer consideração moral a respeito de uma religião ter ou não o direito de impor suas regras sobre as de outra, os atos da Inquisição estão arruinando a economia de nossa cidade — comentou a irmã Maddalena, a suplente de minha tia no convento, ao nos sentarmos certo dia na sala de estar, enquanto preparávamos bandagens e conversávamos.

— Cuidado, irmã Maddalena — minha tia olhou em direção à porta —, nunca se sabe quem está ouvindo.

Irmã Maddalena, uma mulher grande e agitada que havia criado uma família de dez filhos e enterrado três maridos antes de dedicar sua vida a Deus, sacudiu a cabeça.

— Nossas irmãs aqui jamais trairiam uma à outra, mas, de qualquer modo, não ligo para quem ouve quando falo a verdade. As pessoas estão com medo de sair, de negociar, de fazer qualquer coisa que possa ser interpretada como oposição à Igreja. Temem que alguma pessoa intrometida as denuncie.

Baixei a voz e disse:

— Você acredita que uma religião não tem o direito de impor suas regras à outra? Certamente, como bons cristãos, é nosso dever evangelizar.

— É também o do rei e o da rainha — rebateu minha tia cuidadosamente. — A rainha Isabel, em particular, acredita que faz a Vontade de Deus em sua missão de unir toda a Espanha sob a bandeira da Cruz.

— E o que diria o bondoso Jesus da decisão dela de instituir uma Inquisição que pode usar tortura ao questionar um acusado? — A irmã Maddalena bufou em escárnio.

— Ela acha que é melhor sofrer na terra e alcançar uma paz eterna no céu.

Irmã Maddalena inclinou-se para mais perto.

— Meu primo de Saragoça contou que ela mandou que seis criminosos fossem castrados, depois enforcados, arrastados e esquartejados em público diante da catedral.

— Ela é uma rainha monstruosa — comentei com emoção —, capaz de permitir que muitos sejam condenados a uma morte tão terrível.

— Não tão monstruosa — refletiu minha tia. — Ela é inteligente e possui uma certa bondade, principalmente em relação à família e aos amigos, mas, quando resolve fazer uma coisa, ela tem de ser feita. Você tem de reconhecer que, quando ela herdou o trono de Castela do meio-irmão Henrique, assumiu um reino arruinado. Durante seu reinado, Henrique concedera favores a homens e mulheres malvados e venosos. A corte era apenas uma instituição que buscava o prazer, com pouca distribuição de ordem ou justiça. Bandidos vagavam pelas terras. Não havia leis. Isabel mudou isso, mas o nível de corrupção era tal, mesmo entre os nobres, que ela teve de ser implacável para fazer isso. Tem sido criticada pela falta de piedade, mas agora os lavradores

PARTE DOIS: A CHEGADA DA INQUISIÇÃO

podem cultivar suas terras e colher as safras, e viajantes podem circular pelas estradas sem serem molestados.

— Você a conhece! — exclamei.

Minha tia confirmou com a cabeça.

— Conheci. Anos atrás, passei algum tempo na corte e sei que a vida dela não tem sido fácil. Quando criança, foi mantida num castelo sombrio, protegida e orientada apenas por uma austera e, segundo alguns, enlouquecida mãe. Foi influenciada por seu confessor, um fanático, e acho que ainda é o caso.

— E você acredita nessa missão da rainha e do rei? — perguntei.

Minha tia abriu a boca para responder, mas parou e pendeu a cabeça num gesto de quem está ouvindo algo. Ergueu a mão e colocou o dedo sobre os lábios. Então, levantando-se rapidamente, avançou e abriu a porta.

O padre Besian estava parado ali.

— Eu estava prestes a bater — disse ele sem hesitação.

Minha tia, intencionalmente, olhou para o corredor mais além dele.

— Que descortesia da irmã que está como porteira hoje não tê-lo conduzido pessoalmente aos meus aposentos.

— Eu recusei a ajuda de sua porteira — explicou o sacerdote — e disse-lhe que encontraria sozinho o caminho para sua sala. Espero que não se importe.

— De modo algum — retrucou minha tia agradavelmente. — Entre.

A irmã Maddalena levantou-se.

— Vou trazer uma infusão de menta para refrescá-lo.

O padre se instalou numa cadeira.

— Você passa um dia agradável... conversando? — indagou-me.

— Minha sobrinha e eu rezamos enquanto trabalhamos, padre — respondeu minha tia.

— Ah, sim, Zarita é filha de sua irmã, não é mesmo? Posso ver a semelhança entre vocês, principalmente os olhos.

— Zarita é parecida com a mãe, e diziam que nós duas éramos como irmãs gêmeas. Mas diga-me, padre — minha tia baixou o véu sobre o rosto —, como andam suas investigações?

O padre Besian franziu a testa.

— Os muçulmanos fugiram, e os judeus se isolaram. Como deveriam — acrescentou. — Temos sido convocados a arbitrar pequenas disputas, mas, até agora, ninguém nos forneceu qualquer informação séria a respeito de práticas heréticas.

— Alegro-me em ouvir isso.

— Mas eu não.

— Não?

— Não. Isso apenas significa que há coisas profundamente ocultas.

— Isso não significaria que não há nada impróprio por aqui?

— Tenho notado hábitos relaxados.

Irmã Maddalena retornou com os copos cheios de água quente adocicada na qual foi colocada uma infusão de folhas de menta.

O padre Besian apanhou o copo que lhe foi oferecido.

— Vejam, eis um exemplo do que digo. A bandeja sobre a qual servem essas bebidas é de origem árabe com escritos na linguagem deles. Sabem o que significa?

Houve uma pausa que durou o tempo de uma batida cardíaca.

— Eu não saberia dizer.

Minha tia havia falado uma inverdade — se não uma mentira direta, certamente uma afirmação feita com a intenção de enganar o ouvinte —, e fiquei imaginando como justificaria isso a seu confessor. Eu sabia que minha tia estudara árabe a fim de ler certos textos para que seus pacientes pudessem se beneficiar do conhecimento superior que ela afirmava que os mouros tinham de medicina.

— Pode até ser alguma blasfêmia trazida para o interior das paredes de um mosteiro e que vocês ignoram. — Como minha tia nada disse, ele ergueu seu copo. — Esta bebida também é de origem moura.

Minha tia pestanejou.

— Creio que vai descobrir que a própria rainha bebe uma infusão feita com folhas de menta.

O padre Besian abanou a mão.

PARTE DOIS: A CHEGADA DA INQUISIÇÃO

— Não cabe a alguém como você saber o que a rainha faz ou deixa de fazer. Esses são exemplos de irregularidades nesta cidade que me causam inquietação. Sua ordem não é reconhecida pela igreja... isso por si só poderia constituir uma heresia, combinada com a falta de respeito mostrada na Santa Missa pelo criado de seu cunhado.

Minha tia levantou-se e foi até um armário no canto da sala. De lá, tirou uma caixa, a qual abriu. Entregou ao padre Besian o pergaminho que ela continha.

— Esta é a escritura do terreno deste convento-hospital, terras que me foram concedidas pela rainha Isabel para que eu pudesse fundar um hospital com um grupo de irmãs para cuidar dos necessitados. A fundação de minha ordem foi feita com sua aprovação. Nossa petição por reconhecimento, apoiada pela rainha, está no Vaticano à espera da atenção do Santo Padre.

O rosto do padre Besian se comprimiu ao ler o pergaminho.

Minha tia devolveu-o à caixa e fechou a tampa com um forte estalo.

— Se isso é tudo o que consegue encontrar de errado em nossa cidade — comentou decisivamente —, um adulto com a mente de uma criança e uma freira que bebe chá de menta, receio que possa estar escarnecendo do trabalho da Inquisição.

O corpo do sacerdote vibrou com raiva contida enquanto ele se levantava para ir embora.

— Vejo essas transgressões como indícios de delitos mais profundos. Mas sou um homem paciente e determinado e vou descobrir o que as pessoas desejam ocultar.

Houve silêncio entre mim e minha tia enquanto a irmã Maddalena conduzia o padre Besian para fora do convento. Eu senti medo, mas não entendi por quê.

Minha tia se aproximou de mim e colocou os lábios perto do meu ouvido.

— Providencie para que sua governanta, Serafina, sirva carne de porco no jantar de amanhã.

Dei um sorriso intrigado.

PRISIONEIRA DA INQUISIÇÃO

— Meu pai não gosta de carne de porco. Nunca é servida em nossa casa. Você sabe disso.

Minha tia não retribuiu meu sorriso. Em vez disso, adotou uma aparência muito séria e continuou falando num tom de voz bem baixo.

— Ouça, Zarita. Faça o que estou mandando. Diga a seu pai, em particular, que eu falei que isso deve acontecer. Ele entenderá e concordará.

"Agora — descontraiu o rosto e segurou meu braço —, vamos caminhar um pouco no jardim e poderá colocar flores na sepultura da mulher do mendigo. Eu sei que gosta de fazer isso."

Passear pelas trilhas bem cuidadas do jardim murado me acalmou, e passei algum tempo rezando ao lado da sepultura que eu zelava. A caminho de casa, porém, minha paz foi despedaçada. Fui recebida por Serafina, que veio correndo para mim enquanto me aproximava de nossa propriedade. Ela chorava e torcia as mãos.

— O que houve? — perguntei-lhe.

— Eles o prenderam! Os soldados da Inquisição o levaram para ser interrogado.

— Quem? — indaguei. — Quem foi levado para ser interrogado?

— Meu sobrinho — bradou, e caiu no choro mais uma vez. — Eles prenderam Bartolomé.

Capítulo 15

Saulo

— *Piratas!*

O veleiro de vigia girou de sua posição na proa de nosso barco para encarar o capitão.

— Piratas! — gritou novamente.

— Poderemos negociar com eles? — quis saber o capitão Cosimo.

— Sob que bandeira velejam?

— Nenhuma. — Veio a resposta. — É por isso que sei que são salteadores. E, a julgar por seu tamanho, o barco tem mais canhões e homens do que nós.

Parei com minha concha a meio caminho do barril de água e olhei para onde o vigia apontava. A vela de uma galé maior agora era visível na direção sul.

O capitão praguejou e deu um soco na mesa à frente, fazendo com que sua moringa de água caísse e saísse rolando pelo convés inferior.

Saltei adiante, apanhei-a e a enchi novamente com a água do barril. Olhei de relance para Panipat e o mestre dos remadores fez um gesto com a cabeça para eu devolvê-la ao capitão.

Uma conversa correu entre os homens.

— Eles nos viram?

— Mudaram de direção?

— Por que se incomodariam? Não veem que somos um barco mercante?

Agora podíamos ver o outro barco mais claramente, uma embarcação baixa e comprida com bancos duplos de remadores. Também vimos que estavam alterando seu curso para nos interceptar.

— Talvez pensem que transportamos ouro, em vez de óleo de amêndoas e peixe salgado.

— Devem estar atrás de bons remadores para vender como escravos — ouvi Lomas dizer. Falou para Panipat numa voz ainda mais alta. — Tire-nos do caminho dele, mestre dos remadores! Quero ver meu filho novamente, e não ser levado como escravo ou morrer numa luta que não podemos vencer!

O resto dos remadores homens livres se uniram a ele com gritos de concordância:

— Vamos, Panipat! Use o chicote, se precisar!

— Estabeleça um ritmo que nos faça remar para longe daqui!

Os piratas estavam baixando a vela para se preparar para a perseguição usando seu poder superior de remada.

O capitão Cosimo mordeu o lábio. Estudou o mapa diante de si. Segui seu olhar e vi um disco de madeira colocado à esquerda de uma grande ilha com a letra M entalhada nele. Seria Maiorca? Ele ergueu novamente a vista. — Qual a potência deles?

— Três — gritou o vigia. — Um canhão completo e duas colubrinas, com talvez outra peça de artilharia na popa.

— Superados em homens e em armas — murmurou o capitão.

Como se para confirmar sua observação, ouviu-se um rugido surdo quando o inimigo disparou um tiro de advertência para que parássemos o barco.

A bala pousou bem perto, mas provocou uma gritaria nos tripulantes. Começaram a praguejar contra o capitão pela sua incompetência por estabelecer um curso que nos levara direto ao predador. Culparam o vigia, como se, por ter avistado a galé pirata, ele fosse o responsável por ter conjurado o inimigo do ar. E, após descarregar a ira inicial,

PARTE DOIS: A CHEGADA DA INQUISIÇÃO

alguns, de medo, passaram a rezar, implorando a Deus e a outros poderes sobrenaturais — até mesmo aos espíritos do mar — que viessem em seu socorro.

O capitão examinou o mapa, alvoroçado.

— Precisamos de uma ilha... algum lugar, qualquer lugar onde possamos encalhar. — Levou a lupa ao olho e baixou o rosto para bem perto do mapa.

— Ali — falei, e apontei para o desenho de uma minúscula ilha a oeste do disco de madeira que eu acreditava representar nosso barco.

— Bem localizado, rapaz — murmurou ele. — Encontramos uma ilha! — disse um pouco mais alto. Então berrou uma instrução para Panipat.

A tripulação já havia atravessado águas perigosas antes. Nossa vela já tinha sido recolhida, os homens se encontravam em posição e Panipat estava alerta, esperando a ordem do capitão. O mestre dos remadores rugiu suas instruções, e o nosso barco fez a volta. Os remadores se empenharam e disparamos através do mar. Os homens gargalharam quando, imediatamente, o espaço entre os dois barcos aumentou.

A ilha, porém, estava mais distante do que parecia no mapa e, quando olhei para trás, a embarcação pirata vinha numa furiosa perseguição. A visão daquele barco viajando em tal velocidade atrás de nós, os remos flamejando para a frente e para trás, me fascinou. Não conseguia desviar os olhos. Não havia tempo de dar água aos homens, e, de qualquer modo, eu tinha bastante dificuldade em manter o equilíbrio, pois nosso barco nunca tinha viajado a tal velocidade. Enquanto observava, podia perceber que a embarcação pirata se aproximava.

Os remadores não podiam se permitir dar uma olhada ou perder a concentração. O bem-estar de todos a bordo dependia agora de sua habilidade e de seu esforço. Panipat, espreitando ao longo da passarela de madeira, estava ciente do perigo. Estalava o chicote acima das cabeças deles, resmungando e rosnando, enquanto procurava estender as remadas para maximizar sua energia. Os músculos ondulavam em seus torsos. Com cada puxada para trás, eles praticamente se levantavam e, no movimento de volta, dobravam os joelhos quase a uma posição sentada, usando a almofada ou o estofado debaixo das coxas para deslizar rapidamente o corpo adiante.

— Puxem! — vociferava o mestre dos remadores. — Remem! Remem! Remem, seus cães! Seus filhos bastardos de Adão! Suas carcaças desprezíveis de carne podre! — Panipat pareceu aumentar de estatura, e partículas de saliva branca salpicavam de sua boca, junto às injúrias que despejava sobre as cabeças de seus homens. — Sua escória — repreendia-os. — Monte de madeira flutuante! Seus vermes repletos de insetos! Bando de carne podre e bolorenta de cadáveres infestada de ratos! Seus restos imprestáveis de naufrágio! Seus inúteis e imprestáveis corruptores de mulheres. Bando de cobras raivosas que rastejam com as barrigas e comem a sujeira da terra! Remem! Remem, estou mandando!

Minha boca se escancarou em choque. Corria suor do rosto, do peito, das costas, dos braços e das pernas de cada homem.

— Remem! — berrou Panipat. — Remem! Ou matarei vocês aí mesmo onde estão!

E eles remaram: pelo seu mestre de remadores, pelo capitão que os mantinha bem alimentados e bem pagos, pela carga da qual esperavam tirar lucro, pelo orgulho em seu trabalho, pela corrida para superar o inimigo, pelas suas próprias vidas.

Nosso barco disparou pela água, rápido e exato como uma flecha no voo.

Mesmo assim, o barco inimigo se aproximava de nós.

— Remem! — A voz de Panipat estava rouca. Seu chicote estalava. — Remem! Remem!

O capitão pulava num pé e noutro, numa dança furiosa, mas ele sabia muito bem que devia ficar fora do caminho de Panipat e não interferir.

Notei que os escravos remavam duramente, no mesmo compasso que os outros, coisa que nem sempre faziam. E não era medo de Panipat que os levava a isso, pensei, pois, naquele momento, ele não conseguiria destacar um homem sequer para castigar; devia ser porque

PARTE DOIS: A CHEGADA DA INQUISIÇÃO

acreditavam que seu destino seria pior num navio pirata do que se permanecessem com o capitão Cosimo. Notei, então, que os ocupantes do nosso barco tinham algum respeito por aquele homem a quem chamavam de capitão maluco, embora acreditassem que sua perícia em navegação fosse pequena.

Mas parecia que estavam certos em sua crença, pois ainda não havia qualquer ilha à vista, e o preço de todo aquele esforço começava a ser cobrado deles.

Lomas gritou:

— O que estamos fazendo? Não nos mande direto pelo mar até as terras perdidas!

— Uma ilha — gritou de volta o capitão Cosimo, confiante. — O rapaz viu uma ilha no mapa. Vamos nos refugiar lá.

O horizonte permanecia vazio, e, subitamente, dei-me conta de que, no passado, o capitão prometera um porto e este não havia aparecido. Havia *mesmo* uma ilha no mapa, bem indicada: eu a tinha visto. Teria sido apenas uma marca do cartógrafo ou um avistamento impreciso de algum homem do mar? Se existia, onde estava ela?

O capitão percebeu a minha preocupação e falou rapidamente.

— O mar é enganador. Ele é como uma mulher: quando se é apresentado a ela, mostra-se agradável e calma, cintila com luzes e o enfeitiça; mas, quando se revela caprichosa, não revela seus segredos. — Bateu a mão na mesa e condenou todos os cartógrafos ao fogo eterno do inferno.

O barco pirata disparou outro tiro e, dessa vez, a bala do canhão cantou acima de nossas cabeças e pousou com um espirro a bombordo.

Nosso barco reduzia uma quantidade infinitesimal a velocidade à medida que o desânimo penetrava a mente dos homens. E nem mesmo toda a fúria de Panipat foi capaz de levá-los de volta ao ritmo anterior. Senti o relaxamento da movimentação debaixo dos pés, e, com o medo, minha respiração encurtou, pois, assim como o resto da tripulação, eu sabia que não me sairia muito bem sob as ordens de um comandante pirata.

— Terra! Terra! — O vigia, agachado na proa por questões de segurança, havia arriscado erguer a cabeça. Gritava e apontava: — A ilha! Eu a vejo! Louvado seja Jesus e Sua Santa Mãe!

Os homens gritaram de alegria e agradeceram aos santos do céu. Pude sentir lágrimas começarem a brotar em meus olhos e as enxuguei com a mão.

Giramos um grau ao sul. Os remadores renovaram seus esforços. Então começaram a bradar:

— Uma ilha!

— Terra à vista!

— Louvado seja!

— Há uma praia?

— Não nos guie para as pedras, Panipat!

Agora o vigia e os remadores trabalhavam juntos, guiando-nos através do círculo de recifes semissubmersos em direção a uma margem arenosa.

Meu coração continuava a bater forte. Não entendia como isso nos deixaria em segurança. Eu podia ver que a ilha era desabitada — nenhum povoado ou sinal de edificação, nem cidadãos a quem se pudesse apelar por ajuda — e a galé pirata se aproximava rapidamente.

— O que podemos fazer? — perguntei ao capitão. — Não conseguiremos lutar contra eles em terra muito mais do que conseguiríamos no mar.

— Nós vamos encalhar o barco — revelou-me. Ele agora estava ocupado enrolando os mapas e recolhendo seu material de navegação. O carpinteiro-cozinheiro jogava seus apetrechos num saco enquanto o resto da tripulação juntava a caixa de pederneiras, arpão, lanças e outras peças vitais do equipamento. — Encha a garrafa de cada homem o mais depressa que puder. Vá! — gritou o capitão no meu rosto, enquanto eu o encarava estupidamente.

Apressei-me a cumprir sua ordem. Panipat já estava ajoelhado ao lado dos escravos acorrentados, usando a chave em sua cintura para abrir os grilhões.

PARTE DOIS: A CHEGADA DA INQUISIÇÃO

Vislumbrei uma extensão de terra branca. Então o barco bateu nela fortemente e fui arremessado à frente.

— Fora! Fora! — berrou Panipat, e os homens saltaram para fora e arrastaram o barco pela areia o máximo que puderam.

O navio pirata estava distante apenas poucas centenas de metros.

— Cada um por si! — bradou o capitão. — Corram! Corram!

Ele estendeu a mão para alcançar a magnífica jaqueta azul-pavão, e eu me inclinei para apanhá-la e lhe entregar. Era pesada. Ele correria menos com aquilo às costas. Sua vaidade devia ser enorme, pensei, levando-o a querer manter o casaco consigo mesmo que isso pudesse lhe custar a vida.

— Tome — falou. — Você é mais rápido do que eu. — Colocou os mapas num comprido estojo cilíndrico feito de couro endurecido, oleado para ser à prova d'água, e entregou-me para carregá-lo. — Abrigue-se primeiro — disse-me —, depois corra para o ponto mais alto da ilha.

Os remadores apanharam as posses que mantinham debaixo dos bancos, cada marinheiro com seu saco de bugigangas contendo os objetos pessoais. Eu nada tinha, além do estojo com os mapas, mas sabia que ele era importante. E, de um modo infantil, senti-me contente por aquilo ter sido confiado a mim.

Nós nos espalhamos, correndo para longe do barco em direção à densa folhagem do interior da ilha.

— Eu acenderei uma fogueira na praia quando eles tiverem ido embora — gritou o capitão Cosimo para seus homens. — Vocês verão a fumaça e saberão que poderão sair.

— Rezem para que não haja canibais aqui. — Ouvi um dos homens dizer ao nos embrenharmos entre as árvores.

— Ou, se houver, vamos rezar para que não estejam com fome.

O alívio por terem escapado da linha de fogo do inimigo levava-os a gracejar.

O capitão me seguiu, golpeando cada lado à frente com sua bengala de bambu. Enquanto os homens corriam em todas as direções para

PRISIONEIRA DA INQUISIÇÃO

se proteger o melhor possível entre árvores e arbustos, o capitão me mandava seguir para terreno alto. Pelejando sob o peso da jaqueta, o capitão avançou acima com dificuldade até se encontrar a alguma distância da praia e a uma boa altura.

— Vamos descobrir o que eles pretendem. — O capitão tomou posição atrás de uma árvore e me passou sua luneta. — O que você vê? — perguntou-me.

Focalizei o navio pirata, parado pouco antes dos recifes que protegiam a baía onde tínhamos encalhado.

— Eles lançaram um esquife com alguns homens armados a bordo. Será que vão destruir nosso barco? — indaguei, com medo de que pudéssemos ficar isolados e abandonados para morrer de fome.

O capitão sacudiu a cabeça.

— Não creio. Essa tripulação não é do tipo que se dedica à guerra política ou religiosa. É uma questão de comércio; o modo como eles fazem negócio. Roubam e vendem. — Olhou ele mesmo pela luneta e então a devolveu. — Tomara que eles queiram apenas nossa água. Nossa carga é de pouca utilidade para eles. — Olhou de relance para o céu. — A noite está quase caindo. Não vão perder tempo nem gastar energia ou munição para nos caçar aqui nesta vegetação rasteira, pois poderíamos matar alguns deles antes que conseguissem capturar qualquer um de nós. Se tivéssemos sido capturados no mar, a história teria um fim diferente. Eles levariam os homens mais aptos como escravos e, provavelmente, colocariam o barco à deriva com o resto de nós dentro.

Observei os piratas irem à praia e vasculharem a nossa nau. Pareciam marinheiros comuns, e comentei isso com o capitão. Ele deu uma gargalhada.

— O que você esperava? Que tivessem 3 metros de altura e barbas longas, carregando uma espada em cada mão e uma faca entre os dentes? A maioria de nós que está no mar de vez em quando faz uma pirataria. — Soltou outra gargalhada ao ver meus olhos se arregalarem. — Até mesmo navios de linha, portando bandeiras de seus países — assegurou-me. — Não hesitam em parar e, usando um ou outro

PARTE DOIS: A CHEGADA DA INQUISIÇÃO

pretexto, tomar mercadorias de sua preferência. — Apertou mais em volta do corpo a jaqueta de pavão e alisou a manga. — Em alguma ocasião, eu mesmo devo ter feito isso. — E sorriu de modo astuto.

Olhei-o então mais detidamente e pensei no que havia acontecido hoje.

Como havíamos sido forçados a esperar na ilha até os piratas irem embora, e eu não estava mais correndo o tempo todo para fornecer água a homens sedentos, tive mais tempo para pensar nos vários aspectos daqueles acontecimentos.

Percebi que nosso capitão Cosimo tinha um segredo que não dividia com ninguém. Sua vista estava falhando. Agora eu sabia o motivo por que, embora fosse um bom marinheiro e um homem sagaz, ele às vezes fazia asneiras em sua navegação. Essencialmente, seguíamos uma rota de porto a porto, nunca nos afastando muito do continente, porque nosso capitão não conseguia distinguir apropriadamente objetos distantes. Foi quando tivemos de nos aventurar em mar aberto que ele encontrou grandes dificuldades. Ele não enxergara aquela pequenina ilha em seu mapa porque a marca impressa que indicava sua localização era minúscula e fraca. Ele me mandara adiante para encontrar o caminho para a colina da ilha e seguiu atrás de mim, atacando o que havia à frente com a bengala, como fazia no barco, para sentir o caminho adiante. Durante as horas do dia, enquanto esperávamos os piratas irem embora, ele me dava a luneta para que eu o informasse do que via, pois, possivelmente, só enxergava as figuras como borrões a distância. E não queria que ninguém soubesse de nada disso. Devia ser um problema recente, e o capitão não conseguiria escondê-lo por muito mais tempo de sua tripulação, mas, por enquanto, preferia que o achassem um idiota a deixar que descobrissem que estava ficando cego.

Admirei-o por sua coragem. E porque nunca me tratou cruelmente, decidi que não o trairia. Com uma espécie de lealdade inapropriada, mantive seu segredo e não contei a ninguém o que sabia.

Eu era muito jovem e inexperiente para perceber que um capitão semicego, final e inevitavelmente, conduziria seus homens à morte.

Capítulo 16

Saulo

Esperamos a noite toda, após os piratas terem ido embora, antes de voltar ao nosso barco.

O vinho, a maior parte da água, duas lanternas e uma panela tinham desaparecido. Eles haviam levantado com uma alavanca a tampa da caixa de dinheiro pregada ao chão do minúsculo dormitório do capitão e levado todas as moedas guardadas ali. Alguns peixes salgados tinham sumido, mas eles deixaram o resto dos suprimentos, inclusive um barril de água. Não tocaram na carga nem danificaram a embarcação.

Isso me surpreendeu, mas o capitão disse:

— Não é a mesma coisa ao ser alcançado numa perseguição. Não éramos uma ameaça para eles, e seria uma atitude muito ruim para um marinheiro deixar outro marinheiro naufragado sem água e sem meios de deixar a ilha.

Ao nos prepararmos para sair, o capitão Cosimo chamou-me para ficar a seu lado debaixo do toldo onde ele mantinha os mapas espalhados sobre a mesa.

— Deve haver um porto a alguns quilômetros a oeste, onde poderemos vender nosso óleo. Não creio que saiba ler, rapaz.

— Eu sei — respondi. — Minha mãe me ensinou as letras de vários alfabetos.

— Ela sabia? — Ele ergueu uma sobrancelha.

PARTE DOIS: A CHEGADA DA INQUISIÇÃO

Não havia pensado muito sobre os ensinamentos de minha mãe até descobrir, ao ficar mais velho, que poucos homens conheciam igualmente as letras ocidentais e orientais. A maior parte ignorava como se formavam e como soavam as palavras das diferentes línguas. Eu sabia que os pais de minha mãe tinham se oposto ao relacionamento dela com meu pai, e eles fugiram juntos, desafiando-os. Somente então me dei conta de que ela devia ter tido uma boa educação, para poder me mostrar as letras e me ajudar a ler e a escrever.

— Então soletre isto aqui para mim. — O capitão apontou para algo escrito no pergaminho colocado diante dele.

Eu nunca havia examinado um mapa tão de perto e fiquei maravilhado de como tal coisa podia ser feita, e disse isso ao capitão. Aquele mapa mostrava os contornos das costas da França, Espanha e Portugal, com uma parte também da África, e exibia os nomes de lugares e portos escritos em ângulos retos às suas posições na terra.

— É um desafio à crença de que um homem consiga fazer mapas completamente corretos — observei.

— Sim, exatamente — rebateu sombriamente o capitão Cosimo. — De fato, desafia a crença, pois eles não têm a exatidão que alegam. As cartas marítimas listam portos, características costeiras, embocaduras de rios e pontos de referência, e os mapas nos mostram os mares e a terra. Contudo, já encalhei em ilhas onde não deveria existir terra, e não encontrei muitos portos onde o cartógrafo me prometera um abrigo seguro.

Olhei ao longo das partes de baixo e de cima do mapa e depois de cada lado. Isso indicou que havia mais terras a norte e a leste. Virei o pergaminho para olhar na parte de trás.

— Isso é tudo que existe?

O capitão me lançou um olhar estranho.

— Em uma época, a resposta a essa pergunta teria sido sim. Mas agora — deu de ombros — há muitas histórias sobre o que pode haver de um lado do Atlântico ou a oeste, mais além do Mar Oceano. Um dos meus conterrâneos, um homem chamado Cristóvão Colombo, apregoa suas ideias a quem quiser ouvir. Isto é, qualquer pessoa rica e poderosa que queira ouvir. Ele se propõe a encontrar um caminho pelo oeste para o Oriente a fim de ter acesso às riquezas que existem lá, sem o risco de tentar uma passagem pela extremidade inferior da África ou ter de pagar tributos aos turcos para trazer as mercadorias através de suas terras. Ele procura fundos para uma expedição que vá descobrir a rota ao redor da parte de trás do mapa.

— E ele vai fazer isso?

— Ele deve ser maluco em pensar que alguém jogaria dinheiro fora em tal aventura!

— Você acha que isso não existe?

— Não é porque talvez não exista. O que torna a expedição impossível é que o Mar Oceano é muito vasto para ser atravessado. Pode haver tempestades mais violentas do que podemos imaginar, grandes redemoinhos capazes de tragar um navio de forma que nunca mais será visto, vastas extensões de água estagnada com algas marinhas por milhares de quilômetros, onde o vento não sopra e remos não conseguem remar. Ali um navio ficaria eternamente paralisado por uma calmaria e sem água potável. Homens morreriam de sede, ou ficariam loucos e se matariam uns aos outros.

— Sim, mas se você conseguir chegar ao outro lado... — Minha voz foi falhando porque o capitão perdera interesse na conversa e estabelecia nossa rota para o próximo porto.

Acho que foi neste momento que me ocorreu que era possível viajar não apenas por comércio, mas por aventura, e isso talvez fosse algo que eu pudesse fazer. Pois eu começara a me apaixonar pelo mar, e seus humores e caprichos conspiravam para me arrebatar. O enjoo que começara a sentir ficara no passado e passei a ansiar pelo sopro do vento em meu rosto e a visão da água tão aflitivamente azul sob o sol da manhã. Naquele verão descobri o quanto a água do mar podia ser morna. Os únicos banhos que eu havia tomado tinham sido num rio gelado, e talvez não mais do que cinco ou seis vezes em minha vida. Agora mergulhava nu do lado do barco para a cintilante água azul-

PARTE DOIS: A CHEGADA DA INQUISIÇÃO

celeste e me divertia com os homens, enquanto eles espirravam água e nadavam, depois deitava na areia branca e deixava que as ondas rastejassem sobre meu corpo, preguiçosa e languidamente com o calor.

Adorava observar a proa da galé repartindo as ondas enquanto seguíamos nosso curso. Com o outono, os dias chegavam ao fim com um céu exibindo as mais maravilhosas cores de pôr do sol — rosa, amarelo, violeta, lavanda, índigo, carmesim. E, quando o perfurante brilho das estrelas aparecia no obscuro azul da grande abóbada de céu sobre nossas cabeças, eu dormia com a canção do bate-bate da marulhante água contra os costados da nave.

Nossas cargas eram pequenas e na maioria mercadorias em estado bruto: minério e grãos, amêndoas e óleo, goma de mástique, pedra-ume, açafrão e sal. Navios que carregavam metais preciosos, peles ou joias eram maiores e viajavam com escolta. Entrávamos e saíamos de portos na costa do norte do mar Mediterrâneo, e partíamos para o Atlântico para alcançar o movimentado porto espanhol de Cádiz, para onde navios maiores traziam mercadorias das terras setentrionais, tais como lã da Inglaterra e peles de animais da Islândia. Evitávamos navegar perto da África do Norte por temer os piratas que agiam ao longo da Costa da Barbária, e por causa da guerra travada pela rainha Isabel e o rei Fernando contra o povo muçulmano. Eles agora queriam o Reino de Granada no sul da Espanha, que por centenas de anos fora governado pelos mouros. Lomas achava que eles acabariam por banir completamente os muçulmanos e os judeus, embora, no passado, os judeus os tivessem servido muito bem em altos cargos do governo.

À medida que o tempo esfriava e as horas com luz do dia encurtavam, o capitão me consultava mais e mais ao ler seus mapas. Além da habilidade de ser capaz de decifrar letras, eu tinha aptidão para aritmética e rapidamente aprendera a interpretar as cartas, usando o almanaque e outros auxílios.

Por todo o inverno e entrando pela primavera do ano seguinte, aprendi os nomes das constelações e a calcular nossa posição com base na ascendência da Estrela Polar no horizonte. Quando Panipat grunhia seu desprazer por eu realizar tarefas mais fáceis, o capitão Cosimo ria de suas objeções. O mestre dos remadores me olhava desconfiado e ficou ainda mais aborrecido quando, certo dia, após atracar num porto ao sul de Cádiz, o capitão declarou que me levaria à terra com ele enquanto realizava seus negócios.

Panipat colocou um grilhão em meus tornozelos e prendeu a eles uma corrente leve. Entregou a ponta da corrente ao capitão, que a envolveu no punho. Embora a corrente fosse fina e bem discreta, senti-me humilhado — não estava sendo tratado melhor do que um animal selvagem. Mas sabia que não deveria protestar. Panipat ficou de olho em mim ao deixarmos o barco. Ele bateu o cabo do chicote violentamente na palma da mão, como se para me lembrar qual seria o meu destino se tentasse escapar.

O capitão Cosimo girou a bengala e usou-a para me empurrar à sua frente. Acompanhados por dois tripulantes, descemos a prancha, seguimos pelo lado do cais e através do portão arqueado para a cidade. Visitamos o representante dos mercadores, e o capitão fez seus negócios e encheu a bolsa. Pagou os salários dos tripulantes e lhes deu dinheiro para a compra de provisões, então seguimos as vielas tortuosas que levavam ao mercado e à cacofonia de sons de animais domésticos amarrados e aos granidos de aves com deslumbrantes plumagens. Pilhas de condimentos e remédios para cada doença, de dor de dente a calvície, eram comercializadas por enrugados vendedores ambulantes, chocando címbalos e batendo tambores enquanto tentavam atrair fregueses usando a língua comum ou sinais e mímica para anunciar seus artigos. O capitão Cosimo deixou o intendente e o carpinteiro-cozinheiro regatear os preços da comida e das substitutas para nossas lâmpadas e panelas roubadas e puxou-me em direção a um canto mais tranquilo da feira. Ali se encontravam os vendedores de tapetes e tecidos, os tecelões, os alfaiates e, quase certamente, os aposentos de fundo onde um homem podia jogar dados e perder o dinheiro que carregava.

Entramos num prédio e o capitão soltou a corrente do pulso e me prendeu a uma barra no chão. Deu-me um tapinha na cabeça.

PARTE DOIS: A CHEGADA DA INQUISIÇÃO

— Eu o trato bem, não é mesmo, rapaz? — perguntou.

— Sim, capitão Cosimo — respondi.

— Então não vai fugir?

Sacudi a cabeça.

— Se fugisse — suspirou o capitão —, Panipat se dedicaria apenas a procurar você, e o castigaria tão severamente que o faria preferir a morte. Mas, se continuar no meu barco, poderemos trabalhar juntos, pois acho que poderia lhe ensinar as habilidades apropriadas de um homem do mar; com o tempo, talvez haja alguma recompensa para você.

Ele viu minha expressão mudar quando disse isso. Pois, na verdade, eu pretendia fugir assim que ele desse as costas. Mas agora essa era uma proposta diferente.

— Não me tornaria um escravo remador? — indaguei.

— Isso seria um desperdício de seus talentos. Você aprenderia sob minhas instruções? Você talvez pudesse calcular a rota sozinho, embora eu sempre daria as coordenadas. O que me diz?

Eu desconfiava de que ele sabia que, se cometesse muitos erros mais, não conseguiria mais enganar os tripulantes em relação à sua vista deficiente. Agora esperava mascarar seus erros de navegação usando-me como bode expiatório para qualquer coisa que desse errado.

— Sim, eu gostaria de fazer isso — concordei.

— Bom rapaz. Poderemos ter algum problema com Panipat, que não se afeiçoou a você como eu. Mas cuidarei de você. E você fará o mesmo por mim. — Deu-me outro tapinha na cabeça. — Descanse um pouco aqui. Volto já.

Ao retornar, o capitão Cosimo parecia bem satisfeito. Deve ter sido o efeito do álcool, pois, quando voltamos ao barco e ele apanhou sua bolsa, ela estava muito mais leve do que antes. O capitão parecia imperturbado por ter perdido seus próprios lucros. Após distribuir as quotas aos remadores e ao resto da tripulação, restaram-lhe apenas algumas moedas que ele trancou em sua caixa de dinheiro.

Partimos daquele porto de bom humor, com uma nova carga e provisões recém-adquiridas. Poucos quilômetros ao largo, paramos o barco, pois mais ou menos uma vez por mês os escravos eram desacorrentados para se lavar e nadar no mar, onde não havia chance de fugirem. Nenhum deles jamais tentou nadar para longe. Panipat, observando-os com um pontudo arpão mortal atravessado no colo, era o suficiente para deter até mesmo o mais imprudente. Em todo caso, quando o cozinheiro começou a preparar uma refeição quente, o cheiro de comida chiando e a perspectiva de uma barriga cheia com uma ou duas canecas de vinho trouxeram-nos escalando de volta a bordo.

Essa era a ocasião em que os tripulantes, tanto os escravos quanto os homens livres, falavam sobre o mar. E, embora se apavorassem com tanto poder, eles sentiam afeto por aquele provedor de seu sustento.

— É melhor do que a mulher com quem me casei — disse um.

— Que mulher se casaria com você? — zombou outro.

O primeiro apenas riu.

— Eu já vi a sua, e sei por que você se empregou por sete anos. Se tivesse que encontrar isso ao voltar para casa, eu me empregaria pelo dobro do tempo.

Alguns dos remadores contavam histórias de suas vidas anteriores. Os quatro escravos árabes, que eram colocados juntos a boreste do barco, murmuravam baixinho entre eles, mas, quanto aos outros quatro escravos, dois eram ladrões confessos e um terceiro culpado de assassinato. Jean-Luc, um francês, tinha sido soldado e, embriagado, matara a esposa num acesso de raiva; Sebastien, um homem magro e muito alto, era padre.

— Fui preso pela Inquisição — contou-nos — por pregar heresia. Escapei. Era passar a vida numa galé ou queimar na estaca. Escolhi isto aqui. Alguns dias, quando por nosso louco capitão se perde, penso que talvez tivesse sido melhor tostar numa fogueira do que assar aqui lentamente ao sol.

Eles me perguntaram sobre minha vida anterior, mas eu não tinha muita coisa para contar — exceto que sempre tínhamos vivido com medo. Acho que meu pai acreditava que éramos perseguidos pelos familiares de minha mãe, que tentavam matá-lo por tê-la tirado deles

PARTE DOIS: A CHEGADA DA INQUISIÇÃO

sem permissão. Não sei por que proibiram o casamento. Ambos pareciam educados e bem articulados, nenhum dos dois era inferior ao outro. Talvez fosse uma diferença de religiões. Eles nunca comentavam isso, mas vivíamos mudando constantemente de casa. Meu pai tinha um bom conhecimento de cavalos e, em minha tenra juventude, ele conseguiu encontrar emprego e começou a me ensinar seu ofício de treiná-los. Mas, desde que me lembro, minha mãe vivia doente. E, enquanto eu crescia, ela ficava mais e mais doente, até a maior parte do nosso dinheiro ser gasto com seus remédios. Não muito tempo após chegarmos a Las Conchas, ela foi acometida por uma nova enfermidade que a deixou acamada. Minha mãe não tinha mais condições de viajar para longe, e nem meu pai nem eu conseguíamos encontrar emprego. Nossas economias logo desapareceram e, sem uma família a quem recorrer, nos tornamos mendigos. Era uma história triste e preferi não contá-la inteira, pois, quando pensava na minha mãe e no meu pai, a dor de perdê-los alimentava o cancro de veneno que era o juramento de vingança que trazia comigo. Aos meus companheiros, contei apenas que um infortúnio havia me roubado meus pais.

Cheios de vinho e sonolentos, os homens faziam pilhérias e gargalhavam, e eu, sentado com eles, me sentia parte de seu grupo. Na ausência de meus pais, sentia-me feliz por estar naquele barco. Vivenciei um surto de lealdade por nosso louco capitão e pensei que, no futuro, eu realmente tentaria cuidar dele.

Esse dia chegou mais cedo do que eu esperava.

O dia em que deixei minha juventude para trás e matei um homem.

Capítulo 17

Zarita

— Você ordenou a prisão do meu criado Bartolomé.

Pude ouvir claramente a voz de meu papa, embora a porta de seu gabinete estivesse fechada. A resposta do padre Besian foi mais baixa, porém audível.

— Ele foi desrespeitoso a ponto da blasfêmia.

— Bartolomé não faz ideia de que seus atos poderiam ser interpretados desse modo.

Dei um leve empurrão em Serafina em direção à cozinha.

— Vá cuidar de seus afazeres. Vou juntar minha voz aos argumentos de papa.

— Tenho direito de prender quem eu achar que pode ser um herege ou que possa estar conspirando contra a Santa Madre Igreja.

O padre Besian e meu pai estavam de pé, encarando-se, quando entrei no aposento. Encontravam-se tão envolvidos na discussão que não notaram minha presença.

— O rapaz que prendeu é um simplório que nem faz ideia do que seja um herege.

— Ontem, meus homens lhe perguntaram se alguma vez nutrira maus pensamentos contra sacerdotes da igreja e ele respondeu que sim.

— Bartolomé concordaria com qualquer coisa que alguém dissesse — vociferou em resposta meu papa, um homem nunca dado à

PARTE DOIS: A CHEGADA DA INQUISIÇÃO

paciência. — É de sua natureza fazer isso. Ele não tem pensamentos próprios e procura agradar a todos que encontra.

— Além do mais — prosseguiu o padre —, quando indagado se alguma vez planejou atacar o padre durante a missa, ele disse que, às vezes, nutria essa ideia ao frequentar a cerimônia religiosa.

Meu pai gargalhou rudemente.

— Os sermões de certos padres talvez mereçam tal reação.

— Advirto-o a ter cautela com o que diz. — Havia rispidez na voz do padre.

— Eu já lhe disse, o rapaz é um simplório! Ele mal sabe se vestir sem ajuda. Ele não é mais capaz de conspirar contra a igreja do que consegue contar de um a cem. Certamente deve ter percebido isso.

— O mal tenta encontrar um lugar até mesmo nas pessoas mais simples.

— Ele é apenas um garoto! — explodiu papa, exasperado.

— Com quase 20 anos de idade, o que o torna um homem, mas eu me lembrarei do que você alegou, quando for feito o interrogatório.

— Interrogatório? — Meu pai pareceu aterrorizado. — Certamente não pretende interrogar o rapaz num julgamento.

— Se eu ficar insatisfeito com suas respostas iniciais, sim.

— Mas, se sabe quais serão suas respostas iniciais, por que continuar... — Papa parou, como se começasse a entender a importância do que acabara de ouvir. Olhou o padre mais atentamente. — Que jogo pretende fazer aqui, para usar o rapaz como peão?

O padre Besian hesitou. Então disse:

— Pode ser que nossa investigação dessa primeira pessoa acusada de transgressão induza os habitantes a nos levar a outros.

Estava acontecendo algo ali naquele aposento que eu não entendia, mas era jovem, insensata e obstinada demais para ser prudente e esperar e escutar. Explodi.

— Não há outros! — bradei. — As pessoas desta cidade são almas boas. Você tem de soltar Bartolomé imediatamente!

PRISIONEIRA DA INQUISIÇÃO

Ambos os homens se viraram para me encarar. A cor abandonou o rosto de meu pai.

— Zarita! Você não deveria estar aqui.

— Ao contrário — afirmou o padre Besian. — É aqui exatamente onde sua filha deveria estar. Ela tem idade suficiente para distinguir o bem do mal e precisa saber o que não será tolerado pela igreja e pelo Estado. — Virou-se para meu pai. — Vou lhe dar uma ordem agora. Ninguém pode sair desta cidade sem antes recorrer a mim para pedir permissão. Essa regra inclui cada membro de sua criadagem e família. Quem tentar sair será preso e mantido sob a custódia dos agentes da Inquisição.

Capítulo 18

Zarita

Na manhã seguinte fui acordada por um grito.

Num instante, fiquei totalmente desperta, pensando que era um sonho ruim no qual eu atravessava um mar tempestuoso em direção à minha mãe, só para ver o bote em que ela estava emborcar e afundar.

Outro grito.

Dessa vez, percebi que ele não fazia parte do meu pesadelo.

O grito veio da direção do nosso celeiro, no lado mais distante do padoque. Sentei-me. Meus olhos se arregalaram quando ouvi outro grito agudo, depois outro, e mais outro, e, depois disso, um longo gemido. Soou como um animal nos espasmos da morte. Saltei da cama, coloquei um longo agasalho e saí do quarto para o patamar superior.

Abaixo de mim, no saguão, Lorena discutia com papa.

— Quero ir para a casa de meu pai!

— O padre Besian deu ordens em nome da Inquisição — disse-lhe papa. — Ninguém deve sair da cidade sem sua autorização expressa.

— Não fazemos de fato parte da cidade. — Lorena abanou os braços no ar. — Esta casa fica quase fora da cidade. O terreno é parte da zona rural. Não podemos ser incluídos na ordem que controla o município.

— O padre Besian declarou que mantém os ocupantes desta casa sob a jurisdição da Inquisição.

PRISIONEIRA DA INQUISIÇÃO

— Como magistrado, certamente você tem mais poder, mais direitos do que pessoas comuns.

Comecei a descer a escada.

A voz de Lorena tornou-se um guincho.

— Eu preciso sair daqui!

— Sinto muito. — Papa falou mais delicadamente. — Você não pode ir.

— Direi que estou grávida.

— Seria bom que estivesse — retrucou papa, com um traço de amargura na voz.

— Você pode dizer que eu desmaiei e que tememos pela vida da criança, por isso fui para a casa de meu pai, nas colinas, onde é mais fresco.

— Não — disse papa. — Não farei isso.

Lorena atingiu-o na face com os punhos. Ele deu um passo para trás, diante da agressão, e tentou segurar suas mãos. Ela se livrou dele e correu para subir a escada, berrando por sua criada. Quase me derrubou em sua pressa.

Papa olhou para ela e me viu parada ali.

— Zarita! Talvez seja melhor ir para o convento e ficar lá com sua tia Beatriz. Talvez seja... mais seguro.

— Não tenho certeza — respondi. — O padre Besian não aprova a ordem de irmãs de minha tia. — Olhei em direção à porta externa. — Ouvi um grito, como se um dos cavalos estivesse sofrendo. Há algo errado?

Papa baixou a cabeça para evitar meu olhar.

— Preciso voltar ao celeiro e ver o que está acontecendo. Fique aqui até eu voltar.

E deixou-me ali e se apressou em sair de casa.

Fui à sala de jantar. O café da manhã ainda não fora servido, portanto segui até a cozinha. Era cedo, mas não tão cedo para que os empregados não estivessem em atividade, preparando a comida. Não havia ninguém lá.

PARTE DOIS: A CHEGADA DA INQUISIÇÃO

A porta da cozinha estava entreaberta. Fui até lá e olhei para fora. Serafina e Ardelia estavam paradas na horta, olhando em direção ao celeiro. Apoiavam-se uma na outra de um modo receoso.

— O que está havendo? — gritei para elas. — Um dos cavalos está doente?

Como não responderam, continuei:

— Onde está Garci? Está com meu pai?

Viraram os rostos para mim. Os olhos de Serafina estavam vermelhos e suas bochechas, lívidas. Ardelia também estava chorando. Outro grito soou.

— Bartolomé! — Serafina caiu de joelhos, estendendo as mãos para o céu e gritando: — Maria Santificada, interceda por ele!

A verdade me atingiu com tal violência que me curvei com força. Engoli em seco e coloquei as mãos sobre a barriga.

Os sons que pensei virem de um animal sofrendo foram proferidos por Bartolomé.

Endireitei-me, apertei o agasalho em volta do corpo e corri para fora da casa. Passei pelo conjunto de edificações do celeiro e através do padoque em direção ao estábulo. Atrás de mim, ouvi Ardelia me dizendo para voltar.

A porta estava escancarada. Uma corda fora passada por uma viga, e dois soldados seguravam uma extremidade. A outra se encontrava nos pulsos de Bartolomé, que estavam amarrados às suas costas, e ele estava sendo içado para o alto. Fora do celeiro, havia um braseiro com carvões brilhantes. Um atiçador, a ponta incandescente, descansava sobre suportes metálicos. A camisa do rapaz estava aberta, e havia marcas de queimaduras em sua pele. O padre Besian, papa, Garci e o outro soldado formavam um grupo parado diante da porta.

Captei tudo num instante e, então, estava no celeiro gritando o mais alto que podia.

— Soltem ele! Baixem ele daí! Já!

O padre Besian fez um sinal com a cabeça. Os soldados que seguravam a corda a largaram. Bartolomé caiu com um baque no chão do celeiro.

PRISIONEIRA DA INQUISIÇÃO

— Zarita!

Ignorei o grito do meu pai e corri para onde o pobre Bartolomé jazia no chão. Dilacerei suas amarras com as unhas, mas não consegui desatá-las. Ele soluçava como um bebê inconsolável. Ergui sua cabeça e a aninhei no meu colo. Meu agasalho estava aberto: os espectadores podiam claramente ver minha camisola.

— Zarita! — Meu pai estava tão chocado que mal conseguia se expressar.

Ergui os olhos para ele, em desprezo.

— Talvez você consiga ficar parado e observar essa injustiça, mas eu não consigo!

— Cubra-se, menina. — Ele encarava adiante.

O padre Besian colocou a mão sobre o braço dele.

— Levarei meus homens daqui e o deixarei com sua filha e seus criados.

Vi seu rosto quando ele disse isso, e havia um brilho de satisfação nos olhos.

Garci se aproximou e levou Bartolomé para longe de mim.

— Eu cuidarei dele — disse.

Papa colocou-me de pé. Tirou a jaqueta, envolveu-me com ela e me levou apressadamente de volta para casa.

Esperei sua fúria: eu dera um escândalo, me comportara de maneira vergonhosa. Mas era como se sua vitalidade o tivesse abandonado. Ficou parado na porta da cozinha observando Garci limpar os ferimentos de Bartolomé com água corrente, ajudado por Ardelia e Serafina. Ele pronunciou apenas uma frase.

— Agora as comportas se abrirão.

Não consegui extrair mais nada de meu pai, então me vesti e fui ver minha tia para lhe contar o que estava acontecendo.

Ela ficou furiosa. Nunca tinha visto tia Beatriz perder o controle das emoções.

— Esse louco pensa que os desígnios de Deus são cumpridos através da tortura de um rapaz tolo!

PARTE DOIS: A CHEGADA DA INQUISIÇÃO

Lembrei-me do que papa dizia ao padre Besian quando entrei em seu gabinete, na noite anterior.

— Papa disse que o padre Besian está usando Bartolomé como um peão.

— Ah! — Minha tia fez uma pausa em sua arenga. — Ah. Percebo a intenção desse padre ardiloso. Até agora os habitantes têm se mostrado firmes diante dele. Seu propósito é enfiar uma cunha de medo entre suas fileiras cerradas.

O interrogatório sob tortura de Bartolomé foi como uma onda cascateando através de nossas ruas. A reação foi imediata e começou na minha própria casa.

— Ouvi dizer — comentou Lorena no jantar daquela mesma noite — que há um médico judeu na cidade que atende aos moradores das favelas. — Fez uma pausa para olhar de relance para o padre Besian. — Pode ser que ele tenha informações que lhe sejam úteis. — Sua mão hesitou, quando ela levou aos lábios a taça de vinho.

Meu coração bateu irregularmente. Será que ela se referia ao médico que ajudara a mulher do mendigo? Papa abriu a boca como se para falar alguma coisa, mas nada disse.

O padre Besian lançou um olhar de aprovação para Lorena.

— Obrigado, minha cara — disse ele. — Infelizmente, judeus que não se converteram são tolerados na Espanha. Contudo... isso pode mudar. Em todo caso, estou ciente desse suposto médico. Alguém me falou a respeito dele.

O padre Besian sabia sobre o médico judeu! A aflição fez meu estômago revirar. Quem havia lhe dito? Teria sido Garci, trocando informações, numa tentativa de proteger Bartolomé? Garci e sua mulher, Serafina, não tiveram filhos e adotaram o rapaz quando a irmã dela morreu. Eles o amavam como o filho que não tiveram, e talvez Garci não permanecesse em silêncio se pudesse ajudá-lo de alguma maneira.

Que efeito, porém, isso teria em mim? Pensamentos se atropelaram freneticamente um após o outro em minha mente. Não queria que o padre Besian perseguisse o médico que cuidara da mulher do mendigo. Ele poderia descobrir que pedi sua ajuda. Eu poderia me tornar suspeita de heresia por me relacionar com judeus! Haveria talvez uma outra pessoa culpada de quem ele pudesse se ocupar? Tropecei nas minhas próprias palavras.

— Há um lugar perto da zona portuária onde dizem que mulheres de baixa moral realizam suas atividades.

— Ora, obrigado, Zarita. — O padre sorriu e balançou a cabeça. Sorri em retribuição, o alívio me inundando.

Lorena lançou-me um olhar de desagrado. Os ombros de meu pai se curvaram, e ele baixou a cabeça para o prato de comida.

No dia seguinte, as denúncias começaram de fato.

Pedaços de papel, alguns com apenas um nome escrito toscamente, foram enfiados por baixo dos portões de nossa propriedade ou pregados na madeira do lado de fora. Outros foram amarrados a pedras e jogados por cima do muro. Estes foram recolhidos pelo padre Besian, que os examinou. Ele tinha os modos de um gato agachado do lado de fora de um buraco de rato.

— Finalmente — ronronou. — A verdade abre caminho em meio ao lodo.

Então as prisões começaram.

Nosso celeiro era usado para interrogatórios em geral, enquanto os transgressores mais sérios eram levados para a cadeia municipal. Eu não tinha mais permissão de me aproximar do padoque. Sentia falta de conversar com os cavalos, cuidar deles, alisar seu pelo e preguear suas crinas. Garci levava-os a algumas campinas para pastarem. Ouvi-o dizer a meu pai que eles estavam perturbados por causa do entra-e-sai do celeiro.

Nunca mais ouvimos gritos como os de Bartolomé naquela manhã. A porta do celeiro era mantida fechada, e o padre Besian usava o período quando os moradores da casa estavam na missa para os interrogatórios mais rigorosos de seus suspeitos. Minha tia tinha razão.

PARTE DOIS: A CHEGADA DA INQUISIÇÃO

Fora uma manobra proposital permitir os gritos de Bartolomé para acordar todo mundo, naquela primeira manhã, a fim de incutir o terror em nossos corações e nos tornar mais maleáveis. O padre Besian sabia que aquela história contaminaria a cidade como uma febre: tudo o que teve de fazer foi se recostar e esperar os resultados.

Os processos chegaram ao fim. Mais ou menos meia dúzia de pessoas tinham sido declaradas culpadas de um certo número de transgressões. Um homem idoso que, havia algum tempo, se convertera ao cristianismo, à medida que seus anos avançaram retornara aos ritos da religião judaica. Haveria uma série de castigos públicos. Os culpados de violações menores se confessariam na igreja no domingo e teriam de fazer orações ou realizar trabalhos de caridade. Pecadores mais sérios, como Bartolomé, seriam açoitados em público. O homem culpado por heresia seria queimado vivo.

Passava das 21 horas, certa noite, quando soubemos da notícia. O padre Besian estava na cadeia municipal. Apesar de já ser tarde, papa foi falar com ele.

Esperei até que voltasse. Quando entrou em casa, servi-lhe um pouco de vinho — não do tipo forte, enjoativo, que vínhamos consumindo desde que Lorena passara a se encarregar dos empregados da cozinha, mas um cálice de uma garrafa de vinho simples do campo que bebíamos quando mamãe era viva.

Papa pegou o cálice de minha mão e deu um gole. Então pousou-o sobre o aparador.

— Não conseguiu obter perdão para esse homem? — perguntei.

— Um perdão completo, não. — Desabou pesadamente numa cadeira próxima.

Aproximei-me e me ajoelhei diante dele. Meu rosto ficou no nível do dele. Seus olhos estavam abertos, mas ele não olhava para mim. Fitava mais além, para um lugar interno particular ao qual eu não tinha acesso.

— O dinheiro ajudaria? — indaguei. — Pode ficar com tudo que possuo. O colar que mama me deixou. Tudo.

Ele sorriu e tocou no meu rosto, como se me visse adequadamente pela primeira vez em quase um ano.

— Doce Zarita — falou. — Bondosa como sua mãe; mas, impulsiva demais para seu próprio bem.

— Não concederão clemência a esse velho? — perguntei.

Ele esperou um momento, antes de responder.

— Obtive para ele — esfregou a testa com a mão — um certo tipo de clemência.

— Então não vão queimá-lo?

— Vão queimá-lo — respondeu meu pai sombriamente. — Só que ele não estará vivo quando isso acontecer.

Capítulo 19

Saulo

Estávamos a três dias de distância de Barbate quando o desastre nos atingiu.

O capitão e eu seguíamos rumo sul, ao longo da costa atlântica da Andaluzia, com a intenção de eventualmente virar em direção leste, o que nos levaria de volta ao Mediterrâneo, quando uma violenta tempestade surgiu bramindo e nos afastou totalmente do curso. O inverno havia passado, e, durante as últimas semanas, tínhamos visto enormes bandos de aves migradoras se estendendo através dos estreitos desde a África, anunciando a primavera para a Europa. O inverno fora ameno, por isso foi maior o choque desse súbito tempo rigoroso em abril. Fortes chuvas de granizos fustigavam o barco e grandes ondas de rebentação martelavam do oeste, ameaçando nos tragar.

Mais alto do que o estrondeante trovão, o capitão conseguiu gritar no meu ouvido:

— Imagine essa fúria no oceano Atlântico! Será que alguém, a não ser um maluco, seria capaz de velejar com o tal Colombo e enfrentar tal tempestade?

— Sim! — gritei de volta, enquanto as ondas me fustigavam o rosto, e minha cabeça e meu coração vibravam de alegria diante daquela peleja com os elementos da natureza. — Sim, eu seria!

Recolhemos a vela e guardamos nossa preciosa carga, então nos amarramos e aguentamos o pior da tempestade. Finalmente, ela começou a passar. A luz solar perfurou o céu cinzento e a ressaca tornou-se um ondular estável. Panipat e os remadores começaram a baldear a água enquanto o intendente checava a carga e o carpinteiro-cozinheiro e o veleiro examinavam o mastro, que fora castigado e necessitava de reparos. Ocupados com a limpeza e com as densas nuvens ainda se agitando e rugindo a boreste, nenhum de nós notou o quadrado branco de uma vela surgir no horizonte.

Nenhum vigia fora postado. Todos os homens estavam ocupados, inclusive o capitão. Ele até mesmo havia tirado a jaqueta de pavão para poder se agachar na proa e verificar se a caixa de pederneiras estava seca. Os homens torciam seus pertences. A meu lado, na água acumulada no fundo do barco, Lomas checava se o conteúdo de sua sacola estava seguro. De repente, ergui a cabeça e vi o navio se aproximar a não mais do que 100 metros de distância.

Minha voz engasgou na garganta. Consegui apenas segurar Lomas pelo braço e gasnir um alerta.

Ele seguiu meu olhar e gritou com o máximo de sua voz.

— A postos! A postos!

Os homens se acotovelavam em seus lugares, e eu pulei para a passarela.

Ouviu-se um estrondo. O outro barco havia disparado um tiro de canhão. Ele passou direto pelos nossos conveses. Lomas agarrou meu tornozelo, fazendo com que eu caísse de cara no chão.

— Abaixe-se — berrou —, a não ser que queira que estourem sua cabeça!

Era um navio corsário de três mastros, com canhões de cada lado. E exibia a bandeira da lua crescente.

Um brado de alegria foi dado por um dos escravos muçulmanos, e ele gritou para os companheiros. Estes ergueram as mãos, apontando para a bandeira, sorrindo e acenando.

PARTE DOIS: A CHEGADA DA INQUISIÇÃO

Vi a chama saltar novamente da boca de um canhão montado na coberta de proa. A bala passou por cima e esguichou na água a nosso lado.

— O navio é alto demais! — gritou o homem à frente de Lomas. — Seu canhão não consegue nos acertar.

— Eu não teria tanta certeza — rebateu mais alguém, quando a bala seguinte tirou um fino do convés, bateu no nosso mastro, fazendo com que este sacudisse, e arrancou o toldo montado acima da mesa do capitão.

— Nada de conversa! — gritou furioso Panipat. — Usem sua energia para remar!

Mas não havia qualquer ilha à vista, e os turcos perceberam que tínhamos escravos muçulmanos acorrentados que gritavam para eles pedindo resgate. Eles se aproximaram de nós, pretendendo matar a tripulação espanhola.

— Pelo amor de Deus, solte-nos, ou morreremos afogados se nossa galé for esburacada! — suplicou um dos escravos a Panipat.

— Para vocês pularem no mar? — vociferou para eles em resposta. — Desta vez não, cães. Vamos com isso, escória! Vamos! — Atingiu-os com o chicote.

Os remos gemeram quando os homens se curvaram e impulsionaram. Músculos dilatados pareciam cordas em suas costas. O capitão bateu com o pé em frustração. Estávamos distante do curso, e, sem saber nossa localização, ele não podia fornecer a Panipat uma direção precisa. Estávamos nas garras dos turcos, e não havia para onde ir.

— Ó Senhor, não nos abandone — rezou o intendente, ao entregar as lanças aos tripulantes.

Um dos remadores livres disse-me:

— Se sabe o que é bom para você, rapaz, fuja. Quando formos abordados, aproveite a chance para saltar e mergulhar. Agarre-se a qualquer coisa que flutue e tente dar o fora. É melhor morrer afogado do que ser capturado pelos infiéis. Esses pagãos se divertirão com você antes de cortarem sua barriga e jogá-lo aos peixes.

Toquei o cós dos meus calções onde a faca estava escondida.

O corsário agora estava tão perto que podíamos ver homens em fila segurando arpéus, prontos para jogá-los e nos puxar. Gritavam para os escravos árabes, que respondiam em sua própria língua.

— Digam-lhes que tenho sido bom capitão! — implorou o capitão aos árabes acorrentados. — Sempre os alimentei bem e os tratei com justiça.

Os escravos riram na cara dele e, desafiadoramente, largaram seus remos, desobedecendo as instruções de Panipat.

— Vamos conversar! — O capitão Cosimo dirigiu-se ao barco em mais ou menos uma dezena de línguas nas quais sabia dizer essas palavras. — Digam seus termos de rendição.

A resposta veio numa chuva de flechas. Não haveria conversa. Eles pretendiam pegar tudo que tínhamos.

Um arpéu preso a um cabo foi arremessado sobre a água e se chocou com um som surdo no costado do barco. Fracassou na tentativa de encontrar um apoio e caiu no mar. O seguinte atravessou o convés e se prendeu no costado. Nossa galé estremeceu e um alto *hurra* soou na nave inimiga. Não precisei que me dissessem o que fazer. Corri adiante, soltei o gancho e joguei-o de volta para a água. Flechas atingiram o convés à minha volta, uma delas atingido meu braço de raspão. Saltei para o meio dos remadores em busca de segurança. Eles me deram vivas e me agachei a seus pés.

Então um vento contrário colheu as velas do outro navio, e este se afastou de nós. Nossos homens deram vivas ainda mais alto e se curvaram sobre seus remos. Começamos a ganhar dianteira.

A distância entre as duas embarcações aumentou. Mas os turcos estavam sem dúvida entre os melhores marujos que eu já conhecera. Alteraram o ângulo de aproximação para dirigir sua proa ao nosso costado.

— Vire! — gritou o capitão para Panipat. — Vire! Não podemos deixar que nos abalroem pelo nosso bordo!

Nossos homens se levantaram e gingaram com tudo. Nosso barco girou como um pedaço de cortiça num rio.

PARTE DOIS: A CHEGADA DA INQUISIÇÃO

— Não conseguiremos superá-los em poder de fogo — gritou contente o capitão Cosimo —, mas talvez consigamos nos salvar manobrando melhor do que eles!

Parecia que ele estava certo. Estávamos nos afastando. Eles não tinham remadores que lhes possibilitassem mudar de direção. Contavam apenas com o vento, e a sorte estava do nosso lado — mas por quanto tempo?

Cegamente, os remadores obedeciam às ordens das batidas, e passava a haver mais água a céu aberto entre as embarcações.

O capitão tinha mais ou menos uma direção em mente e gritava para Panipat. Seria possível nos livrarmos?

Os homens livres e os escravos de bombordo mantinham um rápido ritmo constante. O barco avançava, movimentando-se com o fluir do mar.

Mas os remadores árabes estavam fazendo corpo mole, não havia dúvidas. Oito meses atrás eu não perceberia o movimento do barco pela água, mas agora eu tinha experiência suficiente para sentir a lentidão rilhar meus próprios ossos.

Panipat enlouqueceu. Correu para a proa e começou a bater impicdosamente nos escravos árabes. Estes curvaram as costas para receber os golpes, mas não forçaram nem um pouquinho as remadas. Finalmente, ele sacou da cintura a faca comprida e colocou-a atrás da orelha do escravo mais próximo.

— Reme, seu filho de satã — gritou bem alto —, ou espetarei seu crânio e eu mesmo tomarei seu lugar.

Os árabes começaram a remar com mais força.

Nosso barco era leve e veloz e tinha remadores e tripulantes habilidosos. Agora que havíamos aumentado a distância entre nós e o barco maior, o capitão tinha esperança de escapar. O grande navio, porém, tinha manobrado e os turcos estavam fazendo a volta.

Ainda podíamos nos livrar. Por que o capitão não alterava o curso?

Panipat olhou para além das ondas e depois novamente para o capitão Cosimo.

— Mude nosso rumo! — gritou ele.

A diferença diminuía novamente. Rapidamente.

Então percebi que, naquela distância, o capitão Cosimo não conseguira enxergar o barco manobrando para se voltar contra nós.

Rastejei ao longo da passarela até a plataforma de comando e agarrei o braço do capitão.

— Ele está voltando! — gritei. — Ele está voltando.

O capitão Cosimo piscou e me olhou fixamente. Uma pausa estarrecida. Então, meio minuto depois, ele absorveu o que eu estava dizendo.

Trinta segundos foram tarde demais.

Uma sombra assomou sobre nossas cabeças quando o navio corsário, proa em posição de ataque, aproximou-se de nós por barlavento.

Com um triturar de madeira lascando, ele nos atingiu a meia nau.

Capítulo 20

Saulo

Homens foram arremessados para todos os lados. Panipat foi lançado no ar. Apesar de enorme, a força da colisão jogou-o de cabeça para baixo como uma boneca. Caiu de volta com um estrondo no convés, aturdido. Uma dezena de homens livres foi engolida debaixo do casco do navio inimigo. Desapareceram num emaranhado de pranchas quebradas, em meio a ruídos de rachaduras, trituração e gritos horrendos. Na extremidade da popa, os que haviam sobrevivido ao impacto começaram a baldear furiosamente enquanto a água turbilhonava próxima a seus pés.

Não tínhamos sido partidos ao meio, apenas empalados pela frente do navio turco, como um peixe espetado por uma lança. E, por sorte ou por ato deliberado, os turcos haviam aberto uma brecha perto da extremidade de nossa popa, de modo que foram os homens livres que mais sofreram, e os árabes e outros escravos permaneceram ilesos acima do nível do mar, na proa.

Panipat pôs-se de pé e começou a agrupar os homens. O intendente já estava no nosso canhão, com o capitão Cosimo a seu lado, tirando uma faísca para o pavio da caixa de pederneiras.

Nosso canhão disparou. Davi contra Golias. Um estrondo e um ruído sibilante. O cheiro acre de pólvora. A bala de canhão atingiu a vela de estai do traquete e arrancou um grande pedaço do pano.

— Tomem isso! — O capitão sacudiu o punho acima da cabeça. — Espetaram meu barco, não foi? Agora vão pagar!

Um jorro de insultos obscenos partiu do intendente em direção ao inimigo. O resto de nossa tripulação e de remadores se juntou a ele, criando uma algazarra para rivalizar com os gritos e ordens que partiam de nossos atacantes. O intendente apanhou outra bala, preparando-se para recarregar nosso canhão. A salva de uma pequena peça de artilharia veio matraqueando do navio acima de nós, e o intendente caiu atravessado sobre o nosso canhão, sangue escorrendo de seu rosto.

Um dos remadores árabes começou a zombar e gritar.

Enfurecido, Panipat puxou a faca e o apunhalou no pescoço. Sangue esguichou em cima dos que estavam por perto, que começaram um estridente lamento. Do navio turco, choveram flechas em volta de Panipat. Uma acertou sua perna. Ele a arrancou e jogou-a para o lado desdenhosamente, ainda mantendo-se de pé em meio ao caos e à gritaria.

Eu fora jogado através da extensão do barco. Então, levantei e segui acocorado para a proa para ajudar o capitão. Juntos, tiramos o intendente morto de cima do canhão.

— Desta vez, vamos mirar nos marinheiros — falei, enquanto baixava o cano.

— Sim — grunhiu o capitão. — Tente fazer alguns desses assassinos voarem pelos ares.

Disparamos outro tiro. Com um ruído trovejante, chamas jorraram da boca do canhão. A bala de canhão cortou caminho através dos homens parados na amurada do navio turco.

— Nós os pegamos! — gritei. — Nós os pegamos!

O capitão gargalhou feliz.

— Vamos enviar outra mensagem para eles, igual à última.

Mas o efeito de nosso sucesso sobre a nave maior foi trazer mais homens para a amurada logo acima de nós. Eu os vi se reunirem e, rapidamente, apanhei outra bala de canhão. Quando estavam para disparar, eu a enfiei na boca do cano.

PARTE DOIS: A CHEGADA DA INQUISIÇÃO

— O metal vai queimar você — alertou-me o capitão. — Tome cuidado, rapaz.

A pele de minhas mãos chamuscou no metal em brasa. Gritei de dor e saltei para trás...

Nesse instante, os turcos dispararam uma nova salva com o pequeno canhão. Olhei horrorizado quando, bem na minha frente, o capitão Cosimo desabou sobre o convés. A frente de sua camisa estava perfurada em vários lugares. Sangue escorria livremente desses buracos.

O som da batalha de repente pareceu se distanciar de meus ouvidos. Caí de joelhos ao lado do nosso capitão abatido, quase sem me dar conta da bala de canhão que passou sibilando por cima de minha cabeça.

Rasguei pedaços de minha camisa para tentar estancar o sangue que fluía dos ferimentos do capitão. O convés estava escorregadio debaixo de mim, vermelho com o sangue que escorria de seu corpo tão rápido quanto uma enchente. Meu capitão estava morrendo.

— Minha jaqueta — murmurou ele, o sangue brotando por entre os dentes. — Dê-me minha jaqueta.

Estendi a mão e arrastei sua jaqueta de pavão. Meio sem jeito, levantei-a e o cobri. Ele suspirou ao alisá-la, a cor de seu rosto indo do bronze a cera em menos de um minuto. E ele morreu ali, diante de mim, com o que parecia ser um ar de satisfação no rosto.

Fiquei atônito. Ele se foi. Nosso bravo, insensato, vaidoso, maluco capitão Cosimo deixou de existir. Fiquei desolado. Fora a dívida que eu tinha para com ele por tudo o que me ensinou nos meses que passei em seu barco, eu sabia que perdera tanto um amigo quanto um mentor. Meu rosto estava molhado.

Um grito me devolveu o juízo. Lomas gesticulava para mim.

— Proteja-se, rapaz! Esconda-se.

Não havia tempo para lamentar o capitão Cosimo. O inimigo recarregava seus canhões enquanto flechas, lanças e pedras atingiam nosso convés com um ruído surdo. Embora recolhessem o máximo que conseguiam para jogar de volta, muitos dos nossos homens caíam diante do massacre. O veleiro tombou pelo bordo com uma lança na barriga. A estratégia dos turcos era evidente: queriam nos massacrar da segurança de seu convés e depois vir para bordo libertar os escravos. Enrolei o corpo como uma bola e me escondi o máximo que pude debaixo da proteção da plataforma do canhão.

Então um ruído diferente ressoou através do barco. Dadas as circunstâncias, foi o ruído mais estranho que eu jamais ouvira. O restante de nossos homens dava vivas e assobiava.

Dei uma olhada e vi um navio se aproximando rapidamente de nós.

Um navio de linha, usado para transporte de tropas, desfraldando uma bandeira que ostentava os escudos de Castela e Aragão.

Com outro navio semelhante vindo logo atrás.

Eu também comecei a gritar de alegria, mas tive bastante senso de fazer isso sem sair do meu esconderijo.

O primeiro navio espanhol aproximou-se, canhões disparando, da popa dos turcos. Os marinheiros inimigos correram para a outra extremidade de seu barco para se defender. O segundo navio espanhol deu a volta por nosso boreste e tentou se aproximar. Eles jogaram uma rede pelos seus bordos para que os nossos sobreviventes pudessem subir. O casco ainda se aguentava e, apesar de alguns homens patinharem na água, eles conseguiram sair.

O navio turco agora tentava se soltar do nosso para escapar do combate.

— Façam com que eles permaneçam aí até os nossos homens saírem! — gritou Panipat para os marinheiros espanhóis acima de nós. — O navio deles está nos sustentando. Se ele se soltar, afundaremos em segundos! — Em seguida, berrou para o restante de nossos homens: — Abandonar o navio! Abandonar o navio!

Eu estava no topo da rede quando ouvi as vozes dos escravos.

— Socorro! — bradavam. — Não nos deixem para morrer.

— Estamos nos afogando! Estamos nos afogando!

Abaixo de mim, o barco turco tentou se soltar, fazendo com que a proa de nossa galé se endireitasse. O mar se preparou para recebê-la.

Olhei para os nossos salvadores.

PARTE DOIS: A CHEGADA DA INQUISIÇÃO

Os espanhóis estavam ocupados demais com o combate para ver ou se importar com o que acontecia abaixo deles. Ninguém iria em ajuda aos homens acorrentados.

— Piedade! Piedade! — As súplicas dos escravos eram igualmente desesperadas e compassivas.

Os ombros de um dos escravos árabes, um sujeito baixo e atarracado, já estavam debaixo da água.

Hesitei. A proa afundou novamente.

O pescoço e o rosto do homem submergiram. Sua voz gorgolejava enquanto a água penetrava sua boca.

O resto gritava mais alto. Os gritos esmorecentes dos homens que se afogavam foram demais para mim. Desci pela rede e encontrei Panipat em seu caminho de subida.

— Dê-me a chave — pedi.

Panipat sacudiu a cabeça.

— Eles podem se afogar como ratos em um navio naufragando. Foram eles que criaram este problema. Nós teríamos escapado se eles não tivessem feito corpo mole ao remar e não se recusassem a cumprir minhas ordens.

Em parte era verdade. Se os remadores árabes não tivessem agido contra nós, talvez tivéssemos nos livrado antes; mas, no fundo, foi o capitão Cosimo com sua miopia quem nos levou ao desastre.

— Eles não merecem se afogar — comecei. — Se o capitão...

Panipat fechou o punho e me derrubou com um soco na cara.

— Eles morrerão sentados ali — declarou. — Cada um deles.

As gargantas dos homens acorrentados soltaram um berro. Os dois escravos árabes restantes tentavam freneticamente se livrar das correntes à medida que a água subia. Um deles havia contorcido o corpo e tentava cortar o próprio tornozelo a dentadas. Dos quatro escravos de bombordo, três estavam com a água no pescoço, e, embora o último deles, o mais alto, Sebastien, tentasse apoiá-los, o peso dos grilhões e das correntes os arrastava para baixo. O barco se assentou novamente, e um deles afundou. Jean-Luc. Vi bolhas irrompendo de sua boca e a expressão horrorizada nos rostos dos outros três restantes.

Virei-me para Panipat.

— Dê-me a chave!

— Você nunca a terá — declarou ele. — Nunca!

E, dizendo isso, arrancou a chave do cordão em seu pulso. Então abriu bem a boca e enfiou a chave dentro dela.

Capítulo 21

Zarita

Bartolomé foi conduzido em procissão com os outros prisioneiros.

Houve um arfar quando eles apareceram. O que seria queimado usava um comprido chapéu cônico e um tabardo pintado com imagens de demônios e chamas em lúgubres tons de laranja, escarlate e vermelho.

Tínhamos ouvido que tais coisas aconteciam em outros lugares da Espanha. Ser uma cidade portuária significava que negociantes iam e vinham através de Las Conchas: marinheiros, mercadores, mascates, muleteiros e coisas assim. As histórias que eles contavam nas tabernas da zona portuária se espalhavam pelo mercado e se tornavam parte da moeda corrente social da cidade. Entretanto, quando repetíamos essas histórias e imaginávamos o que havia de verdadeiro nelas, eu supunha que, na maioria, eram fantasiosos exageros.

A realidade era pior, mais abominável do que todos os dramáticos relatos reunidos.

As infrações menores seriam castigadas primeiro. Os infratores seriam açoitados, menos o mais jovem, um menino com cerca de 11 ou 12 anos — o qual, foi decidido, seria golpeado com um galho. Ele confessou ter roubado frutas de um lavrador ao trepar no muro de seu pomar e saqueá-lo.

Na multidão, uma mulher lamentou:

— Ele é jovem demais para ser castigado desse modo.

PRISIONEIRA DA INQUISIÇÃO

Uma velha senhora com amargura no rosto comentou:

— O pecado deve ser castigado... melhor que seja neste mundo do que no próximo. Ele pegou o que não era seu. Isso o torna um ladrão. É contra a lei dos homens e de Deus.

— Mas não é isso que fazem os meninos da idade dele? — observou um homem.

— Shh! Shh! — Uma mulher tentou silenciá-lo. — Não diga essas coisas.

Garci virou-se e olhou para ela.

— Que o leite de sua mãe azede em seu peito — disse ele — por você tentar negar a natureza de uma criança.

Diante de seu olhar fixo, ela se retraiu. Olhei para Garci e sacudi a cabeça. Ele não devia ter sido tão duro com ela. Duas crianças se agarraram em seu vestido, dois meninos. Ela não estava negando a verdade das palavras de Garci. Simplesmente temia que qualquer atenção fosse atraída para aquela parte da multidão onde ela tentava proteger os filhos entre suas saias.

Então apareceu meu pai, aparentando estar mais velho e mais infeliz do que eu já o vira desde o dia da morte de minha mãe. E comecei a entender a gravidade de sua situação. Como magistrado local, ele era responsável por executar qualquer sentença imposta pelo tribunal da Inquisição àqueles pobres desgraçados. Os agentes da Inquisição não tinham jurisdição sobre nossas pessoas físicas. O culpado tinha de ser entregue aos funcionários do estado para a execução da sentença. Fora de responsabilidade de papa desocupar a praça da cidade, convocar os habitantes, como disposto pelo padre Besian, e providenciar uma área a ser isolada com o equipamento apropriado para a execução dos seguintes atos horríveis.

O menino a ser espancado.

Os demais pecadores, inclusive Bartolomé, a serem açoitados.

O herege a ser queimado.

Fora erigida uma alta plataforma e nela sentaram-se meu pai e os funcionários do tribunal. Como sua família e membros de seu domicílio, nos foi concedido um lugar de importância com vista desim-

PARTE DOIS: A CHEGADA DA INQUISIÇÃO

pedida, e ficamos de um lado diante da multidão. Quando chegamos, Lorena acenou para Ramón Salazar e ele foi se posicionar a nosso lado.

O menino foi trazido e amarrado ao pelourinho, e sua camisa foi retirada.

Pelo menos foi breve.

Ele foi atingido rapidamente seis vezes nas costas, uma pancada para cada fruta que havia furtado. Os gemidos do garoto agitaram as crianças na multidão, já sentindo a tensão nos adultos.

Garci, que era um homem devoto, disse no meu ouvido:

— Não é a obra de Deus que está sendo executada hoje aqui.

Agora era a vez de Bartolomé ser levado para o local do castigo. Foram necessários dois homens para arrastá-lo até lá, pois, embora fosse fraco da cabeça, ele passara a vida toda fazendo trabalhos braçais e era fisicamente forte. O sorriso beatífico normal fora substituído por uma expressão de confusão e medo. Os olhos estavam arregalados, e ele olhava desesperadamente em volta, soltando guinchos e produzindo choramingos aterrorizantes.

Fiquei tão apavorada que virei a cabeça. O padre Besian tinha deixado claro que os habitantes deveriam estar presentes para testemunhar. Quem não comparecesse — a não ser quem estivesse seriamente doente — e quem virasse o rosto quando o castigo fosse aplicado seria suspeito de ser um simpatizante. Ardelia e Serafina agarraram-se uma à outra, enquanto Garci tentava envolver nós três com os braços.

No último momento, pouco antes de chegar ao pelourinho, Bartolomé nos avistou na multidão. Seu rosto mudou com o reconhecimento. Ele se contorceu e tentou se libertar, e gritou pateticamente o nome de Serafina.

— Tia Serafina! Me ajude! Me ajude, por favor!

Foi agarrado brutalmente e empurrado para o local do castigo. Ali foi açoitado com um chicote de pontas metálicas até a pele se partir e as costas sangrarem.

Fechei os olhos quando levaram adiante duas mulheres consideradas culpadas de prostituição. Teria sido minha denúncia, quando repeti ao padre Besian os rumores que tinha ouvido sobre atos imorais que

PRISIONEIRA DA INQUISIÇÃO

aconteciam em certas casas perto do porto que causara aquilo? Os cabelos delas tinham sido cortados, e os vestidos, puxados abaixo para que ficassem nuas da cintura para cima, antes de serem levadas à coluna da flagelação. Seus gritos ecoaram em minha cabeça.

Finalmente, os pecados do herege foram lidos. Seus vizinhos haviam verificado que ele era um *converso*, um ex-judeu que, havia anos, se convertera ao cristianismo. Ele fora espionado até ser provado que, secretamente, praticava a fé judaica e, sob interrogatório, admitira isso. Ele cambaleou ao longo do caminho até a estaca. Achei, a princípio, que era porque suas pernas estavam agrilhoadas, mas então percebi que era porque tinha sido torturado. Os membros não mais atendiam à sua vontade. Amarraram-no à estaca e então amontoaram gravetos a seus pés.

Ouvi Lorena cochichar para Ramón:

— É verdade que, às vezes, umedecem a madeira para ela queimar mais lentamente? — Ela disse isso com uma voz tão comovente que me deu vontade de amordaçá-la.

— Ouvi dizer que o sofrimento é diminuído quando a vítima é dominada pela fumaça antes de queimar — disse Ramón de um modo reconfortante. Baixou a cabeça para ouvir a resposta. Ela usou isso para se insinuar para mais perto dele.

— Ah, isso é terrível de se ver. — Ela correu a língua pelos lábios. Estava visivelmente horrorizada, mas, ao mesmo tempo, excitada de uma maneira perturbadora. Chegou mais perto ainda e pareceu quase desmaiar. Ramón envolveu-a com o braço para firmá-la.

Uma pederneira foi golpeada para acender um longo tição com uma extremidade ensopada com piche. Essa tocha flamejante foi colocada sobre a pilha de madeira. Ouviu-se um estalido, os gravetos pegaram fogo, e então lentamente as chamas se espalharam pelo resto da madeira. A multidão suspirou em uníssono, movimentou-se e recuou. As chamas ergueram-se bem alto, o fogo vermelho brilhante devorando a bainha da roupa do velho. Ele começou a gritar, primeiro para o padre Besian, por piedade, depois para Deus. Sua voz tornou-se um estridente balbuciar.

PARTE DOIS: A CHEGADA DA INQUISIÇÃO

Uma visão me dominou, como se eu estivesse no meio da fogueira. Podia sentir o calor na sola de meus pés. As chamas por toda a minha volta...

Torço o corpo para evitá-las, e um gemido escapa de meus lábios. A quente e abrasadora vermelhidão brilha entre os feixes de gravetos. À minha volta, reluzentes pontos de fogo... como olhos perfurando e rasgando meu corpo em seu intenso calor. Então uma chama, uma chama de verdade, salta. Está na bainha do meu vestido. É um vestido cinzento de um pano grosseiro que uso. Essa chama percorre a parte externa da saia como um animal tentando me devorar. Atravessa meu peito.

Estou transfixada. Ela está se lançando sobre minha cabeça. O cheiro quente e crestante de cabelo queimado está em minhas narinas, o pungente odor de roupas chamuscando e um nauseante cheiro de carne sendo devorada pelo fogo.

Não consigo me mexer. A fumaça se ergue. A visão está embaraçada.

Não consigo enxergar. Não consigo respirar. Tento colocar a mão na garganta.

Sou incapaz de me mover. Os braços estão presos dos lados. A respiração vem em curtas arfadas. Solto pequenos miados de dor...

O padre Besian girou lentamente a cabeça, como se relutasse em tirar de sua visão o espetáculo do homem sendo queimado vivo. Seus olhos baixaram para mim, perfurando-me o cérebro pela parte de trás do crânio.

Eu balancei e teria caído se Garci não tivesse apertado o braço em volta de mim.

O olhar do padre Besian parou sobre mim e seguiu adiante. Sua cabeça estacou, e os olhos giraram de volta para meu rosto.

Papa também moveu a cabeça para ver que perturbação era aquela. Sua testa franziu, e ele me deu um olhar com tal intensidade que não o reconheci.

Os olhos do padre Besian pestanejaram mais uma vez na minha direção e sumiram. Ele fez um gesto com a mão direita, para mostrar piedade. O carrasco foi para trás da estaca e rapidamente estrangulou o homem. Os gritos do herege foram interrompidos.

Mas a fumaça sufocante subiu e me envolveu.

Capítulo 22

Saulo

Veio um gemido dos homens que se afogavam quando Panipat fechou a boca para engolir a chave.

Minha mão foi para o cós do calção, e então eu estava segurando a faca. Saltei sobre ele.

Usando todo o meu peso para desferir o golpe, esfaqueei o mestre dos remadores no globo ocular. Ele berrou e jogou as mãos acima para se proteger. Meus dedos dividiram sua boca. Ele tentou fechá-la, mas coloquei a mão sobre seu nariz e apertei com o máximo de força que pude até ele abrir a boca, urrando maldições contra mim.

Eu tinha a chave! Eu tinha a chave!

Virei-me na direção da proa. Como um único corpo, os escravos restantes forçaram suas correntes ao tentarem se deslocar para a frente. O barco sacudiu violentamente.

Recuei. Percebi que, se tivesse me aproximado deles, teriam me feito em pedaços.

— Eu tenho a chave dos grilhões! — gritei mais alto do que o tumulto. — Mas só libertarei quem ficar sentado quieto! — Ergui a chave acima da cabeça. — Se alguém vier para cima de mim ou tentar pegar a chave eu a jogarei no mar!

Então eles pararam.

— Sentem-se — bradei. — Sentem-se!

PARTE DOIS: A CHEGADA DA INQUISIÇÃO

Isso eles não fizeram. Mas dobraram um pouco os joelhos para mostrar que estavam prestando atenção. Murmurando e se movimentando impacientemente, eles me observavam.

Aproximei-me cautelosamente. Ao manter a atenção focada neles, esqueci Panipat atrás de mim. Não o vi alcançar o comprido arpão que usávamos para pegar peixe.

Foi um dos escravos, Sebastien, que deu um grito de alerta e apontou para trás de mim.

Virei-me. Panipat assomou sobre mim. Seu braço já havia recuado e agora ele arremessava o arpão como um dardo diretamente contra o meu rosto. Dei um tranco com a cabeça para o lado, e a terrível ponta abriu um corte em minha bochecha antes de se enfiar com um ruído surdo no mastro atrás de mim. Agachado, corri até Panipat para lhe dar uma cabeçada na virilha.

Ele riu da debilidade do gesto e, agarrando um bom punhado do meu cabelo, puxou minha cabeça para cima e para trás. Minha garganta estava exposta. Ele riu novamente ao estender a mão para alcançar a faca comprida que mantinha enfiada no cinto.

Mas eu não era tão idiota a ponto de ter avançado contra Panipat pensando superá-lo na força bruta. Eu já havia puxado a faca de seu cinto. Ataquei-o fortemente e consegui abrir um corte em seu braço.

Ele grunhiu e começou a me sacudir para mais longe a fim de que pudesse desferir um soco em mim. Eu mantinha a faca comprida à minha frente e apontada para ele. Acima de nossas cabeças, ouvimos um tenso estremecimento e o som de madeira quebrando. O impacto do arpão, enterrando-se no mastro de nosso barco, fora a última agressão que ele conseguira suportar. Com um explosivo estalar, rachou-se ao meio e desabou sobre nós dois.

Panipat cambaleou para trás. A chave saiu trambolhando pelo convés.

Um grande gemido de desespero saiu da boca dos escravos. Mais dois de bombordo afundaram e agora o último corria perigo. Era Sebastien. A água lambia sua boca.

Panipat caiu sentado pesadamente. Sangue jorrava de seu peito. Sua faca comprida estava enterrada nas costelas, perto do coração. Movido adiante pela força do mastro caindo sobre mim, eu matara o mestre dos remadores com sua própria faca. Num estado de entorpecimento, rastejei pelo convés e peguei a chave. Baixei-me para o espaço do remador da frente de bombordo. Não saíam bolhas de onde os outros dois haviam afundado. A água agora estava tão alta que tive de mergulhar a cabeça para poder ver onde a chave entrava.

O rosto morto de Jean-Luc, olhos arregalados, chocou-se contra o meu. Gritei e me levantei, tossindo água. O escravo que restava, Sebastien, me encarou, toda a esperança perdida. Recostou-se, exausto, na água, como se ansiasse pelo repouso e pela paz da morte. Inspirei bem fundo e mergulhei novamente. Girei a chave no fecho da algema que prendia o tornozelo de Sebastien. Quando sentiu-se livre do peso, lágrimas escorreram pelo seu rosto.

Ele me abraçou, então ambos nos viramos sem hesitação para os dois árabes que poderiam ser salvos do outro lado. As mãos rasgando o ar, eles afundavam depressa. Sebastien mergulhou a meu lado e carregou-os para cima enquanto eu tateava a chave nos buracos. Assim que as correntes se soltaram, nós os deitamos na passarela e esmurramos suas costas e peitos até vomitarem a água dos pulmões.

Nós os arrastamos atrapalhadamente ao passar pelo corpo de Panipat e os puxamos conosco para a rede. Esses dois, que haviam chamado os turcos para salvá-los, gritavam o mais alto que conseguiam.

— Pelas regras de combate no mar, sou um homem livre!

— Declaro-me pela Espanha!

— Pela Espanha! Pela Espanha!

— Vida longa à rainha Isabel de Castela!

— Vida longa ao rei Fernando!

E, enquanto subia a bordo, eu também me declarei um espanhol livre.

Capítulo 23

Zarita

Lorena sorriu de um modo malicioso que não entendi.

— Zarita... — Papa falou-me delicadamente, tão delicadamente, aliás, que levantei a cabeça para olhá-lo. Parecia ter transcorrido uma era desde a última vez que ele havia se dirigido a mim daquele modo tão meigo. Nosso lar ainda se recuperava após a partida, poucas semanas antes, do padre Besian e seus agentes da Inquisição.

— Este cavalheiro veio nos visitar. — Papa estava me apresentando a um homem que eu nunca vira, Dom Piero Alvarez. — Talvez vocês queiram passear juntos no jardim.

Dom Piero inclinou a cabeça para mim.

— Seria um grande prazer — disse ele.

Sorri concordando.

Dom Piero estava muito nervoso. Enxugou a testa com a mão e me ofereceu o braço. Ele tinha a idade de meu pai e deduzi que devia ser um colega de negócios, pois eu nunca tinha ouvido seu nome ser mencionado como amigo da família.

Lorena estava sentada junto às compridas janelas que levavam ao jardim. Ao passarmos, ela colocou a mão sobre a manga de Dom Piero. Ergueu a vista para o rosto dele, riu e fez um comentário trivial enquanto enrolava um cacho de seu cabelo nos dedos.

PRISIONEIRA DA INQUISIÇÃO

Ele não reagiu como a maioria dos homens fazia, olhando-a com interesse. Em vez disso, afastou-se um passo e curvou-se formalmente para ela.

Descobri-me enternecida por aquele homem mais velho. *Pelo menos*, pensei, *um homem sensato o suficiente para perceber os modos bobos e a conversa tola de Lorena.*

— Talvez você queira mostrar a Dom Piero o jardim de sua mãe — sugeriu papa. — Pode caminhar por ali com ele. Tenho alguns papéis para ler e assinar, mas pode me chamar a qualquer momento.

Olhei-o de relance. Que coisa estranha de se dizer! Não era como se eu estivesse acompanhada de algum jovem como Ramón Salazar. Em minha ignorância e estupidez não percebi o que estava sendo tramado sem meu conhecimento.

Lorena correu a ponta da língua em volta dos lábios e deu outra risada, uma risada consciente.

Meu pai fitou-a, franziu a testa e ela baixou a vista, mas, ao fazer isso, deu-me um olhar estranho. Seus olhos normalmente denunciavam seu desprazer, mas, dessa vez, eles brilharam em triunfo.

Mostrei a Dom Piero o roseiral que mama havia cultivado. Agora que chegara o verão, elas desabrochavam. Ele admirou a cor e a beleza delas. Inspirar aquele forte cheiro trouxe-me de volta a presença dela numa tristeza docemente dolorosa. Era quase agosto: em breve faria um ano da morte de mama. Para minha surpresa, descobri que era capaz de falar sobre minha mãe com aquele estranho do mesmo modo que teria feito se tivesse um tio mais velho ou mesmo um avô com quem pudesse conversar. Dom Piero era amável, cortês e ouvia atentamente. Por fim, sugeriu:

— Vamos descansar um pouco, Zarita?

Olhei para trás, em direção à casa. Por quanto tempo meu pai esperava que eu distraísse aquele homem? Sentamo-nos num banco à sombra de um arbusto pendente.

— Fale-me mais sobre sua mama — pediu-me Dom Piero. Pousou a mão sobre a minha. — Posso sentir que foi uma grande perda em sua vida.

PARTE DOIS: A CHEGADA DA INQUISIÇÃO

— Sim — concordei. Lágrimas se acumularam em meus olhos. Em casa eu não tinha muitas oportunidades de falar sobre meus sentimentos por mama. Papa se fechara para mim, e Ramón também se esquivava quando eu tocava no assunto. Era um alívio encontrar alguém que parecia entender aquela necessidade que havia dentro de mim.

— Você é solitária. — Ele balançou a cabeça e segurou minha mão. — Eu entendo isso, pois também sou solitário.

— Sua esposa, ela faleceu — murmurei em resposta. Lembrei-me que papa, ao nos apresentar, dissera que a mulher de Dom Piero tinha morrido mais ou menos na mesma época que mama.

— Nós éramos muito felizes juntos — disse ele. — Desfrutamos um ótimo companheirismo, e ela me deu quatro excelentes filhos.

— Ah, sim — falei, a voz com traços de ressentimento. — Os filhos que a mulher é obrigada a dar à luz.

— É algo que você teme, Zarita?

— O quê? — perguntei, surpresa.

— O parto.

— Nunca pensei a respeito — observei. Que caminho esquisito a conversa havia tomado! Eu estava insegura se isso era um assunto conveniente para discutirmos.

— É exatamente por isso que, imagino, você não procurou se casar. — Dom Piero hesitou. — A maioria das jovens de sua idade já estaria pelo menos formalmente comprometida. Você possui uma grande beleza e, tenho certeza, é uma boa moça. — Pronunciou estas últimas palavras com muita seriedade. — Tenho certeza de verdade. Não digo isso para adular você.

— Acredito. — Ri de modo constrangido.

— E, se esse é o outro assunto que a deixa aflita, então pode ter certeza de que não a perturbarei mais com isso.

Eu não fazia ideia do que Dom Piero falava, mas, como o achava muito simpático, não queria ser descortês. Dei-lhe um rápido sorriso e tentei ver se papa fazia algum sinal da janela. Àquela altura, ele certa-

133

PRISIONEIRA DA INQUISIÇÃO

mente já deveria ter concluído seu trabalho, de forma que poderíamos voltar para casa.

Desvencilhei-me das mãos de Dom Piero e comecei a me levantar do banco do jardim.

— Não, fique — implorou. — Há mais uma coisa que quero lhe dizer.

Voltei a me sentar, e Dom Piero prosseguiu rapidamente, gaguejando enquanto falava.

— Seu pai e eu já discutimos isso e chegamos a um entendimento. Eu seria muito bondoso. Eu nos imagino sentados juntos, na quietude da noite, conversando. Poderia lhe contar histórias da minha vida, e você falaria sobre assuntos domésticos. Poderíamos viajar. Tenho desejo de ver outras terras antes de morrer. Dizem que as ilhas da Grécia são maravilhosas, com muitas ruínas antigas. Tenho certeza de que você adoraria ver essas coisas, e, juntos, nós...

Virei o rosto em sua direção. Ele deixara de lado a razão, como costumam fazer as pessoas mais velhas, e passara a falar a esmo, expressando pensamentos apenas vagamente conectados com a realidade?

— Senhor — comecei —, não faço ideia do que está falando. Como poderíamos viajar juntos? Não seria adequado para um homem de sua idade fazer isso com uma jovem.

— Mas eu lhe prometo — havia um tom de súplica na voz de Dom Piero — que é companhia que procuro. Não incomodarei de modo algum sua intimidade.

A percepção surgiu com uma pancada em minha cabeça e, com ela, o significado do sorriso malicioso de Lorena. Ela pretendia se livrar de mim fazendo-me casar com aquele velho!

Engoli em seco, ultrajada.

— Senhor! — Dei um pulo, esquecendo o decoro e as boas maneiras. — Eu preciso, preciso... — e disparei em direção da casa e entrei correndo.

Meu pai estava sentado à sua escrivaninha. Segurava uma pena. Estaria ele prestes a assinar o desperdício de minha vida? Devia ter

PARTE DOIS: A CHEGADA DA INQUISIÇÃO

sido aquela manipuladora, Lorena, quem forçara nele esse convencimento. Ela estava parada bem junto a ele, as mãos sobre suas costas, massageando-lhe os músculos dos ombros e do pescoço.

Era algo que eu fazia quando papa sofria de dor de cabeça provocada por tensão. A visão dessa cena serviu para me inflamar ainda mais.

— Como ousa! — Surgi de repente no aposento.

— Ora, Zarita — perguntou Lorena, erguendo a vista para mim e arregalando os olhos —, qual é o problema?

E, diante da visão de seu rosto virado para cima com seu olhar de pretensa inocência, puxei a mão para trás e dei-lhe um forte tapa no rosto.

Lorena guinchou, com dor e medo reais.

E tive o meu próprio momento gratificante de triunfo e surto de alegria.

Confuso e desconcertado, Dom Piero olhava tudo espantado das portas abertas que davam para o jardim. Olhou de relance para meu pai.

— Você me garantiu que ela não era tão rebelde... — Sua voz desaparecendo. Seu olhar de desgosto foi mais eficiente para eu voltar à razão do que a ira de meu pai e os soluços de Lorena.

Eu sabia que perdera alguma coisa — minha dignidade, meu orgulho —, mas não sabia exatamente que nome dar a isso. Ao permitir que Lorena me levasse ao ponto de eu não controlar mais minhas ações, eu havia me rebaixado. Sim, ela me instigara àquela cena, mas eu lhe permitira que fizesse isso.

Dom Piero foi embora, e papa me chamou para uma frígida conversa em seu gabinete.

— Zarita, quando esteve sozinha com Dom Piero, ele lhe fez algum mal?

— Não, papa.

— Ele lhe fez alguma sugestão imprópria?

— Não, não fez.

— Ele de algum modo se comportou incorretamente?

Sacudi a cabeça.

— O que ele disse que a deixou tão transtornada? — Como não respondi, papa ergueu a voz para mim. — Zarita, de que modo Dom Piero se conduziu em sua presença?

— Ele foi muito amável e decente — admiti.

— Você gostou dele?

— Sim, mas...

— Não tem nada de "mas". Você teve mais oportunidades do que muitas outras garotas de sua idade em circunstâncias semelhantes, Zarita. Teve a oportunidade de conhecer e conversar com um homem que considero adequado para se casar com você. E você mesma disse que ele lhe causou uma impressão favorável. Muitas mulheres nem mesmo conhecem seu futuro marido antes do casamento.

— Papa, não pode estar falando sério. Ramón Salazar e...

— É melhor esquecer Ramón Salazar.

— Não!

— Escute-me, Zarita! — Papa quase gritou comigo. — Estou tentando levar em conta seus sentimentos. — Segurou-me pelos ombros. — Não consigo colocar nem um pouco de juízo dentro de sua cabeça? Não viverei para sempre. O que acha que acontecerá depois que eu morrer?

Fiquei perturbada com aquela pergunta.

— Permanecerei aqui — respondi. — O que mais eu faria?

— Esta não é sua casa. Não será sua casa depois que eu morrer. Ela pertencerá a Lorena.

Lorena!

— O quê? — Enxerguei a verdade em seus olhos. Lorena ficaria com a casa e as terras. Se eu tivesse que contar com sua benevolência, ela me jogaria na rua somente com a roupa do corpo. Eu passaria a limpar estábulos e seria tiranizada, humilhada.

— Não vou me casar com aquele velho — falei, teimosamente. — Você não pode me forçar.

Meu pai suspirou.

— Não cabe a você decidir o que vai ou não fazer, mas, em todo caso, eu a descrevi para Dom Piero como uma pessoa meiga e gentil.

PARTE DOIS: A CHEGADA DA INQUISIÇÃO

Duvido que ele ainda vá se dispor a um contrato de casamento com um moça de temperamento tão tempestuoso. — Olhou-me como se não me conhecesse. — Disse-lhe que você era uma filha obediente e que faria qualquer coisa para agradar seu papa e obedecer seus desejos.

Ergui bem a cabeça e encarei meu pai.

— Não mais, papa — retruquei. — Não mais.

Agora Lorena mandava em mim.

Seu lugar estava garantido. Ela soubera que ficaria no comando completo da casa quando papa se fosse, portanto começou a assumir o controle imediatamente. Com a iminente ameaça da Inquisição afastada — ficou registrado que nossa cidade tinha sido inspecionada —, havia pouca chance de ela voltar. O comportamento de Lorena tornou-se pior. Quando papa não estava em casa, ela era menos modesta e mais evidente em seus prazeres.

Levava amigos de sua idade para casa, homens e mulheres, e passava horas sem fim fuxicando com eles. Em uma ocasião, fui forçada a me sentar na sua companhia e ouvir-lhes as ociosas especulações. Alguns demonstravam um amplo conhecimento de assuntos mundanos. Eu sorria para mim mesma quando falavam desse modo e nada dizia. Havia mais sabedoria na comunidade fechada das freiras de minha tia do que nesses autoconsiderados sofisticados.

Certo dia, a conversa voltou-se para o tema da exploração e a notícia de que a rainha e o rei pensavam em financiar uma expedição de um marinheiro desconhecido para ver se havia terras a oeste além do Mar Oceano.

— Dizem que, lá, vivem em ilhas pessoas que não são seres humanos de verdade... são homens apenas metade humanos — comentou uma mulher.

— Então por que nossos impostos têm de pagar por tal expedição? — perguntou outra. — Não conseguiremos trazer essa gente para servir de escravos. Os homens não terão qualquer utilidade se forem apenas metade humanos.

PRISIONEIRA DA INQUISIÇÃO

— Isso depende de que metade — observou Lorena, com uma risadinha indecente. Seus amigos a acompanharam, gargalhando ruidosamente.

A princípio, fiquei calada, pois não entendi a piada. Mas, assim que surgiu a compreensão, meu rosto enrubesceu, o que os atirou em outra rodada de gargalhadas à minha custa.

— Zarita precisa se casar. — Lorena fez um gesto na minha direção. — Ela tem mais de 16 anos e ainda não sabe qual lado da flauta toca a melhor melodia.

— Deixe disso — disse uma de suas amigas. — Ela perdeu a mama que lhe teria dito tudo de que precisava saber. E, de qualquer modo — baixou a voz —, qualquer um pode ver que é apenas uma aldeã simplória sem quaisquer habilidades.

Meu rosto ficou ainda mais vermelho, mas, agora, de raiva.

Fechei meu leque com um estalido, levantei-me e saí da sala. Como Lorena me desprezava! Mas tinha direito a isso, pois eu era uma pessoa que devia ser olhada de cima para baixo. Eu errara em tentar ajudar Bartolomé e apenas conseguira hostilizar o padre Besian. Eu insultara Dom Piero, ofendendo um homem honrado e amável, ao ser incapaz de recusar uma oferta de casamento de maneira educada. E, pior de tudo, meus gritos, a estúpida gritaria egoísta de uma criança impertinente, haviam causado o enforcamento de um homem.

Subi para o meu quarto, despi o vestido e o corpete, soltei o cabelo e deitei na cama só com as anáguas. Amanhã era o aniversário de morte de minha mãe. Mais uma ocasião em que me comportei pessimamente: em vez de levar em conta suas necessidades, eu havia pensado apenas nas minhas. Eu deveria ter me sentado ao lado dela e segurado sua mão. Em vez disso, eu me jogara sobre a cama, pedindo aos gritos para ela não me deixar. Uma dor palpitante, ofuscante, pressionou minhas têmporas como uma garra de ferro; uma enxaqueca de tal intensidade que eu não conseguia levantar a cabeça. Ardelia veio e afagou minha testa. Molhou e espremeu um pano de algodão em água fria e colocou-o em minhas têmporas.

PARTE DOIS: A CHEGADA DA INQUISIÇÃO

Senti lágrimas escorrerem por baixo das pálpebras.

— Chore, meu bem — disse ela. — Chore, minha querida. Chore por sua mama e o irmão perdido que teriam evitado isso, se um ou ambos tivessem sobrevivido. Chore por sua infância, agora perdida para sempre. E chore por seu papa, pois receio que ele também está perdido.

Ardelia cantou várias cantigas e músicas infantis e tentou me confortar. Mas chorei e chorei por horas; por toda aquela noite e pela noite seguinte, e a outra depois desta, e a seguinte e a seguinte, até ficar fraca e depois febril, sem saber que dia ou que horas eram.

O médico foi chamado, um homem gordo e inútil que nada sabia das doenças do corpo ou da mente.

— Ela está fingindo. — Uma voz petulante pairou sobre minha cabeça.

Lorena.

— Talvez... — O médico pareceu incerto. — Nunca se sabe. Mas ela está quente e ruborizada, e houve um caso de peste em uma das ilhas ao largo não mais do que 80 quilômetros de distância. Lembremse de que somos um porto. As doenças podem chegar aqui trazidas pelos navios.

— Então ela deve ser colocada em quarentena. — A voz de Lorena agora era muito mais firme. — Tomarei as providências para que ela seja mandada para longe daqui.

As palavras ecoaram em minha cabeça.

"Mandada para longe daqui".

Longe, longe, longe...

Capítulo 24

Saulo

Apenas sete de nossos remadores livres e um tripulante conseguiram se salvar. Dos outros remadores, dois morreram dos ferimentos no dia seguinte. Um dos que morreu foi Lomas.

Eu tinha ido vê-lo. O médico espanhol a bordo do navio havia lhe dado um opiato para atenuar a dor, porém não podia fazer mais nada por ele. Estava lúcido ao pronunciar suas últimas palavras para mim.

— Pegue minhas coisas. — Indicou o saco com suas posses que ele apanhara antes da escalada que nos livrou da galé que afundava. — O dinheiro que possuo é para minha mulher e meu filho. Você o entregará a eles?

Quando prometi fazer isso, Lomas me informou o nome de sua família e a localização da cidade onde ela vivia.

— Diga-lhes — a voz hesitou, se por causa de seu estado ou de emoção, eu não saberia dizer — diga-lhes que, tudo o que fiz, fiz por eles.

Fiquei sentado a seu lado por uma hora após ele expirar, sentindo uma profunda perda ressoando dentro de mim. Lomas havia me tratado como um pai trata um filho, e seu falecimento trouxe de volta lembranças de meus pais. Esfreguei a garganta para aliviar a sensação de sufocamento que sempre sentia quando pensava em meu pai. Recordei os acontecimentos na propriedade do magistrado e como Dom Vicente Alonso acertara meu pai na boca. E lembrei-me da minha reação

PARTE DOIS: A CHEGADA DA INQUISIÇÃO

quando Panipat fizera isso comigo — minha faca estava no punho e, num instante, eu a usei contra seu olho. Seria muito pior o destino que planejava para o magistrado e sua família! Planejava cumprir a promessa que fizera a Lomas de procurar sua mulher e o filho, pois sabia que voltaria à Espanha para meu assunto particular de vingança.

Quando os canhões dos dois navios espanhóis martelaram os turcos fazendo com que se rendessem, o barco corsário foi abordado para os homens serem capturados, e seu dinheiro e carga, pilhados, antes de deixá-lo à deriva. Nossa galé permanecia parcialmente submersa, ainda presa à proa da embarcação turca. Fui até lá com o último homem de nossa tripulação, o carpinteiro-cozinheiro, para recolher o que houvesse de valor.

O corpo de Panipat jazia onde havia caído, meio sentado, com o cabo de sua própria faca salientando-se do peito. Puxei-a e rapidamente a enfiei em meu cinto para que o carpinteiro-cozinheiro não visse e comentasse como o mestre dos remadores havia morrido. Amarramos pesos nos cadáveres antes de empurrá-los para suas sepulturas no mar. Tive de forçar os dedos rijos do capitão Cosimo para que largasse sua jaqueta. Pensei em talvez envolvê-lo nela, pois era bastante pesada para poder tirá-lo de baixo dela, mas o carpinteiro-cozinheiro disse rapidamente:

— Pegue a jaqueta, rapaz. É um legítimo espólio de guerra. Eu ficarei com o resto das coisas do capitão.

Piscou para mim e colocou o dedo nos lábios.

— E vamos ficar calados sobre isso.

Deduzi que isso queria dizer que, se eu não dissesse nada sobre ele pegar o dinheiro, então não contaria a ninguém que, originalmente, fui comprado como escravo por um barril de vinho barato. Ele recolheu suas ferramentas e utensílios de cozinha e foi embora. Eu furtei o estojo de mapas e o material de navegação. Sobrecarregado com isso e a jaqueta de pavão, pelejei de volta pela rede acima.

Um homem alto e louro estava na amurada do navio. Curvou-se sobre o bordo para me ajudar e olhou com interesse o material de navegação e o estojo de mapas.

— Sou marinheiro e explorador — disse ele. — Tenho interesse em usar esse material que você recuperou. Se me forem úteis, posso lhe oferecer um bom preço por eles.

— Não sei — retruquei. — Nosso capitão estava me treinando para ser navegador e... e... — Para meu constrangimento, minha voz falseou com emoção quando pensei no capitão Cosimo, agora morto no fundo do mar.

— Ah. — O homem alto deu-me um olhar inteligente. — Você tem uma ligação com essas coisas que vale mais do que seu valor de mercado?

Fiz que sim.

— Qual o seu nome? — perguntou-me amavelmente.

— Saulo — murmurei.

— E seu capitão morreu defendendo seus homens e seu barco?

Confirmei novamente com a cabeça, sem ter certeza de que minha voz era capaz de uma resposta.

Num gesto de simpatia, ele colocou a mão sobre meu braço.

— Saulo, vou lhe dizer uma coisa: os elos de lealdade que são forjados entre homens do mar são muito intensos.

Ele esperou até eu me recompor e então disse:

— Pelo menos deixe-me olhar seus mapas. Após cuidar desse ferimento no rosto e descansar dessa provação, venha me procurar. Meu nome é Cristóvão Colombo.

Os navios espanhóis estavam a caminho da Grã Canária nas Ilhas Canárias, territórios situados fora do Mediterrâneo, no Mar Oceano, e recentemente passados para o domínio de Castela. Era intenção da nação conquistadora plantar cana-de-açúcar, e as terras de lá eram consideradas adequadas para esse cultivo. Aqueles navios carregavam plantas e todo o tipo de outras coisas — mobília, víveres, armas, suprimentos para guarnições, soldados e colonos —, pois a Espanha queria uma base em terra ao largo da costa da África para, com esse tipo de instalação, se equiparar aos portugueses em outro lugar.

PARTE DOIS: A CHEGADA DA INQUISIÇÃO

Após a completa pilhagem do barco turco, os espanhóis agora prosseguiam sua viagem. Cristóvão Colombo estava no convés conversando com o comandante dos soldados quando fui falar com ele, no dia seguinte. Este era o homem que o capitão Cosimo mencionara — o marinheiro e explorador que acreditava que havia um caminho que dava a volta pelas costas dos mapas.

— O capitão de minha galé era de Gênova — contei a Colombo. — Ele mencionou seu nome, contando que era um explorador e marinheiro habilidoso. Mas, também, disse que os genoveses eram os melhores marinheiros.

Colombo concordou com a cabeça.

— Gênova é um estado minúsculo sem espaço para expansão. Sempre vimos o mar como sustento, para comercializar, viajar e colonizar. Somos hábeis mercadores e navegadores. — Ele pronunciou esta última frase sem qualquer traço de arrogância na voz. Era como se estivesse mencionando um fato sobre o qual nenhuma pessoa honesta discordaria. — Seu capitão teve má sorte por ser apanhado por um barco turco.

— Não foi tanto má sorte — retruquei. E lhe contei sobre a vista fraca do capitão e como isso lhe custara a vida.

— Um capitão tem decisões difíceis a tomar, mas não deve arriscar desnecessariamente a vida de sua tripulação.

— Não será isso você que estará fazendo, se tentar velejar até o outro lado do Mar Oceano?

— Não — respondeu Colombo —, pois tenho labutado durante anos, pesquisando e planejando cada detalhe. Haverá o perigo do desconhecido, mas do que vale a vida sem alguma aventura? E o mar me chama para velejar sobre seu seio e explorar seus mistérios.

Seus sentimentos se harmonizavam com os meus, e acho que ele reconheceu isso. Passamos o resto da viagem na companhia um do outro, e ele me falou de suas expedições passadas e o sonho de descobrir novas terras. Perguntou sobre mim, e me descobri contando-lhe parte da história de minha vida. Omiti a maneira como meu pai morrera e meu desejo de caçar seu assassino.

Colombo consultou meus mapas e me deu algumas moedas em troca da permissão de fazer anotações com base neles. Mas, na maior parte, foram de pouca utilidade para ele. As cartas do capitão Cosimo eram do tipo conhecido como mapas portolanos, os quais, conforme me explicou Colombo, mostravam apenas a terra como era vista do mar, com montanhas e outras características registradas para que um capitão velejando em águas perto da costa pudesse estabelecer sua localização. Alguns dos mapas de Colombo eram de um tipo diferente, como se vistos de cima. Mostravam os mares do mundo conhecido, seus países, cidades e povoados. A pessoa que os fez devia fingir ser um grande pássaro ou um deus capaz de pairar no céu acima dos mares e da terra e observar tudo o que havia embaixo.

Colombo passara algum tempo em Portugal, tentando, sem sucesso, convencer as autoridades de lá a investir em sua expedição. Agora buscava patrocínio com a rainha Isabel e o rei Fernando e tinha esperanças mais sólidas de seu apoio. Disseram-lhe que sua petição seria estudada por uma comissão de eruditos da corte espanhola. Naquele momento ele se encontrava numa viagem para explorar a possibilidade de usar o porto espanhol de Las Palmas, na Grã Canária, como uma escala final antes de velejar para oeste. Ele já havia velejado para o sul, ao longo da costa africana, na companhia dos portugueses, na esperança de alcançar a extremidade do continente e encontrar um meio de dar a volta para atingir a Índia e o Extremo Oriente. Até agora, porém, quem fizera isso não havia alcançado a extremidade de terra ao sul.

— A África é infinitamente maior do que qualquer cartógrafo já projetou até agora — disse-me Colombo.

— Ela vale mesmo a pena ser explorada?

Ele me contou histórias de sua viagem ao longo da costa oeste do imenso continente, onde as cores das ondas cintilam o azul iridescente de um martim-pescador e há quedas d'água tão altas que parecem cair da porta do céu. Era igualmente emocionante e amedrontador ouvir sobre terras por onde vagavam mágicos animais chifrudos e se dizia que homens se alimentavam de outros homens. Nativos corriam pela

PARTE DOIS: A CHEGADA DA INQUISIÇÃO

praia quando viam passar um navio, para jogar lanças no ar e cantar em línguas nunca dantes ouvidas. Às vezes, saíam em barcos longos para trocar alimentos e água fresca. Ali Colombo havia comido frutas e plantas nunca vistas na Europa. Meus sentidos eram estimulados enquanto ele contava essas coisas. Era um magnífico contador de histórias. Ele havia lido os diários de Marco Polo e de outros exploradores, e recontava suas narrativas sobre a descoberta de montes de pedras preciosas, pérolas e âmbar, misturando estas com suas próprias experiências. Durante as noites, eu me sentava no convés, com as velas a todo pano acima de mim, ouvindo-o e observando seu rosto animado, os olhos brilhando sob a luz das lanternas do navio, e ansiava partir numa exploração.

Contudo, o interesse principal de Colombo residia no oeste, onde o mar onduloso se estendia ao infinito. Mais além dele ficavam os limites mais longínquos da terra, e quem sabe o que estava à espera para ser descoberto naquelas extremidades? Eu ouvira dizer que eram habitadas por demônios que haviam fugido dos reinos do submundo usando suas enormes garras em forma de gancho para escalar até nosso mundo. Perambulavam por aquelas águas remotas na companhia de grotescas criaturas marinhas e peixes de proporções gigantescas com dentes serrilhados e tentáculos que ferroavam. Podiam espirrar veneno nos olhos dos homens, de modo que seu rosto e seu corpo ficavam pretos em poucos minutos e morriam gritando em agonia. A maioria dos tripulantes acreditava que era loucura se aventurar tão longe naquela direção. Apesar dos escárnios e das advertências, Cristóvão Colombo estava determinado a seguir seu caminho navegando por aqueles perigos.

Quando questionado ou desafiado, ele inclinava a cabeça e, com uma expressão que era um misto de zelo e determinação, declarava: "O mundo é redondo. Eu posso... não, eu *vou* encontrar um caminho para o leste velejando para oeste."

Capítulo 25

Zarita

Papa veio me visitar no convento-hospital.

Minha tia insistira em me levar para lá quando adoeci com uma febre que o médico não conseguiu identificar. Ela queria cuidar de mim pessoalmente e descartar a suspeita de peste; eu estava exausta e necessitava de descanso, declarou. Ela me tratava como um bebê doente, dando-me comida na boca e ouvindo quieta minhas expansões emotivas.

— Você está sofrendo de dor atrasada pela perda de sua mãe — disse-me claramente. — Perder a mãe em qualquer momento da vida é um golpe terrível, mas, como você estava num ponto alto da feminilidade, isso a afetou profundamente. E — Tia Beatriz pelejou para se expressar sem parecer crítica para com outra pessoa — a decisão de seu pai de se casar novamente tão depressa tornou extremamente difícil para você encontrar uma forma de extravasar essa emoção. — Ela estremeceu. — Acrescido a isso houve a perturbação de nossos visitantes recentes.

Deduzi que ela se referia ao padre Besian.

— Bartolomé não é mais o garoto feliz que conheci outrora — comentei tristemente. — Duvido que ele jamais consiga se recuperar.

— Com a graça de Deus, ele conseguirá. — Tia Beatriz beijou-me na testa. — E você também.

PARTE DOIS: A CHEGADA DA INQUISIÇÃO

Agora, poucas semanas depois, eu estava bem o bastante para ser levada para me sentar com minha tia em sua sala de visitas, quando papa veio e ficou junto a mim.

— Soube que você já está quase boa novamente, Zarita — disse ele. — Contudo, não creio que possa voltar para minha casa. — Ele falou rapidamente, sem me encarar.

— Papa! — Procurei alcançar sua mão, ao tentar me levantar da cadeira, mas ele se afastou de mim.

— É melhor assim — prosseguiu. Dirigiu-se à minha tia. — Eu dotarei o convento de dinheiro. Pode me dizer a quantia.

Minha tia tentou encará-lo, mas ele também desviou o olhar.

— Quando aceito uma noviça aqui não é uma questão de dinheiro — afirmou ela. — Para se tornar freira, uma mulher deve ter verdadeira vocação. Precisa conhecer a própria mente. Zarita é muito jovem.

— Tsc! — Papa fez um ruído de aborrecimento. — Muitas jovens já estão casadas e têm filhos na idade dela. Tenho tolerado todos os caprichos de minha filha, mas agora está na hora de ajeitar as coisas e...

— Do que estão falando? — Olhei de um para o outro, desconcertada. — É meu futuro que estão discutindo?

— Quero que você fique segura e protegida — disse papa, com firmeza. — Entendo que talvez você possa ter uma aversão ao casamento, e este é o único lugar em que posso ter certeza de que será bem cuidada.

— Não! — berrei, pois não queria ficar trancada num convento, embora minha tia e suas ajudantes parecessem felizes ali. A ideia de ser incapaz de ir livremente aonde quer e sempre que eu quisesse, de me ser negada a alegria de passear à noite ao luar, ter de me recolher cedo para dormir — de montar meu cavalo, de cantar e dançar quando me agradasse —, essa ideia me apavorava. — Não tenho aversão ao casamento — falei para papa.

Eu pensava que poderia me casar com Ramón; se isso acontecesse, então teria meu próprio lar e alguns recursos para administrar. Mesmo uma pequena quantia de dinheiro me permitiria certa independência. Papa teria de me dar um dote de tamanho considerável. Embora de linhagem aristocrática, a família de Ramón, assim como a de Lorena e a de muitos nobres, não tinha fundos. Foi por isso que Lorena saíra atrás de um homem mais velho e com dinheiro. Ela possuía posição e um lugar na sociedade por causa do nome de seu pai, mas não dispunha de recursos para vestidos novos ou joias sem o dinheiro do meu papa. Se o próprio papa pôde se casar, então poderia facilmente pagar meu casamento.

— Deixe-me casar.

— Com quem você se casaria, Zarita? — perguntou-me friamente papa.

— Ora, com Ramón Salazar — respondi. — Temos um acordo. — Fiz uma pausa, ao me dar conta de que, nos últimos meses, Ramón evitara discutir quaisquer planos a respeito de nosso futuro juntos.

— Ramón Salazar... — começou papa.

Minha tia tocou na manga do meu pai.

— Seja gentil, bom irmão, Dom Vicente. Zarita não tem a mínima noção dos fatos recentes.

— O que eu não sei? — indaguei-lhes. — O que estão dizendo?

Impacientemente, papa afastou a mão de minha tia.

— É exatamente isso que estou querendo dizer. A moça deveria ser agora uma mulher, mas ela se comporta como uma criança. E a culpa é minha... sim, admito isso. Eu a tornei uma menina mimada. — Virou-se e olhou para mim, sofrendo e arrependido de ter de mostrar o rosto. — Escutei sua mama e mimei você e, por isso, lamento muito. Significa que a protegi demais e, agora, ignora como o mundo se comporta.

— Diga-me o que preciso saber — pedi, minha respiração agora mais apressada.

Papa falou bruscamente.

— A família de Ramón Salazar não quer mais saber de você.

— Não pode ser verdade — retruquei. — Ramón olhava-me de uma maneira diferente. Ele ainda fala comigo... com frequência.

Foi minha vez de hesitar, pois agora que isso tinha sido dito em voz alta, percebi que tinha de admitir que Ramón havia esfriado seu comportamento em relação a mim.

PARTE DOIS: A CHEGADA DA INQUISIÇÃO

— Vejo em seus olhos... — comecei.

— O que vê em seus olhos é desejo, do modo como qualquer homem desejaria uma mulher tão bonita quanto você. — Meu papa falava mais suavemente. — Mas, mesmo se ele tivesse algum afeto por você, sua família agora não permitiria o casamento.

— Por que não? Não havia objeção antes.

— Concordamos em encerrar qualquer negociação — Papa hesitou e, então, prosseguiu —, e fiquei infeliz por causa disso. Eles citaram economias e inconveniências. Ramón foi para a corte ficar com o tio dele, encarregado das tropas que fazem o cerco a Granada, que é onde a rainha e o rei esperam finalmente esmagar os mouros.

— Por que Ramón partiria sem se despedir de mim? Não enviou sequer uma carta. Por que sua família mudou de ideia se estava tão ansiosa em querer minha mão para seu filho?

— Você foi conspurcada, menina. — Novamente, papa não conseguiu me encarar enquanto falava. — O ataque do mendigo na igreja a deixa em uma perspectiva menos atraente. Foi por isso que tentei arranjar uma outra coisa. Dom Piero disse que aceitaria de bom grado uma companhia. Ele sabia do ataque sobre sua pessoa, mas acreditava que você foi uma vítima inocente.

— Mas eu fui — arfei. Lembrei-me de Dom Piero insistir seriamente que acreditava que eu era uma boa pessoa. Eu não captara a inferência de que havia alguma dúvida a respeito disso. — Não é justo que a reputação de uma mulher possa ser desfeita pelos atos de outra pessoa. Em todo caso, o mendigo mal me tocou!

Papa sacudiu a cabeça.

— Não deve tentar mudar a história agora que ela se encontra no caminho de algo que você deseja. O dano está feito.

— Não foi feito dano algum a mim — falei desesperadamente. — Tentei lhe explicar isso, na ocasião, mas você não escutou. Estava tão abatido pela dor por perder mama e o bebê...

Papa ergueu a mão.

— Pare! — ordenou-me. — As particularidades não importam, Zarita. Você sofreu um ataque à sua pessoa. Isso mudou sua personalidade. Levou-a a dizer e fazer coisas que não teria dito ou feito antes... fazer ameaças e agredir pessoas. A situação agora é tão séria que não pode ter permissão para andar livre como fazia antes. É para sua própria segurança que precisa ser mantida em algum lugar. — Então, acrescentou: — E para a segurança de outros.

— Isso não pode ser! — exclamei.

— Pode e é — disse papa sombriamente. — Tomei uma decisão e não voltarei atrás. Você não pode se casar. Não pode ir para casa. Não percebe? Não há nada mais a fazer, Zarita. Você tem de ficar trancada no convento.

Capítulo 26

Saulo

Passamos pela ilha na baía de Las Palmas e atracamos na zona portuária. Esse novo assentamento de Castela era uma frouxa arrumação de ruas e becos, com uma igrejinha, casernas, alguns prédios de aparência oficial e barracas de feira cercadas por mais casas e unidades de comércio substanciais.

Cristóvão Colombo tinha cartas de apresentação para o governador da ilha, e, ao apresentá-las, este lhe concedeu um apartamento. E Colombo me ofereceu hospitalidade até que os navios estivessem prontos para partir e talvez pudéssemos ganhar passagem de volta à Espanha.

— Um renomado cartógrafo e cosmógrafo mora por aqui e pretendo procurá-lo. Desconfio que o mar está em seu sangue, Saulo, portanto poderá ir comigo quando eu for visitá-lo. Seria útil você adquirir mais conhecimentos sobre estrelas e navegação.

A primeira coisa que eu precisava resolver era como conseguir alguns documentos de identidade espanhóis. Isso se mostrou espantosamente fácil. Cristóvão Colombo atestou que eu me encontrava num navio de bandeira espanhola que fora destruído por um ato de agressão do inimigo e minhas posses se perderam. O governador ordenou que fossem emitidos novos documentos para mim, e, porque eu tinha alguns pertences que eram do remador livre que se tornara meu amigo, pude me passar por um membro de sua família. Desse

PRISIONEIRA DA INQUISIÇÃO

modo, tornei-me Saulo de Lomas. Quando o escrivão do governador parou na parte onde dizia "profissão", Colombo inclinou-se e disse: "Escreva *Mestre Marinheiro*".

Quando juntei meus documentos e deixei a repartição, Colombo deu-me um tapinha nas costas e disse alegremente:

— Comigo como seu patrono, Saulo, mestre marinheiro é o que você será.

E, assim, passei os cerca de sete meses seguintes sob a tutela de Cristóvão Colombo. Ele me ensinou o básico de latim, grego e árabe para que pudesse entender melhor textos antigos e modernos sobre informação celestial. Eu lia extensivamente: tanto os livros da biblioteca do governador quanto da coleção de Colombo — uma enorme variedade de material relacionado à exploração e ao mar. Colombo estudou as obras do viajante inglês *sir* John Mandeville, que escreveu sobre a existência de monstros, e também os relatos menos fantasiosos de Marco Polo. Ele possuía montes de cartas náuticas e mapas, reunidas principalmente durante o período passado em Portugal. Mostrou-me cartas de incentivo de conceituados professores e cartógrafos de diferentes países, tais como o famoso médico florentino Toscanelli. Todos encorajavam sua crença e entusiasmo. Comecei a me dar conta de que Cristóvão Colombo não era o louco ou sonhador que o capitão Cosimo e outros pensavam que fosse. Ele teve uma visão, mas suas ideias para uma aplicação prática eram baseadas em fatos acurados e habilidades adquiridas.

Quando estávamos a bordo do navio espanhol, Colombo fizera anotações sobre as correntes tanto da água quanto do ar, aperfeiçoando seus cálculos sobre o giro dos ventos que sopram em direção oeste na latitude das ilhas Canárias e voltam na direção leste para a Europa acima dos Açores. Então ele alugou um sambuco e passamos o verão e o outono velejando a pouca distância da costa em torno das águas do norte da Grã Canária, examinando as marés e a velocidade do vento. Ele mostrou como era possível saber a posição de um navio

PARTE DOIS: A CHEGADA DA INQUISIÇÃO

no oceano medindo-se a altura em graus do sol durante o dia e da estrela polar durante a noite.

— Nós usamos um quadrante, mas os antigos árabes aprenderam a navegar usando um *kamal*... uma tábua com um pedaço de barbante com vários nós.

Não era a primeira visita de Colombo às Canárias. Ele me disse que já havia viajado o mais distante a oeste do que tinha sido mapeado, às ilhas dos Açores e Cabo Verde. Os habitantes dali lhe mostraram sementes de vagens que haviam juntado em suas praias. Colombo estava convencido de que eram de plantas desconhecidas para o mundo ocidental. Os insulanos lhe descreveram as feições de corpos que tinham dado à praia: os homens não tinham semelhança com qualquer raça deste lado do Mar Oceano.

À medida que nossa amizade se desenvolvia, ele confiava em mim o bastante para me deixar olhar os mapas secretos que pretendia usar para atravessar o Mar Oceano. Eles eram diferentes de qualquer coisa que eu já tinha visto. O mundo conhecido e o mundo projetado se combinavam, com terra e mar desenhados igualmente sobre um padrão gradeado, com linhas de longitude e latitude. Ele se referia à latitude como *"altura"* e tinha livros de anotações com listas dessas avaliações feitas para os portos em todos os territórios descobertos.

— Se seguirmos longe o bastante na direção sul, a estrela polar desaparecerá debaixo do horizonte, portanto torna-se essencial descobrir sua posição usando o sol. Então é necessário fazer ajustes para acomodar as variadas posições do sol no céu durante as mudanças de estações.

Como se um mar de névoa recuasse, vi que, desse modo, não era necessário se manter no contorno da costa para navegar corretamente. Isso também podia ser feito com razoável grau de precisão em águas a céu aberto e inexploradas. Mesmo sem os melhores instrumentos de navegação, a aptidão em usar o processo de cálculo significava que você podia retornar a uma localização anterior com algum grau de correção.

Colombo observava meu rosto quando fiz essa descoberta.

PRISIONEIRA DA INQUISIÇÃO

— Os portugueses sabem disso há anos — comentou. — E agora, eu não tenho apenas esse conhecimento funcional... — bateu na cabeça. — Aqui dentro tenho a erudição dos antigos e a sabedoria das melhores mentes de nossos dias!

Certa noite, bem tarde, ele me levou para visitar o cartógrafo com o qual já havia entrado em contato. O homem era um árabe, e sua loja ficava numa rua secundária perto das docas. Ao entrarmos, Colombo murmurou uma saudação em árabe e o velho retrucou igualmente em voz baixa. Fizeram sinais um para o outro enquanto eu perambulava por entre as estantes e bisbilhotava antigos pergaminhos, velhos rolos de papiro e livros encadernados em couro com capas com dobradiças, fechos e amarras. O lojista saiu e olhou de um lado a outro da rua, depois fechou a vitrine, voltou para o interior da loja e trancou a porta.

— Venham por aqui — indicou. Afastando uma pesada cortina entremeada de vermelho e verde, ele nos conduziu ao seu aposento particular.

O árabe abriu um baú e retirou um objeto envolto num veludo. Quando retirou a cobertura, revelou-se que o conteúdo era uma grande bola feita de madeira pintada com os contornos das terras e dos mares do mundo conhecido. Colombo pegou-a nas mãos e examinou-a cuidadosamente.

— Olhe, Saulo — disse ele, a voz reverberando de emoção. — A primeira representação já feita do mundo como um globo!

Segui a direção de seu dedo que traçava uma linha das ilhas Canárias, onde estávamos, o caminho todo através do Atlântico até onde o cartógrafo árabe começara a esboçar o desconhecido e sonhado contorno da costa da distante China.

— Sim — sussurrou Colombo. — É isto exatamente o que quero. Com isto, convencerei o rei e a rainha da Espanha e seus muitos conselheiros de que meu plano é exequível.

Capítulo 27

Saulo

Visitamos outras vezes a loja do árabe, normalmente tarde da noite. Ouvindo as conversas que ele teve com Colombo, aprendi mais sobre as ondas, os ventos e as tempestades no mar do que qualquer livro poderia me ensinar.

Assim, o tempo foi passando, meu conhecimento aumentando, até que um dia, no início de dezembro, recebemos a notícia de que os navios espanhóis estavam se preparando para voltar à Espanha.

— Preciso me apressar para finalizar os detalhes neste mapa círculo — observou o cartógrafo árabe, quando Colombo lhe transmitiu a notícia.

— Você tem todas as minhas informações e projeções adicionais — lembrou Colombo.

— Sim... — hesitou o árabe.

Cristóvão Colombo olhou-o atentamente.

— Você não acha que meus cálculos estão corretos?

— Há discrepâncias. A circunferência da Terra tem sido estimada com diferentes medidas. O seu cálculo é conservador.

— Eu uso mais de uma fonte. Onde está o problema?

— O Atlântico... o Mar Oceano como vocês chamam... Para se atingir o lado oriental mais distante da Ásia, a água entre esta ilha de Grã Canária e as praias da China precisa ser muito mais larga.

PRISIONEIRA DA INQUISIÇÃO

— Há uma indicação na Bíblia de que a terra é proporcional aos mares — falou Colombo, com convicção.

O velho nada disse.

— E minhas fontes mais antigas são do tempo dos egípcios.

O árabe resmungou.

— Ah, sim, Ptolomeu.

Pelos livros que eu lera, sabia na ocasião que Ptolomeu não tinha sido preciso em todas as suas suposições.

— Ptolomeu e outros — rebateu Colombo. — Nisso estou correto. Sei que estou.

Captei o olhar do árabe, e seus olhos se afastaram dos meus. Ele era inteligente demais para prosseguir numa discussão com um homem cuja opinião já estava inequivocamente formada. Mas eu vislumbrara a teimosia de Colombo; uma falha em seu caráter que, de vez em quando, fazia com que desconsiderasse a opinião de outros ou daqueles que discordavam dele.

A despeito de sua apreensão sobre a exatidão das marcações, o cartógrafo árabe cumpriu sua tarefa e o mapa em círculo pintado sobre a bola de madeira foi terminado e envernizado a tempo de podermos levá-lo conosco quando partimos para a Espanha.

Colombo permaneceu na amurada do navio olhando para trás em direção a Las Palmas enquanto seguíamos para mar aberto.

— Quando eu voltar, será como chefe de uma expedição como o mundo nunca viu! — afirmou.

Eu me despedi do escravo Sebastien, que decidira não retornar à Espanha. Ele gostava do clima quente e seco das Canárias e entrara para uma ordem de monges mendicantes que organizava uma comunidade para auxiliar os povos nativos.

Era bom estar novamente no mar. Eu tinha uma sensação de volta ao lar e podia observar o trabalho de uma tripulação maior, com um piloto profissional, e presenciar a aplicação prática do conhecimento teórico que obtivera durante os últimos meses. Em pouco tempo me dei

PARTE DOIS: A CHEGADA DA INQUISIÇÃO

conta de que o conhecimento teórico difere da realidade, e mencionei isso a Colombo.

Ele concordou com a cabeça.

— Sem experiência, um homem não tem realmente habilidade.

— E, no entanto — comentei —, você não tem experiência das águas por onde pretende velejar.

No dia em que a costa da Espanha surgiu à vista, estávamos sentados juntos no convés.

— Saulo — disse Colombo —, você é jovem e capaz. Conhece o suficiente de navegação para ser um bom marinheiro. Se, no futuro, eu recrutar tripulantes, você estaria disponível?

Meu coração acelerou, e meu cérebro rodopiou. Que tipo de aventura seria aquela? Atravessar o Mar Oceano! Imaginei-me no convés de um daqueles navios fazendo essa viagem, partindo para descobrir uma terra onde nenhum homem havia pisado.

— O capitão Cosimo falou que outros tentaram o que você pretende, mas fracassaram e voltaram — disse-lhe.

— Eles velejaram para oeste partindo de águas setentrionais, indo deliberadamente contra o vento, pois temiam que, se não fizessem isso, não teriam vento para soprá-los de volta para casa. Eu pretendo partir do sul mais afastado de onde sopram os ventos do oeste. Castela atualmente tem um porto nas ilhas Canárias que fica bem distante ao sul para eu apanhar os ventos predominantes que sopram do leste para oeste. Você mesmo viu a verdade disso. Portanto, é desse modo que farei a viagem. Quando descobrir a rota para leste e atingir a terra avistada, então velejarei numa direção setentrional ao longo da costa do Oriente e apanharei os ventos do oeste para me trazer para casa.

— Esses ventos que sopram através do oceano... — perguntei. — E se eles faltarem? E se você ficar paralisado em uma calmaria?

Ele olhou-me divertido.

— Quer dizer que andou pensando sobre isso. Você *está* intrigado com a perspectiva da descoberta de novas rotas de navegação.

PRISIONEIRA DA INQUISIÇÃO

E falou animadamente sobre o astrolábio que comprara do cartógrafo árabe, mas notei que não respondera minha pergunta.

— Esse meu conhecimento extra acabará com todas as dúvidas e colocará de lado quaisquer objeções apresentadas pelos conselheiros reais. Há muitos anos procuro patrocínio — continuou Colombo —, mas, desta vez, estou muito confiante. A rainha e o rei estão agora na última etapa do cerco a Granada. A cidade cairá perto do Natal. No novo ano de 1492, eles cavalgarão em triunfo pelas ruas de Granada até o palácio de Alhambra. E, após terem feito isso, estarão com disposição para me ouvir. Reconheço neles algo de mim mesmo. Fernando obteve o trono de Aragão, e Isabel, o de Castela, após imensas revoltas e longos conflitos. Tiveram sucesso porque acreditaram em si mesmos. Eu também acredito no meu destino.

— E acha que eles apoiarão seus planos?

Colombo bateu na túnica. Em seu interior encontrava-se a mais recente carta de um de seus mais ardentes partidários, um certo padre Juan Perez do mosteiro de La Rábida, onde o filho mais novo de Colombo era educado.

— O padre Perez me escreve para dizer que a rainha Isabel quer falar pessoalmente comigo! O tesoureiro real enviou-me um dinheiro adiantado para eu comprar roupas finas a fim de que me apresente à corte adequadamente vestido. Portanto, sei que agora me veem de modo favorável.

Mais tarde, quando me preparava para dormir, pensei nas únicas roupas que possuía: vestes de segunda mão que Lomas me dera quando as que eu usava quando menino ficaram pequenas demais, e algumas outras compradas por Colombo — sandálias toscas, um calão e uma túnica — e... a esplêndida, mas não muito útil jaqueta de pavão que pertencera outrora ao capitão Cosimo. Tirei-a da bagagem de Lomas e alisei preguiçosamente seu bordado. Eu a venderia assim que desembarcássemos, e usaria o dinheiro para conseguir voltar a Las Conchas. Era muito pesada e incômoda para eu usar. Mexi-me para jogá-la para o lado.

PARTE DOIS: A CHEGADA DA INQUISIÇÃO

Então parei e a ergui. Notei algo curioso. Havia um peso dentro dela que não era do enchimento nem dos ornamentos. Tirei a faca longa de Panipat da cintura para abrir a costura.

E descobri o segundo segredo do capitão Cosimo.

Entendi por que nunca havia muito numerário na caixa de dinheiro da galé, apesar das grandes habilidades de negociação do capitão; por que ele nunca perdia a jaqueta de vista; e por que, embora fosse muito pesada, ele a levara consigo quando encalhamos na ilha deserta, fugindo da ameaça às nossas vidas.

Quando me deixara no mercado, no dia em que apanhara seu lucro da carga, o capitão Cosimo não saíra para jogar secretamente. Em vez disso, pagara um dos alfaiates do mercado para costurar suas moedas dentro do forro da jaqueta — algo que devia ter feito em cada porto em que negociamos. Meu sagaz capitão não esbanjara seu dinheiro. Ele o estava poupando para o dia em que não conseguiria mais ganhar a vida velejando em seu barco.

Enfiei o dedo no buraco que fizera com a faca. Florins, lions, reais, ducados, dobrões — todo o tipo de moedas de prata e de ouro estava enfiado nas costuras, ao longo da bainha e cm volta da cintura.

Eu tinha uma fortuna em minhas mãos.

Cristóvão Colombo falou comigo novamente quando o navio ancorou nas águas profundas do porto de Cádiz, e nos preparamos para desembarcar.

— Eu adoraria participar de uma exploração como a sua — disse-lhe —, mas tenho assuntos a tratar. Questões de família que preciso... resolver.

Embora não tivesse esperanças de encontrar minha mãe viva, eu sabia que precisava voltar a Las Conchas e procurá-la. Mas, estivesse viva ou morta, eu ainda precisava ir até lá, pois pretendia ficar cara a cara com o magistrado que executara meu pai.

— Eu também tenho de cuidar de questões familiares — retrucou Colombo. — Preciso ir a Palos para ver meu filho. Após falar com ele, viajarei até a corte nos arredores de Granada para minha audiência com a rainha. Se você mudar de ideia, Saulo, poderá me encontrar lá.

Observei-o atravessar a lateral do cais, um homem que acreditava que seu destino tinha sido escrito, mas precisava pelejar para que se tornasse realidade. Considerei a possibilidade de sair velejando para explorar o mundo. E desejei que um dia pudesse de fato estar a bordo de um navio com Cristóvão Colombo.

Mas, antes, eu tinha uma missão a cumprir.

Lomas me encarregara de assegurar que a família dele recebesse seu dinheiro. Sua declaração ao morrer foi de amor. "Tudo o que fiz, fiz por eles."

Pensei em minha própria família. Envergonhava meu pai mendigar, mas ele o fizera; pelo mesmo motivo, Lomas havia se oferecido para remar na galé — a fim de sustentar sua família. E, do mesmo modo que a família de Lomas precisava de dinheiro, meu pai precisava de justiça.

Portanto, eu procuraria a família de Lomas e lhe entregaria as economias dele. Mas isso enquanto estivesse a caminho para procurar Dom Vicente Alonso de Carbazón. Eu voltaria a Las Conchas, iria à casa do magistrado para arrasá-la pelo fogo, cumprindo meu juramento de vingança.

PARTE TRÊS

PRISIONEIRA DA INQUISIÇÃO

1491-1492

Capítulo 28

Zarita

A irmã Maddalena levou as lâminas de tosquia para junto de meu ouvido.

O som rilhante de metal sobre metal.

Meu cabelo, os cachos reluzentes de negro polido que mama penteara todas as noites e meu papa trançara todas as manhãs antes de eu sair para cavalgar com ele, desabou sobre o frio chão ladrilhado.

Lágrimas escorreram por minhas faces. As pessoas sempre admiraram meu cabelo. Muitas diziam que era o que me distinguia. Desde quando eu era criancinha, Ardelia, minha ama-seca, contava a história da princesa que tinha sido resgatada de uma torre por um príncipe que usara seu cabelo como corda para subir e alcançá-la. Ardelia dizia que um dia um príncipe rico e bonito chegaria cavalgando à nossa casa, se apaixonaria perdidamente por mim e eu me tornaria sua esposa — tudo por causa do tamanho e do brilho do meu belo cabelo.

A irmã Maddalena apanhou uma vassoura e passou-a para mim para que eu o varresse.

— O cabelo de uma mulher pode ser sua escravidão — observou ela animadamente. — Pense nisso, irmã Zarita de Marzena.

Na ordem de freiras de minha tia, uma mulher podia manter seu nome de batismo. Eu continuaria a ser Zarita e decidi adotar o nome da família de mama, em vez de continuar usando o de papa, pois, na minha opinião, meu pai havia me abandonado. Não muito depois do terrível dia em que ele me contara meu destino, soubemos que Lorena esperava um filho. Deduzi que papa em breve passaria a se dedicar a sua nova família e então não haveria mais lugar para mim em sua casa. Fiquei sem qualquer opção, a não ser entrar para o convento.

Minha tia se manteve bem quieta em relação a esse assunto. Ela não falaria nada contra papa. Não sei se isso tinha a ver com um dos votos de sua ordem: ser caridosa em todas as coisas. Estaria ela de acordo com a opinião de papa? Certa ocasião, enquanto eu o insultava, ela murmurou:

— Às vezes, as pessoas fazem o que acham que é o melhor e suas intenções são mal interpretadas.

Coloquei as mãos sobre os ouvidos.

— Não escutarei justificativas para quaisquer ações dele. Do mesmo modo como ele me rejeitou, eu também o rejeito.

E foi assim que, como Zarita Marzena, comecei minha nova vida como noviça no convento das Irmãs de Compaixão.

O verão esfriou e virou outono, e o outono se tornou inverno, mas, para minha surpresa, o cinzento do céu não se refletia em meu espírito. Havia uma felicidade presente na comunidade fechada de mulheres que eu não esperaria. As freiras tiravam alegria de seu trabalho e das orações. Riam quando comiam e cerziam juntas, e se deliciavam todas as noites ao tocar e cantar músicas para as vésperas.

Afastada da tensão de minha casa e das constantes brigas com Lorena, encontrei tranquilidade para penetrar em minha mente e começar a obter uma paz e uma perspectiva que haviam se ausentado de minha vida. Minha tia cuidava para que suas freiras continuassem sua educação e incentivava discussões sobre história, filosofia, política e ciência. Muitos dos textos que usava eram de pergaminhos de eruditos judeus e de livros que ela traduzia do árabe. Por meio de cartas de parentes e amigos, a comunidade fechada era mantida bem informada dos acontecimentos do mundo exterior.

PARTE TRÊS: PRISIONEIRA DA INQUISIÇÃO

E, desse modo, soubemos do clímax do inquérito da Inquisição sobre o menino santo de La Guardia. Em novembro de 1491, foi realizado um auto de fé no qual três pessoas de origem judaica, acusadas de capturar, torturar e crucificar um menino cristão, foram mortas na fogueira.

— Embora nenhuma família tenha registrado o sumiço de uma criança durante o período em que o menino supostamente havia desaparecido. — A irmã Maddalena sacudiu a cabeça. — E embora nenhum corpo tenha sido encontrado, foram contadas histórias e feitas denúncias. É provável que os agentes da Inquisição tenham empregado as mesmas táticas usadas aqui para fazer as pessoas traírem umas às outras.

Corria dezembro quando a notícia chegou até nós. Eu estava com minha tia e irmã Maddalena na sala de costura, ocupadas com o bordado de uma nova toalha para o altar de nossa capela, em meio aos preparativos para o Natal.

— Isso é o que acontece quando o medo e a desconfiança são deixados à solta — observou tia Beatriz. — É necessária uma grande dose de autodisciplina para frear as emoções e agir de modo cuidadoso.

Comecei a chorar.

As duas freiras olharam para mim e depois uma para a outra. Nenhuma delas se levantou para colocar o braço em volta do meu ombro ou para acariciar minha mão.

— Irmã Zarita — falou calmamente minha tia —, diga-nos o que a aflige.

— Sou uma garota tola — solucei. — Eu fiz isso que vocês disseram. Fui uma das traidoras desta cidade que foi inspecionada pela Inquisição. Quando ouvi os gritos de Bartolomé, na manhã quando começaram a interrogá-lo; quando vi o que fizeram com ele; quando... — engoli em seco, lágrimas e tensão fazendo minha garganta ficar bloqueada e a voz tremer — ...quando soube que planejavam mais atrocidades para ele, eu teria feito qualquer coisa, *qualquer coisa*, para fazê-los parar. — Estremeci. — Eles tinham preparado atiçadores e torqueses em brasa e... e... — A lembrança daquele dia no celeiro surgiu em minha mente e não consegui continuar.

PRISIONEIRA DA INQUISIÇÃO

Minha tia disse, num tom prosaico:

— Era esperado que você reagisse de certa maneira, depois de ver um ser humano que você ama sofrer tortura.

— Um ser humano inocente — interveio irmã Maddalena.

— Sim, de fato, irmã Maddalena — prosseguiu minha tia. — Um ser humano inocente em um grande sofrimento. Naturalmente era necessário que medidas fossem tomadas para evitar que isso continuasse. Eu não culparia tanto a mim mesma por esse incidente.

Contive as lágrimas e tentei me recompor. Se tinha de reconhecer minha culpa, eu deveria fazê-lo de maneira apropriada e não com uma explosão emocional sob o disfarce de preocupação pelo bem-estar de outro.

— Eu nem mesmo tenho essa desculpa. Quando falei foi porque mais alguém havia mencionado o médico que vive no quarteirão judaico da cidade.

— Então mencionou alguém para proteger outra pessoa — frisou lealmente a irmã Maddalena.

— Não — reagi. — Quando falei para desviar a atenção do padre Besian do médico, foi apenas em parte para proteger a este... estava essencialmente protegendo a mim mesma. — Pronto, eu tinha dito. Confessara minha covardia. Baixei a cabeça, envergonhada de minha atitude, entretanto senti-me banhada por enorme alívio. — Pensei que, se o padre Besian interrogasse o médico, ele poderia lhe dizer que o consultara e, então, eu seria interrogada.

— Você consultou o médico judeu, Zarita! — exclamou a irmã Maddalena.

Confirmei com a cabeça.

— Fui à casa do médico judeu para perguntar se ele conhecia uma mulher doente que morava na região. Foi ele quem me levou à mulher do mendigo e me disse que ela estava morrendo.

A irmã Maddalena olhou de relance para minha tia.

— Não imaginávamos que as coisas tinham acontecido dessa maneira. Quando veio a nós com a mulher doente, pensamos que a tinha procurado sozinha e julgado que ela precisava de cuidados hospitalares.

PARTE TRÊS: PRISIONEIRA DA INQUISIÇÃO

— Quem mais sabe sobre isso? — perguntou rispidamente minha tia.

— Ninguém, somente nós. E Garci — acrescentei.

— Tem certeza?

— Tenho, por quê?

— Numa cidade pequena, todo mundo pode saber dos assuntos de todo mundo. Ou — refletiu por um momento — membros de uma residência podem descobrir coisas uns dos outros.

Olhei, ansiosa, de uma para a outra.

— Eu trouxe problemas para vocês? Não fazia ideia...

Minha tia sorriu de forma tranquilizadora.

— Não vamos dar importância indevida a esse problema. O padre Besian foi embora, e esperamos que nunca mais volte. Somos peixes miúdos comparados à grande pescaria que pretendem fazer, quando, finalmente, tomarem Granada.

Houve um silêncio na sala, e então irmã Maddalena indagou:

— Quem você denunciou?

— Falei contra as mulheres que seduzem os marinheiros no porto. E me senti culpada por duas delas terem sido levadas, despidas e açoitadas. Apesar de serem mulheres más — observei.

— São mesmo? — comentou minha tia baixinho. — Você se surpreenderia ao saber que cuidamos de algumas delas aqui, discretamente e de graça?

— Não — respondi. — Pois, nos meses em que me encontro aqui, percebi que praticam piedade e compaixão com todo mundo, sem fazer perguntas.

— E você ficaria chocada em saber que elas têm outros clientes além dos marinheiros e dos mascates que passam pelo porto?

Encarei minha tia.

— Não sei o que você quer dizer.

— Quero dizer que homens respeitáveis desta cidade visitam esses lugares na calada da noite. Homens de todas as classes e posses. Usam e abusam dessas mulheres. Se ocorre uma gravidez, eles geralmente as abandonam, às vezes até mesmo incitam-nas a matar o bebê, e tentam castigar as mulheres que não fazem isso.

— Contudo — objetei —, não são elas mesmas que causam esse tratamento por seu comportamento devasso? Por que uma mulher decente recorreria a viver dessa maneira?

Minha tia inclinou-se adiante e olhou-me no rosto.

— Como você viveria, Zarita, rejeitada por seu pai, se não tivesse uma tia bondosa que a acolhesse?

Coloquei a cabeça entre as mãos.

— Sou tão fraca — sussurrei.

— Você é jovem — corrigiu irmã Maddalena. — A sensatez não vem fácil.

— Eu não devia tê-las denunciado. Sou culpada de um pecado contra a caridade.

— Todas somos culpadas, de um modo ou de outro — retrucou minha tia. — Eu também me arrependo de como agi durante a Inquisição. Não devia ter falado com o sacerdote, o padre Besian, da maneira que falei. Quase o insultei. Disse que ele seria ridicularizado se usasse uma freira que tomou uma bebida alcoólica de hortelã e um garoto simplório como exemplos de heresia. E, também, foi a soberba que me levou a lhe mostrar a carta da rainha Isabel me concedendo a terra e sua aprovação para minha ordem. Eu poderia ter agido mais humildemente e permanecido calada quando ele me censurou. Mas não o fiz. Acredito que nossa conversa o aborreceu de tal modo que, quando viu que não poderia me atingir, decidiu que, em vez disso, maltrataria o pobre Bartolomé. Lembrem-se de que eu tinha falado a favor de Bartolomé, mais cedo, do lado de fora da igreja, após a missa.

Tremi. Eu também tentara interceder por Bartolomé.

— Não é sensato irritar um homem vingativo — comentou minha tia. — O padre Besian é do tipo que alimenta um rancor, para esperar e esperar até poder se vingar da pessoa que ele pensa que o ofendeu.

Capítulo 29

Saulo

Era vingança o que eu queria mais do que qualquer outra coisa.

Mais do que o ouro que descobrira na jaqueta do capitão Cosimo, mais do que viajar com Cristóvão Colombo para descobrir novas terras, eu procurava cumprir o juramento que fizera de matar o magistrado. Os pesadelos que, de algum modo, tinham se abatido sobre mim durante o período passado nas ilhas Canárias, me atormentavam repetidamente em minha volta à Espanha.

Mas a Espanha para a qual retornei em 1491 parecia diferente daquela que fora forçado a deixar para trás quase dezoito meses antes. Ao viajar a oeste vindo de Cádiz para procurar a família do remador Lomas, vi um povo afetado pela obra da Inquisição. Nos portos marítimos pelos quais o capitão Cosimo havia passado, os mercadores geralmente eram judeus, mas, agora, havia indícios de que muitos de seus negócios tinham fechado. Aldeões e estalajadeiros eram cautelosos com estranhos. Ou teria sido sempre assim e eu simplesmente era muito jovem e protegido pelos meus pais para entender completamente o que acontecia no mundo ao redor?

Ao parar para comer, notei que os estalajadeiros faziam questão de informar aos fregueses que havia oferta de carne de porco em seus cardápios. Presumivelmente, isso era para deixar claro que eles não tinham qualquer ligação ou afinidade com hábitos não-cristãos, tendo em

PRISIONEIRA DA INQUISIÇÃO

vista que a carne de porco era proibida para adeptos de determinadas crenças. As pessoas eram cuidadosas e desconfiadas em seus comentários, e a conversa geralmente girava em torno do caso do menino santo de La Guardia. Algum tempo antes, um garotinho dessa cidade havia desaparecido e, afinal, sob interrogatório, um judeu confessou ter crucificado a criança. Semanas depois disso, ele, juntamente a dois outros, fora queimado na fogueira.

Quando comentei que qualquer um podia confessar qualquer coisa, dependendo do método de interrogatório usado pelo inquiridor, me vi sentado sozinho na mesa de jantar. Minutos depois, o estalajadeiro se aproximou e me disse que não havia quarto disponível para eu descansar naquela noite.

Fui embora o mais depressa possível e, finalmente, ao norte de Málaga, cheguei à cidade no topo da colina onde viviam a mulher, o filho e a mãe de Lomas. Acrescentei algum dinheiro da jaqueta de pavão ao que Lomas me dera para entregar a eles, mas recusei uma refeição e uma cama para passar a noite. O pesar deles era demais para eu suportar e poderia trazer de volta, como de fato o fez, lembranças da perda do meu próprio pai. Parti novamente, em direção leste, minha alma mais uma vez queimando com o desejo de vingança.

Quando cheguei aos arredores de Las Conchas e avistei novamente as ruas próximas à zona portuária, emoções violentas começaram a me assolar.

Eu havia comprado um bom cavalo e roupas escuras para que pudesse viajar facilmente e sem chamar atenção, e cheguei à cidade ao cair de uma noite de meados de dezembro. Fui imediatamente à casa onde meu pai pagava aluguel pelo nosso quarto miserável. Havia outra família morando ali, então pedi ao senhorio informações sobre seus inquilinos anteriores. Por temer algum informante, não declarei que tinha parentesco com as pessoas sobre quem perguntava, mas me senti confiante de que ninguém me reconheceria. Eu havia crescido; minha pele estava mais escura, meu cabelo mais claro. Não mais uma criança subnutrida, acreditava que minha idade era mais de 17 anos,

PARTE TRÊS: PRISIONEIRA DA INQUISIÇÃO

e era musculoso onde antes houvera magreza. Aparentava e falava de modo diferente. Alto e de ombros largos, eu adquirira a confiança que vem com riqueza e vivência.

E era corajoso, pois tinha o assassinato em mente.

O senhorio avaliou minhas roupas, meu tamanho e meus modos. Respondeu dizendo-me que o homem daquela casa havia sido executado, o garoto vendido como escravo, a mulher falecido e, sem dúvida, estaria agora numa sepultura de indigente. Olhou-me astutamente e disse:

— Deixaram o aluguel atrasado.

Coloquei a mão no cinto, onde levava a faca longa que arrancara do corpo de Panipat.

— Mas não importa — disse o senhorio apressadamente. — Não importa.

Agora, protegido pela escuridão, eu permanecia do lado de fora da propriedade onde ficava a casa do magistrado em Las Conchas.

Fui ao local exato no muro onde, quase um ano e meio atrás, eu havia escalado para tentar alcançar meu pai. O apoio para os pés ainda estava lá — o local onde meus nervosos pés descalços tinham cavado um buraco no emboço para eu escalar até o topo do muro. Mais forte e mais alto, montei no muro em segundos. Como havia antecipado, havia cães no pátio. Joguei na direção deles a carne envenenada que trouxera comigo. Houve alguns ganidos, e o som de mandíbulas rasgando a carne, seguidos por bufadas e silêncio. Mais dez minutos se passaram antes de eu saltar o muro e rastejar na direção da casa, uma sombra movendo-se na noite.

Esperei na escuridão.

Se tivesse encontrado minha mãe viva, talvez eu tivesse retardado meus atos contra essas pessoas. Embora soubesse que era uma esperança em vão imaginar que ela pudesse estar viva, ouvir a confirmação de sua morte havia inflamado minha ira de tal forma que eu tremia de antecipação pelo que estava prestes a fazer.

PRISIONEIRA DA INQUISIÇÃO

Fiquei parado debaixo da árvore onde enforcaram meu pai. Senti com os dedos a superfície do tronco. Ele tinha arranhado minhas pernas, ao quicar e balançar, quando eles me ergueram. Uma imagem terrível do rosto do meu pai surgiu diante dos meus olhos. O aturdido olhar de terror; o som do sufocamento. Pressionei os punhos contra os ouvidos.

Tirei a faca e recortei um anel em volta da casca da árvore. Então, de um bolso do cinto, tirei uma substância que comprara do mesmo alquimista que me vendera o veneno para os cães e a esfreguei na parte exposta do tronco da árvore.

Dos aposentos dos empregados acima do estábulo ao lado da casa, podia ouvir um murmúrio de vozes. Apesar da hora avançada, alguns dos criados estavam acordados. As portas externas de seus aposentos estavam fechadas para protegê-los contra o clima do inverno, e, a não ser que eu tivesse muito azar, estava frio demais para alguém abrir uma persiana para olhar para fora. Passei sorrateiramente pelo prédio e fui na direção do celeiro ao final do padoque.

Estava vazio. Encontrei as lanternas a óleo e derramei seu conteúdo no chão. Antes de triscar uma pederneira para iniciar o fogo, peguei água na gamela e molhei a palha em alguns lugares para retardar a ação das chamas. Não queria que o incêndio atraísse a atenção dos ocupantes da casa antes de eu a invadir para lidar com eles. Tinha planejado exatamente o que iria fazer.

Havia luz numa janela do térreo. Colei o corpo contra a parede próxima a essa janela, inclinei a cabeça e olhei lá dentro.

Dom Vicente Alonso estava sentado à escrivaninha de seu gabinete. Havia papéis diante dele, mas não os estava lendo. Em vez disso, olhava fixo para o nada. O cabelo e a barba estavam mais grisalhos do que me recordava, e seu rosto tinha linhas mais profundas em volta dos olhos e da boca.

Dei a volta para a porta dos fundos. Era de carvalho maciço. Não tinha esperanças de arrombar o painel, nem queria quebrar uma janela, pois perderia a vantagem da surpresa.

172

PARTE TRÊS: PRISIONEIRA DA INQUISIÇÃO

Tentativamente, pus a mão na maçaneta e a girei. A porta se abriu quase sem ruído. O destino estava comigo. Eles deviam ter tanta confiança na proteção fornecida pelos cães de guarda que nem se preocupavam em trancar a porta externa durante a noite. Entrei sorrateiramente no interior da casa e vi que havia um trinco pelo lado de dentro da porta dos fundos. Provavelmente devia ser responsabilidade de Dom Vicente trancá-la depois que os empregados domésticos se retirassem para seus aposentos em cima do estábulo. Talvez ele tivesse deixado essa tarefa para quando fosse dormir. Sorri sombriamente ao correr o trinco para trancar a porta. Era um erro pelo qual ele pagaria com a vida.

Silencioso como um gato, percorri o corredor e abri a porta do gabinete.

— Boa noite, Dom Vicente Alonso de Carbazón, magistrado de Las Conchas.

Ele deu um salto com um grito de medo. Atravessei o aposento e coloquei a faca longa em seu pescoço.

— Onde está sua família, Dom Vicente Alonso?

Ele olhou-me boquiaberto, mas suas defesas naturais fizeram com que respondesse instintivamente.

— Não tenho família. Saia da minha casa.

— Você tem pelo menos uma filha. Disso sei com certeza. E, para ter uma filha, um homem como você quase certamente teria uma esposa.

— Quem é você? — inquiriu arrogantemente. — O que faz aqui? Por que invadiu minha casa?

Dei uma gargalhada zombeteira.

— É tarde demais para perguntas — falei. — Devia ter feito perguntas em agosto do ano passado. Então teria descoberto a verdade e não se apressaria em mandar enforcar um homem inocente.

Ele começou a recuar.

— Você deve ser filho daquele mendigo. Eu devia ter enforcado você junto ao seu pai... seu bandido, seu ladrão, seu vira-lata, seu... seu...

Com a mão livre, tapei-lhe a boca para silenciá-lo.

PRISIONEIRA DA INQUISIÇÃO

— Você me dirá onde está sua família, senão removerei seus olhos, um por um.

— Não direi — exclamou em desafio.

— Está bem — retruquei. — Vou vendá-lo e depois procurarei por toda a casa por ela.

Quando ele me ouviu dizer isso, hesitou. Então declarou com insolência:

— Minha filha está na corte. A salvo de lixo como você.

— E sua esposa?

— Não — disse ele. — Não. Não existe esposa. Minha esposa morreu... estava morrendo, naquele dia... — Ele se recompôs. — O incidente de que fala ocorreu naquele dia... aliás, no exato segundo em que minha esposa passava deste mundo para o outro.

Estreitei os olhos e examinei seu rosto. Ele havia falado com confiança quando revelou que a filha não estava aqui, mas titubeou ao mencionar a esposa. Seus olhos se voltaram para o teto.

— Você não teria tomado outra esposa? — especulei. Assim que pronunciei essas palavras, soube que acertara no alvo. Espetei a pele de seu pescoço com a faca.

— Chame-a — ordenei.

— Ela não está aqui.

Em algum lugar, no andar de cima, uma tábua de assoalho rangeu.

— Nós dois sabemos que sua esposa está em casa. Agora chame-a aqui.

— Não — rebateu. — Não chamarei.

— Vou matá-lo.

— Você pretende me matar de qualquer maneira. Faça o que quiser. Eu não lhe obedecerei.

Sua obstinação me amedrontou, deixando-me precipitado.

— Que assim seja — falei. — Nós a queimaremos viva. — Peguei o candelabro e coloquei-o junto às cortinas. Em seguida, ergui uma lâmpada de vidro com adornos e o quebrei no chão. O óleo escorreu ao longo dos ladrilhos; as chamas seguiram-se rapidamente. Começaram a se enroscar em volta dos pés de madeira da mesa.

PARTE TRÊS: PRISIONEIRA DA INQUISIÇÃO

— Vamos esperar — anunciei, fingindo despreocupação — até ela começar a assar em sua cama lá em cima.

Dom Vicente começou a ficar agitado.

— Admito que tenho uma esposa. Mas vamos conversar sobre esta situação. Eu também tenho dinheiro. Muito dinheiro. Quanto você quer?

— Você acha que vai pagar com dinheiro pelo que fez ao meu pai? — cuspi estas palavras em cima dele.

Ele limpou a saliva do rosto.

— Eu lhe darei qualquer coisa... qualquer coisa. É só dizer.

O aposento estava ficando quente e se enchendo de fumaça. O fogo já havia lambido a parte de cima das cortinas e agora se espalhava pelo teto.

— Você me tirou tudo o que eu tive ou queria — frisei.

— Você pode ter tudo que é meu. Tudo. — Ele ofegava e abanava as mãos desesperadamente no ar. — Tudo isto.

— Eu quero sua vida — disse-lhe — e a vida de cada pessoa que lhe é querida. Eliminarei seu fruto e sua semente — citei as palavras que ele usara ao dar a ordem para eu ser enforcado com meu pai.

Agora ele estava com medo. E exultei ao ver a expressão em seus olhos e seu rosto.

— Piedade! — implorou. Estendeu as mãos para mim numa súplica e pareceu cambalear. — Piedade!

Inclinei-me para a frente. Talvez eu *pudesse ser* piedoso, mas, naquele instante, eu saborearia aquele delicioso momento de vingança.

Contudo, aquele magistrado era esperto e manhoso, e estava usando um artifício para me pegar distraído. Mergulhou por baixo do meu cotovelo e correu para a porta, gritando enquanto avançava.

— Lorena! Tranque-se no quarto e grite por socorro. Lorena! Lorena! Abra a janela e peça ajuda!

Ele pareceu tropeçar, ao chegar ao pé da escada, e caiu segurando o peito. Alcancei-o e dei-lhe um chute, assim como ele fizera com meu pai.

PRISIONEIRA DA INQUISIÇÃO

Ele não se mexeu.

Cutuquei-o com a bota e mandei que se levantasse.

Continuou sem se mexer.

Curvei-me cautelosamente e virei-o de costas.

Ele me encarou com olhos arregalados.

Estava morto.

Dom Vicente Alonso, o magistrado, estava morto.

Seu rosto estava vermelho. Devia ter sofrido um ataque cardíaco.

Uma mulher apareceu no topo da escada. Gritou quando me viu. Gritou novamente, apontando para mais além de mim. Virei-me. O corredor estava em chamas. Atrás de mim e à minha volta, um fogo crepitante devorava tudo em seu caminho.

A mulher soltou um grito agudo.

— Socorro! Socorro! Salve-me! Salve-me!

As chamas chamuscavam nós dois. Fui até a porta da frente e dei-lhe um puxão para abri-la.

A mulher veio atrás de mim. Virei-me. Seu cabelo pendia solto sobre os ombros. Colocara um roupão por cima da camisola, mas ele estava aberto e pude ver que ela estava esperando um bebê.

A semente dele, pensei. *Eu deveria destruir seu filho como ele disse que destruiria o do meu pai. Eu deveria erguer a faca e matá-la ali mesmo onde estava.* Havia sangue atrás de meus olhos, e, em minha boca, o sabor da vingança. Entretanto, não me mexi.

A mulher parou e me olhou. Eu estava bloqueando seu caminho para fora da casa. Então ela começou a agitar os braços como uma pessoa insana e vi que o fogo a tinha atingido e que seu cabelo e suas roupas estavam em chamas. Ela correu enlouquecida para mim.

Afastei-me e deixei-a passar.

Ela correu para trás da casa em direção ao celeiro.

— Não! — gritei atrás dela. — Por aí não!

De repente, houve um forte estrondo e o teto do celeiro explodiu. Pedaços de madeira voaram por cima de minha cabeça e caíram ruidosamente perto de mim. Devia haver pólvora ou algum tipo de explosivo

PARTE TRÊS: PRISIONEIRA DA INQUISIÇÃO

guardado ali. A mulher grávida não poderia ter sobrevivido. A compreensão de seu horrendo fim fez com que meus joelhos se dobrassem.

Seguiu-se uma calmaria. Chispas e cinzas voavam pelo ar. Um ruído murmurante veio dos quartos acima do estábulo, no lado mais afastado da casa. Corri para o muro e pulei o topo. Não parei para olhar para trás.

O magistrado, Dom Afonso Vicente Alonso, estava morto. Sua primeira mulher estava morta. Sua mulher atual e o filho por nascer estavam mortos.

Eu devia estar feliz, regozijando-me por meus inimigos estarem mortos. Mas a esmagadora sensação que percorria minha mente e meu corpo era de horror e autoaversão.

Capítulo 30

Zarita

A casa estava sem telhado.

O vento soprava através das vigas, e os bodes fugiram apressados com minha chegada. Uma figura aproximou-se, vinda da área do estábulo. Embora tivessem se passado poucos meses desde que o vira, quase não reconheci Garci, o gerente da fazenda de meu pai. Era um homem mudado, o cabelo negro agora quase branco, a testa enrugada.

Olhou para mim em meu hábito cinzento do convento com a touca justa e o limpel.

— Zarita — observou ele tristemente —, elas cortaram seu belo cabelo.

Lembrei-me do que irmã Maddalena me dissera com relação ao cabelo de uma mulher e pensei em quanto tempo poupei por não ter de pentear todos os dias um cabelo comprido. Além disso... havia poucos espelhos no convento.

Respondi sinceramente:

— No início, lamentei muito, mas agora sequer penso nisso.

Serafina e Ardelia, ambas aparentando infelicidade, estavam na porta dos aposentos dos empregados. Atrás delas, avistei Bartolomé num canto, resmungando para si mesmo e balançando-se para a frente e para trás. Meu coração se apertou. Aquele rapaz outrora perpetuamente feliz não havia sorrido desde o dia de sua prisão pela Inquisição.

PARTE TRÊS: PRISIONEIRA DA INQUISIÇÃO

Garci acompanhou meu olhar em volta da propriedade. Franzi a testa quando olhei para a árvore que crescia diante de nossa porta da frente. A casca fora dividida, e havia uma espécie de decomposição se formando sobre ela. Antes da primavera estaria morta. Garci olhou de mim para a árvore e de volta para mim. Ambos estávamos nos lembrando do dia em que meu pai enforcara o mendigo. O dia em que minha adorada mama morrera. Olhei para a árvore com seu tronco mutilado e me arrepiei.

Virei-me para olhar para a casa.

— Sabemos quem fez isso? — perguntei a Garci.

Ele encolheu os ombros.

— Quem pode dizer? Hoje em dia, há muita discórdia entre cristãos, judeus e mouros, e criminosos se aproveitam do conflito e formam bandos de fora da lei que assaltam e assassinam sem estar associados a qualquer causa.

— Outras fazendas ou propriedades foram atacadas recentemente?

— Não que eu saiba.

— Então escolheram meu pai em particular.

Garci não era burro.

— Estive pensando nisso — revelou. — Faria mais sentido escolher uma propriedade mais remota para assaltar. Esta casa fica perto da cidade. Há outras, mais ricas, localizadas mais distante de onde poderia chegar ajuda.

— Teria sido, talvez, um ato de vingança?

— Qualquer um que seu pai tenha sentenciado pode ter alimentado ressentimento — respondeu Garci. — Embora eu não ache que tenham tido a intenção de explodir o celeiro. Seu pai mantinha pólvora e algumas armas guardadas num antigo porão ali embaixo, para o caso de vir uma ordem do governo instruindo-o a montar uma milícia. Mas, fora seu pai e eu, ninguém sabia disso. O calor do fogo deve ter causado a ignição. A explosão sacudiu a cidade... as pessoas vieram com baldes de água. Conseguimos extinguir as chamas na casa, mas não antes de um grande dano ter sido causado.

Caminhei na direção da casa.

PRISIONEIRA DA INQUISIÇÃO

— Mostre-me — pedi — onde encontrou o corpo de meu papa.

Quando Garci me levou para o interior da edificação, fui dominada por uma tristeza avassaladora. Agora, minha mama, meu papa e nossa bela casa tinham desaparecido.

Garci apontou para o pé da escada.

— Seu pai estava caído ali.

Entre lágrimas, perguntei a Garci como ele achava que papa havia morrido.

— Deve ter sido muito rápido — garantiu-me. — Ele não foi espancado, esfaqueado, nem atravessado por uma espada. O médico o examinou e concluiu que ele sofreu um ataque cardíaco. Seu pai não contou para ninguém, mas eu sabia que há mais de um ano ele vinha sentindo dores no peito. — Garci fez uma pausa e então acrescentou: — Desde que sua mãe morreu.

Então papa sofrera a perda tanto quanto eu. Sua morte pareceu me aproximar mais dele. Mas ele se casara novamente e depressa demais. Quando me ocorreu esse pensamento, perguntei a Garci:

— Só foi encontrado um corpo?

— Sim.

— Mas... e Lorena?

— Achamos que ela saiu da casa e foi na direção do celeiro. Ardelia tem certeza de ter ouvido alguém passar correndo por sua janela, gritando, pouco antes do celeiro explodir. Lorena deve ter sido atingida pela explosão, e tal foi a intensidade que não restou nada dela.

Encolhi-me por dentro ao pensar no fim de Lorena. Ela morreu de uma forma horrível, em absoluto terror. Embora não gostasse dela, eu não teria lhe desejado tal destino, nem para a criança inocente que morreu quando ela faleceu.

— O filho dela já estava para nascer?

— Sim, dentro de semanas.

Ela devia estar morta. Que outra possibilidade haveria? Uma quadrilha de assaltantes não sequestraria uma pesada mulher grávida.

— Conte-me o que houve na casa, antes de esses homens chegarem.

180

PARTE TRÊS: PRISIONEIRA DA INQUISIÇÃO

— Sua madrasta, Lorena, havia se recolhido. Ela se sentia cada vez mais cansada. Nesses últimos dias, andara indisposta e impaciente. Embora a data do nascimento estivesse a semanas de distância, Ardelia contou que ela achava que o bebê se mexia, preparando-se para nascer. Lorena tinha ido dormir. Seu pai estava no gabinete examinando alguns papéis. Recentemente, ele passava um bom tempo ordenando documentos financeiros. As lâmpadas e as velas estavam acesas. Eu lhe levei um cálice de vinho e desejei boa-noite, deixando que ele trancasse a casa por dentro, como sempre fazia. Fiz uma volta pela propriedade, como de costume. Estava tudo tranquilo, nada havia de errado. Deixei os cachorros no pátio, fiz minha refeição com Serafina, e fomos dormir. Quase todos estavam dormindo. Ardelia e a criada de Lorena, que dividem um quarto, estavam acordadas, mexericando, mas então elas também adormeceram. O primeiro ruído que ouvimos foi a explosão, embora Ardelia ache que acordou momentos antes, quando ouviu Lorena gritar.

Percorri o corredor e o que restava da cozinha e da sala de jantar. Aquilo não era obra casual de um bando de saqueadores. Nada dos quadros ou dos reposteiros de seda fora levado; nada da prataria ou de qualquer coisa valiosa da residência fora tocado.

No gabinete, parei diante da escrivaninha carbonizada e pensei em papa. Imaginei-o enfrentando aqueles homens. Ele não devia ter se submetido facilmente às exigências ou ameaças.

Altivo e desdenhoso, papa teria feito todo o possível para proteger Lorena e seu filho ainda não nascido. Olhei para cima de relance. Teria ela ouvido a confusão e descido para ver o que estava acontecendo? Teria papa conseguido gritar um aviso para ela? Ele era um homem honrado. Teria feito isso. Mesmo se morresse tentando.

Caminhei lentamente de volta ao pé da escada. Foi ali que ele caiu. Devia ter corrido para cá e morrido tentando proteger sua família. E Lorena, ouvindo-o gritar, deve ter vindo ao patamar. Imaginei-a olhando abaixo para os assaltantes. Meu pai gritando para ela, ordenando-lhe que se trancasse no quarto.

Fiz menção de subir a escada.

PRISIONEIRA DA INQUISIÇÃO

Atrás de mim, Garci alertou:

— Os degraus não estão seguros.

— Quero ir ao andar de cima — disse-lhe.

Ele apanhou uma escada e me ajudou a subir por ela. As tábuas do assoalho rangiam debaixo de nossos pés.

— Não deve ir à sala de estar do andar superior — aconselhou-me.

Aquele aposento tinha sido a sala de estar de minha mãe, que Lorena se apossara para entreter seus convidados naquelas pequenas reuniões idiotas que promovia.

O quarto principal ficava à direita e ali as tábuas do assoalho estavam mais seguras. O fogo não atingira aquela parte; o único dano tinha sido provocado pela fumaça. A porta estava entreaberta. Lorena não havia se trancado. Examinei as almofadas da porta. Não havia marcas de machado, nem qualquer mossa na madeira. Sobre a penteadeira havia uma caixa de joias aberta. Percorri os dedos pelas contas enegrecidas pela fuligem.

Diante da vida humana, como essas coisas eram triviais e sem valor!

Olhei à minha volta, pensando. Se ela não se escondera ali, teria Lorena tentado escapar pela janela? O caixilho estava fechado e trancado. Suspirei e me recostei no vidro. Garci tinha razão: ela deve ter corrido na direção do celeiro e morrido na explosão.

Olhei para fora. A vista do quarto era formada pelo padoque, belo celeiro e bela mata. Atrás da estrada que passava mais além do nosso portão dos fundos ficavam as árvores, tanto decíduas quanto perenes. Lembrei-me dos passeios que mama e eu tínhamos feito por ali; as histórias que ela me contara sobre lobos e duendes. Ela me alertara para não atravessar a estrada para brincar sozinha, nem nunca ir lá à noite. Lorena, porém, não havia escutado essas histórias. Se meu pai gritara para alertá-la de que estavam sob ataque, talvez ela tivesse planejado escapar daqueles homens. Se conseguira fugir de casa, então a mata não pareceria um lugar a ser temido, mas seria um lugar de refúgio.

Virei-me e saí rapidamente do quarto.

— Sele um cavalo para mim, Garci — ordenei. — Vou até a mata.

Capítulo 31

Zarita

Encontramos Lorena facilmente.

Ela estava deitada desajeitadamente num tronco de árvore não muito dentro da mata. A camisola estava enegrecida e rasgada, o cabelo e um lado do rosto queimados. Desmontei, e Garci segurou as rédeas enquanto eu seguia adiante e me curvava ao lado dela. Lorena contraiu-se diante de mim. As sombras da noite se instalavam na vegetação rasteira. Com a luz atrás de mim, suponho que pareci um homem ameaçador se aproximando dela.

— Não tenha medo, Lorena — falei. — Sou eu, Zarita. Garci também está aqui. Viemos ajudá-la.

— Os homens — disse ela. — Há homens na casa.

— Ele se foram — garanti. Ajoelhei-me. — Onde você está ferida?

— Vim para a mata — declarou nervosamente. — Tentei me esconder. Ele está morto, seu pai? A culpa não foi minha. Ele gritou para me avisar. Implorei por piedade. Achei que o homem ia me matar, mas ele me deixou ir. Não entrei muito na mata. Fiquei com medo.

— Está tudo bem agora — tranquilizei-a. — Eles se foram.

Lorena gemeu ao tentar se levantar e caiu de costas.

Pus a mão por baixo de seu ombro.

— Seu tornozelo está fraturado? Sua perna?

— O bebê — apontou para a barriga —, é mais cedo do que deveria, mas acho que o bebê está vindo.

Garci correu de volta para conseguir uma carroça enquanto eu ajudava Lorena a se sentar. Ela enfiou as unhas em meu braço e ficou a meio caminho do chão, então virou de lado e se pôs de quatro. Ofegou.

— Tem alguma coisa errada. Tenho tido essas contrações durante horas e a criança não se mexe para sair do meu corpo.

— Minha mama ficou em trabalho de parto por dois dias e uma noite — contei-lhe.

— Não quero saber de sua mama! — exclamou malignamente. — Diga-me o que sobrou da casa. Qualquer coisa para afastar minha mente desta dor.

— A casa foi... danificada.

— E meu marido? Está morto?

— Meu papa está... — hesitei. A promessa que eu fizera como noviça de mostrar caridade em tudo veio à minha mente e tentei falar com delicadeza. — Sinto muito ter de lhe dizer que seu marido está morto.

— Eu sei — rebateu ela. — Eu o vi cair. Ele tentou me alertar.

Então eu estava certa! O último gesto de papa fora nobre.

— E desci correndo a escada até ele. — Lorena começou a chorar de maneira comovente.

— Você foi corajosa — confortei-a.

— Ele gritou para eu me trancar no quarto.

— Sim, sim — falei. — Papa tentava proteger você e seu filho.

Lorena deu-me um sorriso amargurado. Parecia que estava a ponto de me dizer alguma coisa, mas, nesse momento, Garci retornou com Ardelia e Serafina. Nós carregamos Lorena para a carroça e a transportamos, gemendo, o mais depressa possível para o convento-hospital.

A irmã Maddalena se encarregou de Lorena, empurrando a mim e a minha tia para fora do quarto.

— Façam uma infusão de framboesa — pediu. — Isso ajuda num nascimento. Vamos. Para a cozinha, vocês duas. Colocarei unguento nas queimaduras dela e vou prepará-la para o parto.

PARTE TRÊS: PRISIONEIRA DA INQUISIÇÃO

Minutos depois, Maddalena juntou-se a nós na cozinha do convento, o rosto sério.

— O bebê está atravessado — declarou. — E Lorena começou a sangrar muito. Será necessário mais do que habilidade para dar à luz esse bebê em segurança.

— Vamos chamar um médico — sugeri.

— Nós tratamos aqui vítimas da peste e mulheres do cais que adquirem várias doenças de clientes infectados — informou-me irmã Maddalena. — O médico da cidade não virá ao convento.

— O que podemos fazer?

— Eu não sei — retrucou minha tia.

— Então *quem* sabe? — perguntei.

— Ninguém. — Irmã Maddalena se benzeu. — Se for a vontade de Deus...

— *Não* é vontade de Deus que uma mãe e uma criança morram! — berrei. — Não posso nem vou acreditar nisso.

— Cale-se, Zarita. — Minha tia pousou a mão no meu braço. — O que diz soa como blasfêmia.

Afastei sua mão.

— Não deve ser a primeira vez que esse tipo de coisa acontece. Tem de haver alguém que saiba mais do que nós sobre as complicações de um parto.

As vívidas lembranças da morte de mama queimavam através de meu corpo como se as dores de parto fossem minhas. Toda vez que Lorena gritava, eu ouvia novamente minha mãe fazer a mesma coisa quando dera à luz o filho que morrera. Embora tivessem se passado quase 18 meses, eu me lembrava claramente de como o medo bruto tomara conta de minha mente. Isso foi parte do motivo pelo qual enviara uma mensagem para Ramón me acompanhar até a igreja para eu acender uma vela. A covardia havia me impelido para fora de casa. Quando me lembro dos acontecimentos daquele dia, arrependo-me do que fiz. Teria mama, ao morrer, perguntado por mim e eu não estava presente?

185

Pressionei os dedos nas têmporas. Esse modo de pensar era inútil. Eu sabia por experiências passadas que isso levava minha mente a entrar numa espiral de autopiedade e abatia meu ânimo. Ralhei comigo mesma — meu período no convento entre os constantes atos de abnegação das irmãs me ajudara a amadurecer. Não podia tolerar a automortificação interna. Eu não me permitiria pensar dessa maneira.

— Alguém deve possuir habilidades que nós não temos — argumentei.

Fora o gordo médico da cidade, que outros médicos eu conhecia? Apenas um.

Corri para apanhar no cabide do corredor minha capa de sair às ruas, gritando por cima do ombro enquanto saía:

— Voltarei assim que puder. E trarei um médico.

Capítulo 32

Saulo

Não virei o rosto para ver a casa incendiada do magistrado, Dom Vicente Alonso.

Ao chegar à estrada principal, afastei-me de Las Conchas, cavalgando a noite toda e a maior parte do dia seguinte. Finalmente, a total exaustão forçou-me a procurar uma estalagem. Paguei por um quarto e desabei de roupa e tudo na cama, onde dormi até sentir uma terrível dor de cabeça e pontadas no estômago.

Estava escuro lá fora. Não fazia ideia de onde estava ou se era cedo ou tarde. Eu havia sonhado que estava no mar, com água até o pescoço num navio naufragando...

Os rostos inchados dos marinheiros afogados passam por mim à deriva. Um deles é Jean-Luc; sua boca está aberta, gritando por socorro. Mas não consigo ouvir nada. Acima de minha cabeça, o mastro se despedaça como se atingido por uma bala de canhão. Meu pai está pendurado ali, os olhos saltando da cabeça. Lenta e silenciosamente, o mastro se curva na minha direção. Tento me mexer, mas minhas pernas não obedecem à minha vontade. Estou paralisado enquanto a morte desce sobre mim. Solto um gemido de terror e levanto as mãos para me proteger do golpe. Meus olhos se abrem, e estou sentado na cama, tremendo e soluçando.

Os dias seguintes se passaram do mesmo modo. Não fazia ideia de aonde ia nem do que estava fazendo. Durante o dia, cavalgava até quase tombar da sela. Então dormia o sono dos amaldiçoados, sofrendo com terríveis pesadelos sem fim. A dor na barriga aumentou tanto que precisei consultar um médico em uma das cidades em que descansei.

Ele disse não haver nada de errado comigo, exceto que eu parecia precisar de uma boa noite de sono. Por uma moeda extra, ele me ofereceu uma beberagem para dormir. Sacudi a cabeça e deixei seus aposentos. Ao me ver do lado de fora da casa, observou-me novamente com atenção e perguntou:

— Quando você comeu pela última vez?

Voltei à estalagem e me forcei a engolir a primeira refeição que fazia em cinco dias. Após 24 horas de cólicas agonizantes, comecei a me recuperar.

Quando pensava no que fiz, uma humilhante sensação de vergonha começava a percorrer meu corpo. Eu a afastava e a substituía por outra, uma encorajadora raiva passava a ser a emoção superior que fervia na superfície. Eu tinha sido trapaceado, dizia a mim mesmo. Dom Vicente e sua esposa morreram por acaso, e não especificamente por minhas mãos.

Mas ainda havia a filha. O magistrado dissera que ela estava na corte real.

Informei-me sobre a localização de Granada e descobri que tinha me afastado muito de meu caminho. Na manhã seguinte, levantei-me e segui mais lentamente em direção ao local onde se encontrava atualmente a corte da rainha Isabel e do rei Fernando.

Um duro peso frio substituíra o ódio ardente dentro de meu corpo. Carregava-o interiormente como uma grande pedra usada pelos fazendeiros para aumentar o peso do saco em que afogavam as ninhadas raquíticas.

Nada, de alguma forma, a mudava de lugar ou diminuía seu peso: nem beber até ficar insensível, nem noites passadas com mulheres, nem jogatina, nem qualquer outro suposto prazer considerado pelos homens como esporte ou diversão para passar o tempo. Muitas dessas distrações estavam disponíveis. À medida que me aproximava de

PARTE TRÊS: PRISIONEIRA DA INQUISIÇÃO

Granada, via que os povoados e as cidades estavam repletos de todo tipo de homens e mulheres acampados à espera de prestar seus serviços ao exército e também de fornecedores de armamentos.

Certa manhã, em uma cidade a menos de três horas a cavalo de Granada, olhei-me atentamente num pedaço de vidro pendurado na porta do meu quarto e o rosto de um rufião olhou-me de volta. Se quisesse continuar minha missão, teria que fazer algo a respeito de minha aparência. Fiz a barba e tomei banho e, após arrancar algumas moedas da jaqueta de pavão que mantinha enrolada no meu alforje, fui atrás de roupas mais elegantes para vestir. O alfaiate que encontrei me garantiu que desenhava pessoalmente as vestes usadas pelos nobres mais influentes de toda a Espanha, inclusive os personagens reais — o príncipe coroado, as infantas e a rainha Isabel e o rei Fernando.

— Embora mais alto do que sua majestade, você parece um homem de Aragão — comentou ele, enquanto tirava minhas medidas.

Era uma indagação em vez de uma constatação, mas eu não mordi sua isca como um peixe.

— Pareço? — retruquei.

Ele recuou para me examinar.

— Ou será que provém da Catalunha? Como vão as coisas atualmente por lá?

O alfaiate não apenas desejava saber minha origem, queria também saber minha inclinação política. Eu obtivera bastante conhecimento durante meu caminho até aqui para saber que os catalães não estavam dispostos a viver sob o rei Fernando e seu governo aragonês.

— Eu não saberia — objetei. — Voltei recentemente do mar.

— Um marinheiro! — exclamou o homem. — Como o famoso Cristóvão Colombo, que atualmente se encontra a serviço do rei e da rainha?

Resmunguei.

— Sim, eu o conheço.

O alfaiate passou a discorrer que cerzir vestes especiais para marinheiros também fazia parte de seus serviços, ao mesmo tempo que me sondava atrás de informações pessoais. Fiquei imaginando se era um dos espiões que, diziam, se aglomeravam em volta de locais do governo ou simplesmente um informante casual como muitas outras pessoas. Foi somente quando surgiu o assunto dinheiro, quando ele se recusou a cortar qualquer roupa a não ser que eu fizesse um depósito, que me dei conta de que a maior parte do seu interrogatório tinha a intenção de descobrir se eu tinha recursos para pagar. Que prazer foi apanhar negligentemente uma moeda de ouro, girá-la no balcão da loja e dizer despreocupadamente que ia querer dois — não, faça três — trajes completos de roupas com padrões variados, um pesado capote de inverno; e, sim, eu concordava que, se tinha esperanças de ser recebido na corte, então precisaria de seu mais luxuoso mantéu de pele para colocar em volta do pescoço.

No fim das contas, achei-o bastante útil, pois, nas tentativas de conseguir informações, ele me contou muita coisa sobre os procedimentos da corte. Orientou-me sobre as roupas mais adequadas para as atividades na corte; o modo de agir em situações específicas; como realizar uma apresentação; quando era considerado aceitável falar e quando permanecer em silêncio; e muitas outras indicações sobre tipos e modos de comportamento.

Enquanto minhas roupas eram cerzidas, indaguei sobre exatamente onde a corte estava instalada e de que modo conseguiria ter acesso a ela. As palavras do magistrado, Dom Vicente Alonso, estavam em minha mente. Quando perguntei sobre o paradeiro de sua filha, ele dissera que ela estava segura. Protegida. Dentro da corte. Onde lixos como eu jamais a alcançariam.

Minha boca entortou-se enquanto eu refletia sobre como minha sorte mudara. Eu, Saulo, filho de uma mãe doente e de um mendigo desamparado, tinha contatos nos círculos reais. Pensei no marinheiro, Cristóvão Colombo, autointitulado almirante do Mar Oceano. Ele agora era meu amigo. Admirava minhas habilidades e me daria boas-vindas. Sob seu patrocínio, eu obteria entrada livre no círculo mais interno da corte real, aos pés da rainha e do rei.

PARTE TRÊS: PRISIONEIRA DA INQUISIÇÃO

Não importava o quanto ela estivesse protegida, eu alcançaria a filha do magistrado. Tinha de destruí-la. Eu a culpava pela pedra dura de ressentimento que permanecia dentro de mim, que existia por causa dela. Fora ela o princípio de minha desventura. Meu pai provavelmente lhe pedira uma moeda. Se ela lhe tivesse dado, então ele, e possivelmente minha mãe, ainda estariam vivos. A culpa era dela por não estarem.

Portanto, iria atrás dela.

E a mataria.

Capítulo 33

Zarita

— Primeiro, vocês têm de lavar as mãos e os braços.

A irmã Maddalena bufou e olhou firme para o médico judeu.

— Nós aqui conhecemos muito bem as regras de higiene.

O médico olhou em volta da sala com seu chão e roupa de cama imaculados. Inclinou a cabeça.

— Aprecio isso e as cumprimento. Entretanto, insisto para que lavem mais uma vez. Eu posso ter trazido alguma infecção do exterior. Portanto, precisam arregaçar as mangas até o cotovelo e lavar a pele exposta.

Minha tia hesitou. Não era correto um homem, e pior, um não-cristão, ver a pele exposta de uma freira professa.

— Ora, façamos isso! — exclamei irritada. Os urros de Lorena me agitavam para além da razão. Puxei minhas mangas o máximo que pude e lavei completamente as mãos e os braços. Minha tia e irmã Maddalena seguiram meu exemplo.

— Agora devo examinar a paciente.

O médico judeu aproximou-se da cama e falou delicadamente com Lorena, pediu que lhe dissesse seu nome e lhe assegurou que faria tudo que estivesse a seu alcance para ajudá-la. Sua tranquila autoridade pareceu acalmá-la. Se ela percebeu que ele era judeu, não deu sinais.

Minha tia colocou as mãos por baixo da coberta e ergueu a camisola de Lorena. Então dobrou a parte de cima do lençol para expor

PARTE TRÊS: PRISIONEIRA DA INQUISIÇÃO

apenas a barriga dela. O médico sondou com os dedos, e Lorena fez uma careta. O rosto do médico não deu indicação do que pensava. Quando terminou, voltou a se aprumar.

— Há uma irregularidade — anunciou. — Preciso fazer mais exames. Houve silêncio na sala.

— O canal do nascimento — disse o médico, claramente para que não houvesse equívocos sobre sua intenção. — Preciso examinar a passagem para determinar se há um bloqueio evitando que o bebê seja expelido.

— Isso seria impróprio — sussurrou minha tia.

— Deixe-o fazer isso! — berrou Lorena. — Sou eu, e não você, tendo que suportar as dores!

Ela chutou as pernas para cima, jogou o lençol para o lado de modo a expor as nádegas e as partes pudendas.

— Deixem ele olhar o que quiser! — Ela guinchou com uma gargalhada histérica. — Mais de um homem já fez isso antes! É por isso que me encontro agora neste estado.

O que ela quis dizer? Todos na sala evitaram olhar um para o outro. Minha tia olhou em direção à porta.

— Você não sabe o que está dizendo — observou ela, tentando silenciar a vociferação de Lorena.

A irmã Maddalena retirou as toalhas encharcadas de sangue debaixo das coxas de Lorena e as substituiu por novas.

— Vocês têm de manter as pernas dela para cima e recuadas — instruiu o médico às duas freiras.

A irmã Maddalena e minha tia trocaram olhares. Foi Maddalena quem deu o primeiro passo à frente para obedecer às instruções.

O médico observava o rosto de Lorena enquanto a sondava com os dedos. Então dirigiu-se diretamente a ela.

— Seu bebê está atravessado na abertura do útero. Nessa posição ele não pode sair. Talvez seja possível virá-lo, mas não sem risco. Você está sangrando de algum lugar interno desconhecido e duvido que eu seja capaz de estancar a hemorragia.

PRISIONEIRA DA INQUISIÇÃO

O rosto de Lorena foi tomado por um rubor rosado, e seus olhos brilhavam como se ela estivesse com febre. Tendo em vista que ela não respondeu ao médico, minha tia perguntou:

— Qual é a alternativa?

— Podemos cortar sua barriga e tentar salvar a criança. Ela quase que certamente morrerá e possivelmente a criança também.

— E se não fizermos nada?

— O sofrimento dela aumentará muito, e ela talvez enlouqueça. Finalmente, morrerá em agonia, seguida pela criança.

— Vá em frente! — Lorena falou precipitadamente, como se estivesse ouvindo desde sempre, mas só então tivesse tomado uma decisão. — Faça isso. Vire a criança e faça com que meu corpo se livre dela.

O médico judeu olhou-me.

— Nesse estado, a mulher não pode dar sua permissão. Se ocorrer alguma consequência fatal dessa ação, poderão achar que eu a agredi da maneira mais vil. Que tirei vantagem de uma mulher quando sua mente estava enferma. Preciso de alguém que tenha sua tutela, ou que seja seu parente, para confirmar que tive permissão para fazer isso...

— Eu sou sua... sua... — Minha língua tropeçou nas palavras. — Eu sou sua enteada. Tem minha permissão para fazer o necessário.

A irmã Maddalena apressou-se em redigir um documento para eu assinar enquanto o doutor novamente lavava as mãos e voltava à cama. Ele esmurrou a barriga de Lorena. Dessa vez não foi delicado e não ligou para os gritos enquanto pelejava para virar a criança a fim de que ela encaixasse a cabeça no canal do nascimento. Sem cessar os esforços, continuou manipulando o bebê na direção desejada. Suor escorria por seu rosto, fazendo brilhar as sobrancelhas e a barba.

Lorena urrava. As contrações agora se seguiam uma à outra sem intervalo. Eu enxugava sua testa enquanto ela se debatia na cama, e minha tia e irmã Maddalena forçavam a criança para fora do útero. Lorena soltou um forte berro quando a cabeça afluiu, e então outro choro foi ouvido na sala.

PARTE TRÊS: PRISIONEIRA DA INQUISIÇÃO

O insistente e desesperado choro de parar o coração de um recémnascido.

— Um menino — anunciou minha tia, segurando o bebê cruento, vermelho de sangue, contorcendo-se.

Meu coração e a cabeça giraram com alívio e alegria.

O médico apanhou-o e declarou que era saudável. Então olhou novamente para as partes íntimas do corpo de Lorena. Puxou a mim e a minha tia para o lado.

— Ela não viverá muito tempo — disse-nos. — Como pensei. Há um sangramento que não consigo deter.

— Há alguma coisa que possamos fazer?

— Talvez queiram chamar um de seus padres para guiar sua alma para a vida após a morte que foi preparada pelo Deus de vocês para seus seguidores.

Quando o médico judeu guardou seus instrumentos numa surrada maleta de couro, percebi o quanto parecia exausto. Pensei no quanto deve indignar um médico saber que alguém que ele tratou, apesar de seus melhores esforços, vai morrer.

— Minha barriga dói — queixou-se Lorena, com a voz cansada. — Posso sentir o sangue escorrer por minhas pernas. Não há nada que possa fazer para detê-lo?

Olhei para o médico.

— Não há? — insistiu Lorena.

— Não — respondeu ele francamente.

— Então estou condenada. — Lágrimas escorreram por seu rosto.

— Deixem-na ver a criança — recomendou-nos o médico. — Isso lhe dará força moral e esperança. Se não a ela pessoalmente, então para a provação que virá, sabendo de que deixará parte de si mesma neste mundo.

Lorena, porém, virou o rosto para o lado quando lhe foi trazida a criança.

— Não — falou amargurada. — Não quero olhar para ele. Não quero que ele me veja. Ele conhecerá outra como sua mãe, não eu.

PRISIONEIRA DA INQUISIÇÃO

Beatriz colocou o bebê no berço que Maddalena havia preparado. Fui me sentar na cama de Lorena.

Ela olhou para mim.

— Dizem que, quando alguém está morrendo, fala a verdade. Estou próxima da morte, portanto confessarei a você o que fiz de mal. Pode ser a minha chance de entrar no céu. Pois, se isso se deve à virtude de vida que levei, da minha mente e meu corpo — soltou uma gargalhada e um instante repentino da antiga Lorena, de sua impulsiva formosura, brilhou na palidez de seu rosto —, então estou igualmente perdida *e* condenada.

— Chamaremos um padre — adiantei.

— Ah, não! — Lorena franziu os lábios. — Não. Pois eu causaria tais pesadelos no padre que vocês trouxessem e poria tais pensamentos imoderados em sua cabeça que ele não teria condições de lidar com isso. Então ele teria de se confessar com outro, e esse, por sua vez, com um terceiro, e assim sucessivamente, então imagine só que perturbação e consternação haveria.

Em certa época, esse tipo de comoção teria sido conveniente a Lorena, pensei comigo mesma; ela, que adorava tanto ter homens fitando-a e imaginando todo tipo de coisa a seu respeito.

Minha tia se dirigiu à irmã Maddalena.

— Por favor, acompanhe o bom doutor à nossa porta da frente e depois chame um padre para ouvir a confissão desta mulher.

A irmã Maddalena concordou com a cabeça e saiu com o médico, enquanto tia Beatriz dava a Lorena a poção que ele deixara. Ele nos disse que isso poderia causar confusão em sua mente, mas lhe daria uma passagem indolor deste mundo para o próximo.

Lorena abriu bem os olhos para me encarar.

— Por que você me ajudou? — inquiriu. — Por que, após eu tratá-la tão mal, Zarita, você se preocupou tanto em salvar minha vida e a do meu filho?

Eu não conseguiria expressar realmente por que fizera aquilo. Levar uma vida de freira significava traduzir o amor de Deus em atos

PARTE TRÊS: PRISIONEIRA DA INQUISIÇÃO

caridosos em vez de simplesmente recitar palavras. Foi, porém, mais do que isso.

— Você era a esposa do meu pai — respondi. — E o bebê é meu parente.

— O bebê não é seu parente.

— Claro que é — afirmei. — Tente descansar.

— Volto a dizer, Zarita, que não há nada do sangue de sua família nessa criança.

Deduzi que o opiato começava a fazer efeito. Como o médico nos prevenira, Lorena estava perdendo as faculdades mentais. Fiz menção de colocar um pano em sua testa, mas ela afastou minha mão.

— Escute-me, Zarita! Seu pai estava ansioso por um filho e não parecíamos capazes de fazer um juntos. Tentei todas as poções e remédios caseiros, mas nada funcionou. Então comecei a pensar que ele estava cansado de mim e de meus atrativos, portanto decidi me deitar com um homem mais jovem cuja semente poderia gerar algum fruto em meu ventre.

Minha tia olhou assustada para Lorena.

— Está perambulando em seus pensamentos, Lorena. É melhor se aquietar agora.

— Não estou tão confusa para não saber quem é o verdadeiro pai do meu filho — exclamou Lorena. — Seu nome é Ramón Salazar.

Capítulo 34

Zarita

— O quê?

— A criança que você se desdobrou para salvar não foi gerada por seu pai, Zarita — disse enfaticamente Lorena. — Consegui fazer com que seu pai acreditasse que era dele, mas não era. A criança foi concebida por meu imprudente plano de lhe fornecer um filho para assegurar minha própria posição.

— O pai de seu filho é Ramón Salazar? — Minha voz grasniu em atordoante descrença.

— É ele. Ramón tem um rosto tão vazio, sem feições evidentes, que achei que a criança teria principalmente minha aparência. Mas eu não deveria ter feito isso. Peço que me perdoe.

Olhei para minha tia Beatriz à procura de orientação. Mas ela estava igualmente perplexa. Procurei por palavras enquanto tentava absorver o que acabara de ouvir.

— Não se trata de um pecado que esteja em meu poder perdoar — disse a Lorena. — O erro que cometeu foi para com meu pai, e alegro-me por ele não ter descoberto a verdade.

— Mas o filho que ele queria era em parte por sua causa! — bradou Lorena. — Sim, seu pai ansiava por um filho para levar seu nome, mas era também para seu bem-estar. Ele achava que você era jovem e teimosa demais para cuidar de seus próprios assuntos. Sua preocupação

PARTE TRÊS: PRISIONEIRA DA INQUISIÇÃO

era a de que, quando morresse, pudesse surgir um homem desonesto em sua vida para mandar em você e controlar todas as suas posses. Ele queria gerar um filho em mim para que o menino crescesse e protegesse a irmã mais velha!

— Papa ainda se preocupava com meu bem-estar?

— Ele a amava muito, o seu pai, mas os homens são tão tolos quando desejam uma mulher! É fácil torcer suas mentes e seus corações. Usei meu lugar no afeto de seu pai para virá-lo contra você. Disse-lhe que você me odiava insanamente e mentia aos outros a meu respeito. Informei-lhe que você se apossara de algumas coisas minhas; que havia furtado coisas pessoais que deixei em seu quarto para que ele as pudesse encontrar lá.

Engoli em seco.

— Meu pai não me falou nada disso.

— Claro que não falaria. Ele me fez prometer jamais comentar isso com mais ninguém. Mas isso o forçou a finalmente concordar comigo que você deveria ser mandada embora, pois eu disse que você poderia machucar o bebê. Após ele vê-la me dar um tapa na cara, no dia em que Dom Piero foi pedi-la em casamento, eu o convenci de que você tinha uma brutalidade dentro de si. Disse que fazia ameaças, que dava a entender as coisas ruins que poderia fazer se algum dia houvesse uma nova criança em casa.

Não admira que papa achasse que eu estava meio louca e tivesse me colocado a salvo distante de casa.

— Era *eu* que estava insana. — A respiração de Lorena estava mais pesada, mas ela parecia juntar reservas de força interna para continuar fazendo sua última confissão. — Fiquei louca de ciúmes do amor dele por você. Por meu lado, não posso dizer que amei seu pai. Casei-me com ele para sair da casa do meu pai, onde não havia dinheiro sobrando para festas e roupas bonitas. Eu queria um pouco de diversão e ser a dona de meu próprio lar, mas com você por lá isso era impossível. Mesmo depois que a baniu para o convento, ele continuava amando-a. Vivia falando em você; de como costumavam ler um para o outro à noite.

Meu coração se confortou. Finalmente eu entendia por que Lorena quis que eu fosse embora e senti verdadeira e sincera compreensão de sua posição.

— Preciso do seu perdão — pediu Lorena, aflita. — Imploro por ele. Por favor, diga que me perdoa para que eu sofra menos na vida após a morte.

— Eu perdoo. Perdoo. — Ajoelhei-me ao lado da cama e segurei a mão dela. — De bom grado eu a perdoo, Lorena. A falta não foi apenas sua. Eu deveria ter sido mais afável. Vejo agora que não liguei para a felicidade de meu pai. Eu me ressenti por você ter tirado as cortinas de luto das janelas. Mas foi a coisa certa a fazer... deixar que entrasse um pouco de luz na casa, após meses de luto. Eu a perdoo.

— Mas cometi um erro maior. — Os olhos de Lorena estavam se tornando baços, as pálpebras se fechando.

— Está tudo bem — confortei-a. — Fique em paz.

— Não, você precisa prestar atenção, Zarita. Senti muita inveja de você. Fiz tudo para ser como você. Ouvi as histórias de seu pai. Tentei ler os livros dele... seus livros muito, muito tediosos. Mas ele amava você, sempre você. Portanto pensei que, se pudesse me livrar de você, então poderia controlar a casa e ele.

— Você conseguiu o que queria, Lorena. Papa me mandou embora.

— Sim, mas, logo que você se foi, ele passou a sentir sua falta. Contou-me que vocês costumavam cavalgar todos os dias.

Papa me amava.

Lembrei-me das manhãs bem cedo da minha infância — ir ao estábulo quando o sol estava saindo e a lua de um pálido azul ainda permanecia no céu. Papa seguia a meu lado enquanto íamos a meio galope, passando pela floresta até o vale, ouvindo o bramido dos animais selvagens, observando os falcões e os gaviões pairando no espaço. Um rápido galope através dos prados de suave capim verde e então um trote para casa, com ele me contando histórias de sua infância. Senti uma forte pontada de perda e desejei que nossos últimos tempos juntos tivessem sido mais agradáveis.

PARTE TRÊS: PRISIONEIRA DA INQUISIÇÃO

— Seu papa era de fato *louco* por você. — A fala de Lorena era arrastada, mas, em seu desejo de aliviar a alma, forçava-se a continuar. — Eu me sentia rejeitada. E os criados, que desde o início não gostaram de mim, passaram a me odiar. Ah, eles não teriam ido tão longe a ponto de me envenenar, mas se ressentiam por eu estar nos aposentos de sua mãe. Lançavam-me olhares emburrados e executavam o mais lentamente possível cada tarefa que lhes dava. Eu colocava em você a culpa disso. Então creio que seu pai começou a se afastar de mim e ficar alerta. Sua saúde o deixava preocupado. Passou a organizar seus documentos e a cuidar da alienação de suas propriedades. Descobri que havia reunido muito dinheiro e o escondera em algum lugar. Era para você, para o caso de acontecer alguma coisa a ele. Sentia dores recorrentes no peito e acredito que seu coração fraquejava. Creio que pensava que talvez estivesse perto da morte. E eu sabia que seu passo seguinte seria me deserdar e talvez até mesmo a criança, caso descobrisse que ela não era sua. Por isso, fiz planos para me livrar de você. — Ela ergueu a cabeça do travesseiro. — Decidi matá-la!

— Isso é só fantasia — falei com firmeza. — Nós brigamos, é verdade, mas não houve nenhuma intenção maldosa.

— Houve de minha parte, Zarita — afirmou roucamente Lorena. — Você precisa escapar, Zarita, precisa escapar!

— Estou segura aqui — disse-lhe.

— Em lugar algum você estará a salvo deles. — Seus olhos se agitaram ao redor, em pânico. — Em lugar algum. Você precisa deixar a Espanha.

Deixar a Espanha! Ela estava delirando. Peguei o pano, torci-o na água fria e umedeci sua testa. A pele de Lorena parecia com a de minha mama no dia em que morrera. Ela agora estava indo embora depressa. Falei para a minha tia:

— Onde está o padre?

— Vou buscá-lo. — Saiu apressada do aposento.

— Estamos sozinhas? — cochichou Lorena.

— Sim. — Tive de me inclinar para perto de sua boca para ouvi-la.

PRISIONEIRA DA INQUISIÇÃO

— Traí você, Zarita, da forma mais... mais perversa.

— O que quer que tenha feito, eu a perdoo.

— A carta... — Ela agora estava realmente indo embora, a mente embotando ao mesmo tempo que o espírito começava a se desassociar do corpo, pronto para o voo até o outro mundo. — Não há escapatória. A carta... A carta...

A porta se abriu, e minha tia entrou com o padre. Ele pousou na mesa de cabeceira os vasos com os óleos sagrados e abriu o livro de orações.

— Zarita — disse Lorena fracamente —, você queimará... a carta...

Concordei com a cabeça.

— Sim, eu queimarei a carta. — Não fazia ideia a que carta ela se referia, mas concordei com o que dizia para apaziguá-la em seus últimos momentos. — Todos os seus papéis serão queimados. — Isso já havia acontecido. Pensei nos restos carbonizados do lar da família.

— Tarde demais — murmurou. — Ela já foi.

Se a carta já tinha ido, por que ela queria que eu a queimasse?

Um minuto depois, Lorena também se foi. Sua respiração enfraqueceu e então cessou. Minha tia esperou antes de puxar o lençol para cima de seu rosto.

— O que a afligiu no fim? — O padre olhou-me de modo penetrante.

— Ela estava falando coisas desconexas — respondi. — Estava tudo misturado em sua cabeça. — Não cabia a mim fazer uma confissão em benefício de outra.

— Rezarei por sua alma perturbada — disse o padre e, então, acrescentou pensativamente: — Era como se ela carregasse uma grande culpa e não quisesse enfrentar o Criador com isso ainda em sua consciência; alguma coisa específica... alguma coisa ainda a ser descoberta.

Capítulo 35

Saulo

Cerca de uma semana após o Natal, eu cavalgava pelos arredores do acampamento real em Santa Fé.

A corte preparava-se para a entrada oficial dos reis em Granada, após seu governante, o sultão Boabdil, ter concordado com a rendição da cidade no segundo dia de janeiro. A rainha Isabel e o rei Fernando tinham decretado que em seguida haveria um glorioso desfile triunfal para sinalizar que a *Reconquista* estava completa. Os mouros foram derrotados, e o país estava unido sob o domínio espanhol.

Do lado de fora dos muros, a nobreza e o clero se reuniam em tendas e em acomodações temporárias. Armazéns feitos de madeira contendo suprimentos e equipamentos se aglomeravam em torno dessa nova aldeia que a rainha Isabel mandara construir com rocha maciça para que o exército continuasse o cerco durante o inverno. Levei a maior parte do dia para conseguir notícias de Cristóvão Colombo. Ninguém com quem falei sabia onde ele estava; muitos nem conheciam seu nome. Talvez não fosse tão famoso assim na corte como afirmava. Então me ocorreu procurar o astrônomo da corte. De fato, Colombo estava alojado lá e o encontrei sentado nos aposentos desse homem, envolvido em uma conversa com um grupo de homens de aparência importante.

— Saulo! — Cumprimentou-me ansiosamente. — O assunto que você precisava resolver obviamente lhe deu lucro. — Apontou para minhas roupas novas. Não respondi. Ele não precisava saber de meu assunto incompleto, ou da ação que eu estava ali para executar. Gesticulou para eu ficar ao lado de sua cadeira enquanto continuava a conversa com aqueles homens, que eram conselheiros da rainha e do rei.

— Posso fazer isso, eu me comprometo — Colombo lhes assegurava. — Se me fornecerem os fundos, este vindouro 1492 será o ano em que provarei que meus cálculos estão corretos. Encontrarei a passagem para oeste antes de qualquer outro homem.

— Financiar tal expedição custaria uma grande soma de dinheiro.

O comentário veio de um homem vestido com o traje de notário. Era sabido que os monarcas protegiam suas bolsas contra o destrutivo custo da guerra.

— É verdade, mas as recompensas excederão em muito os custos. E nos empenharíamos em ter sucesso não apenas com relação às riquezas. A rainha Isabel jurou que toda a Espanha seria cristã. Essa seria sua oportunidade de evangelizar um território previamente desconhecido.

— Uma generosa colheita de almas para Deus — concordou um dos monges. Ele vestia o hábito dos franciscanos, a ordem que favorecera Colombo.

Por um momento pensei em embarcar nessa perigosa e ambiciosa expedição. Trocar minhas preocupações por uma aventura em um novo lugar. Que ilhas poderíamos descobrir dessa maneira! Que povos fabulosos conhecer, que sabores exóticos provar, que vistas observar: animais e plantas sobre os quais qualquer europeu jamais pousara os olhos. Para mim não era tanto bela glória que poderia vir com essas descobertas; antes disso, era a emoção da exploração que me encantava, como percebi que era também para Colombo. A postura se alterava quando falava de seus planos e seus sonhos. Os olhos brilhavam quando descrevia o que poderia ser, as infinitas possibilidades de novas terras, a maravilha de conhecer toda a criação de Deus. Ele via como um dever conhecer as extremidades mais distantes de nosso universo. Foi por isso que os franciscanos foram atraídos para seu lado,

PARTE TRÊS: PRISIONEIRA DA INQUISIÇÃO

pois seguiam a regra do homem de Assis que respeitava cada ser vivo e sentia-se maravilhado diante de cada um deles. Eu sabia que, para Colombo, era quase uma motivação secundária achar a nova rota para trazer especiarias do Oriente, distante do controle do Império Otomano. Algo que ele achava que satisfaria seus patrocinadores e os persuadiria a investir em seu projeto.

— O prestígio, por si só, será imenso — continuou Colombo. — Ser o primeiro país a ter se aventurado tão longe; ser a nação que provou que o mundo é redondo...

— Redondo...? Como...? — perguntou outro de seus ouvintes. — Circular? Um disco? Uma cúpula?

— Um globo — afirmou Colombo. Enfiou a mão numa sacola que estava a seus pés e, com um floreio teatral, retirou a grande bola de madeira na qual estavam pintados os países conhecidos da terra. — Igual a isto!

— Ah! — Sua plateia deu um suspiro satisfatoriamente apreciativo. Todos se aproximaram para examiná-la.

— Se você é capaz de fazer a volta de oeste para leste e de leste para oeste, tem de haver uma superfície plana em cima e embaixo — observou um dos padres.

— Não creio — disse Colombo gravemente. — Acredito que o mundo seja redondo inteiramente... completamente, como uma bola.

O padre inclinou-se à frente e perguntou:

— Então onde ficam o céu e o inferno?

Seguiu-se um animado debate entre os clérigos presentes sobre se as ideias de Cristóvão Colombo podiam se encaixar em termos teológicos. Percebi que, embora houvesse céticos, ele conseguira, através dos anos, reunir um grupo de leais e inteligentes partidários. Contudo, aquele padre em particular não seria silenciado. Ele apanhou a bola de madeira e a examinou.

— Como chama isto?

— Um globo, padre Besian — respondeu Cristóvão Colombo. — Representa o mundo em que vivemos.

— Um globo — repetiu o padre Besian. Apontou o modo como os países se curvavam naquela superfície. — Se vivemos numa superfície curva, então por que — interpelou triunfantemente — não caímos?

O astrônomo da corte falou.

— Acreditamos que existe uma força que nos mantém presos à terra.

— A força do Todo-poderoso — entoou o padre Besian.

Houve um silêncio. Então o frade franciscano sorriu para o padre Besian.

— Que mais poderia ser?

Quando os conselheiros da corte partiram, Colombo foi até a mesa junto à janela, onde estava aberto um dos seus mapas. Colocou as pontas dos dedos indicador e médio sobre a Espanha. Em seguida caminhou com elas pela superfície plana até chegar à extremidade da mesa onde o pergaminho se encontrava com a tábua. Colombo fez mais um passo com o dedo indicador estendido de modo a ficar pendurado no ar, então deixou que a mão caísse pela lateral da mesa.

— Acredita que é esse o destino que me aguarda, Saulo?

Olhei para o chão, então meus olhos retornaram ao mapa.

— Não, não acredito — respondi. — Penso que será um grande perigo chegar lá, e um ainda maior voltar para casa. Mas... imagine só... suponha que um homem vá na direção oeste e não retorne ao Mar Oceano, mas chegue em casa velejando pelo leste.

— Exatamente! — A voz de Colombo ressoou empolgada. — Viajar em volta do mundo todo e retornar trazendo presentes! Do oriente! Como os Reis Magos, trazendo ouro e incenso! Misterioso, exótico e maravilhoso! Carregado com prata, especiarias e sedas dessa China.

— Essa é uma terra que eu gostaria de ver.

— Então precisa vir comigo, Saulo. — Agarrou minhas mãos. — Venha comigo! Faça parte da aventura!

Capítulo 36

Zarita

— Creio que você deveria fazer uma visita à corte real.

Era o dia seguinte ao Natal. Uma ama-de-leite fora providenciada para o bebê de Lorena, e foi um dos prazeres de minha vida deixar o garotinho aos cuidados de Garci, Serafina e Ardelia. Ele viveria com os três nos aposentos dos empregados até a propriedade ficar em ordem e a casa ser reconstruída. Pelo que lhes dizia respeito, era filho do meu pai e o receberam com grande alegria. E descobri também que o bebê conquistara meu coração, o qual, para minha surpresa, não se despedaçara quando soube que Ramón havia me traído nos braços de Lorena. Garci reformou meu antigo berço, e Serafina e Ardelia fizeram roupas de bebê. Os lençóis e os cobertores foram lavados como novos e os levei para eles no dia de Natal. Ao ser envolvido neles, o garotinho gorgolejou e soprou uma bolha pelos lábios.

Virei-me para ir embora e vi Bartolomé parado, observando.

— Por que não vem aqui dizer um oi? — incitei-o.

Ele se aproximou cautelosamente do berço. Peguei sua mão e coloquei-a sobre a do bebê. A criança abriu os dedos e os enroscou em volta do polegar de Bartolomé.

— Ah — suspirou Bartolomé. E pela primeira vez, desde aquele dia fatídico de sua prisão, ele sorriu.

Na manhã seguinte, no convento, minha tia Beatriz fez a surpreendente sugestão.

— Visitar a corte! — reagi com assombro. — Que ideia maluca! Para quê? E de onde viria o dinheiro para eu fazer isso?

Tia Beatriz deu um sorriso maroto.

— Ah! — falei, subitamente compreendendo. — Foi aqui que papa depositou a quantia secreta de dinheiro sobre a qual Lorena me contou quando estava morrendo?

Minha tia confirmou com a cabeça.

— Ele me fez jurar que só lhe contaria quando se aproximasse a época de você fazer seus votos finais. Então eu deixaria que você soubesse que pode escolher entre permanecer no convento ou viver lá fora, de forma modesta, mas independente.

Demorei um minuto para digerir essa informação — como eu julgara mal as intenções de meu pai com relação a mim, pensei — então indaguei:

— Mas, mesmo tendo dinheiro para financiar a viagem, por que eu iria querer visitar a corte real?

— Sinto que é seu dever deixar que Ramón saiba que tem um filho.

— Talvez, ele não queira saber — argumentei.

Eu ficara surpresa com minha própria reação ao ouvir o segredo de Lorena. Claro que me sentira chocada e decepcionada com a traição de Ramón. Mas isso não estava tendo em mim o efeito devastador a longo prazo que poderia ter tido anteriormente. Onde outrora eu teria cedido à perturbação do ódio e do desespero, agora via a questão de um modo diferente. Suspeitava que meu relacionamento com Ramón fora superficial; nossa atração mútua se baseava em aparências e posses. Os problemas que enfrentamos por ocasião da morte de mama não nos uniram; ao contrário, fomos nos afastando cada vez mais. Posteriormente, fiquei muito envolvida com minha rixa com Lorena para perceber o que acontecia entre nós e para perceber as implicações da mudança em seus modos. E, de fato, eu era imatura demais para avaliar de maneira apropriada seu caráter, pois, embora Lorena o tivesse

PARTE TRÊS: PRISIONEIRA DA INQUISIÇÃO

seduzido, usando as manhas de uma mulher mais velha para lisonjear um homem mais jovem, Ramón fora um parceiro de boa vontade.

— A maioria dos homens gosta de saber que é capaz de gerar um filho — destacou minha tia. — Pensam que podem estabelecer uma dinastia através da linhagem masculina. É curioso, pois é a mulher quem mantém a família unida e quem cuida do lar, mantendo-o numa rota segura. Portanto, pode ser que Ramón não o reconheça publicamente, mas seria errado nós escondermos de um pai o nascimento de seu filho.

Pensei a respeito. Que complicações poderiam surgir com a notícia de que o filho não era de papa? Se as coisas fossem deixadas como estavam, então o menino herdaria a propriedade. Isso não me importava. Eu teria dinheiro suficiente para viver bem, se optasse por permanecer no convento ou deixá-lo. Não tinha certeza se contar a Ramón era a coisa certa a fazer. Talvez minha tia tivesse razão, talvez não. Mas, em todo o caso, eu queria ver Ramón Salazar novamente. Havia assuntos não resolvidos entre nós.

— Você deve ir dentro de uma semana — sugeriu minha tia. — O início de um novo ano marcará uma nova etapa em sua vida, Zarita. A corte está nos arredores de Granada, a menos de um dia de viagem daqui. Entrarei em contato com uma velha amizade que vai lhe providenciar acomodações e a acompanhará em suas atividades.

— Uma velha amizade? — provoquei-a. — Seria um homem?

— Tive muitos galanteadores que me cortejaram — rebateu tia Beatriz, mas em seus olhos havia a sugestão de algo não dito, portanto insisti.

— Você teve predileção especial por algum deles?

Suas faces formaram covinhas.

— Ah, eu sabia falar a linguagem do leque como qualquer *señorita* da corte. — Fez uma pausa. — Sim, houve um. Mas não era um cortesão. Era de nascimento tão modesto que meu pai, seu avô materno, não aprovou qualquer ligação, e meu galanteador se foi. Ele morreu na Guerra da Sucessão, quando os portugueses tentaram reivindicar a coroa espanhola. Achei que morreria por ter o coração partido.

Esperava que meu pai pensasse apenas no meu bem-estar, e o julguei severamente demais, como, sem dúvida, você julgou seu pai.

Menos severamente, pensei, agora que soubera os motivos de seus atos.

— Não somos tão diferentes, você e eu, Zarita — continuou minha tia. — Eu era bem parecida com você, antes de aprender mais sobre o mundo. Meu pai arranjou um casamento rico para mim. Ele queria para mim uma situação e uma renda seguras, para que eu pudesse administrar minha própria casa, mas eu era jovem e teimosa, então fugi.

— Você fugiu!

— Ora, não fique tão chocada — disse rindo. — Só fugi até o convento mais próximo. Mas, inicialmente, minha vocação não era verdadeiramente religiosa. Não procurei o Senhor. Mas agora, às vezes, penso que talvez Ele tenha me procurado, pois foi assim que encontrei amor e paz permanente.

Sim, éramos semelhantes, minha tia e eu. E eu também descobrira paz no interior dos muros do convento, mas descobrira o amor?

— Essa amiga de quem falo, Zarita, era como uma outra irmã para mim. Ela decidiu se casar por conveniência e não me seguiu ao claustro. Mas foi até melhor, pois isso teria causado uma feliz inquietação com nós duas comungando as mesmas ideias sobre diversão e dança. Seu nome é Eloisa e escreverei para ela. Vai recebê-la na casa dela: você poderá circular sob sua proteção, e ela providenciará um encontro com Ramón Salazar.

— Está bem — concordei humildemente. — Mas irei como freira.

— Nada disso. — Minha tia sorriu, um brilho de travessura nos olhos. — Você irá como uma princesa.

Conduziu-me acima, ao sótão do convento, onde encontramos um velho baú de madeira.

— Trouxe isso comigo, quando fundei a ordem aqui — explicou. — Duvido que algumas dessas roupas ainda caibam em mim.

Ela era mais alta do que eu e, embora mais velha, ainda tinha a forma de uma menina. Seu modo de vida não promovera nenhum

PARTE TRÊS: PRISIONEIRA DA INQUISIÇÃO

arredondamento do corpo como minha mãe desenvolvera devido à gravidez e a sua predileção por bolo.

Abrimos o baú, e ali, envoltas em camadas de seda, estavam as roupas que minha tia usara na juventude quando frequentara a corte. Ergueu um vestido vermelho de saia rodada com uma sobressaia de rede preta.

— O estilo deve estar horrendamente ultrapassado, mas o material é da melhor qualidade, e Eloisa arranjará uma costureira que poderá alterá-lo. — Sacudiu as saias e colocou-as contra o corpo. — Eu costumava usar este vestido com um colar de rubis no pescoço.

Coloquei a mão no meu pescoço. Lembrei-me das contas enegrecidas na caixa de joias de minha mãe.

Tia Beatriz deve ter adivinhado o que passava pela minha mente.

— Lembre-se sempre, meu bem — observou —, que uma bela flor não precisa de enfeite.

Beatriz chorou ao nos despedirmos.

— Mande me avisar quando chegar. Mande meu amor à Eloisa. Espero que tudo corra bem.

Antes de embarcar na carruagem, segurei a mão de minha tia.

— Não é apenas por causa da criança que estou viajando até a corte para falar com Ramón Salazar.

Minha tia deu-me um beijo de despedida no rosto.

— Eu sei, Zarita — disse ela. — Eu sei.

Capítulo 37

Saulo

Foi ideia de Cristóvão Colombo que eu mantivesse contato com membros da corte e tentasse obter favores do máximo possível de pessoas influentes.

— Saulo, as damas vão desfalecer em cima de você — declarou Colombo. — Você tem uma presença notável, com essa altura e essa compleição física, e a claridade de seus olhos, azul-celeste ardente, por ter passado tanto tempo no mar. Contudo — fez uma pausa para analisar minhas roupas —, talvez deva considerar que suas roupas são um tanto atraentes *demais*. Afinal de contas — deu-me um tapinha no ombro —, não vai querer ofuscar aqueles nobres influentes que queremos impressionar.

Eu já chegara mais ou menos à mesma conclusão sobre as roupas esmeradas que comprara do alfaiate lisonjeiro. O que parecera sofisticado e elegante no espelho de sua loja, com sua língua pingando elogios sobre mim como azeite sobre o queijo, agora parecia fútil e exagerado no espelho que Colombo instalara defronte à janela de seu quarto.

Tirei o mantéu de volta do pescoço e joguei-o para o lado.

— Não consigo imaginar como alguém usa uma coisa dessas todos os dias — concordei.

— Ah, assim é melhor — afirmou Colombo. — Podemos ver seu rosto.

PARTE TRÊS: PRISIONEIRA DA INQUISIÇÃO

Ele deixou que eu usasse uma alcova no interior de seu próprio quarto, onde eu poderia ficar até a corte se mudar para Granada. Ali me livrei da maior parte do que sobrara de meus ornamentos e voltei à túnica e calções pretos, botas de cano alto e blusa branca folgada com uma quantidade mínima de franzidos no peito e ao longo dos punhos e das mangas. Apanhei minha capa, enfiei a faca longa no cinto, pronto para sair.

E, assim, na noite anterior ao desfile da vitória para Granada, os salões reais de recepção estavam apinhados com gente comendo, bebendo e aproveitando a rara hospitalidade dos monarcas. A rainha Isabel e o rei Fernando eram normalmente frugais em seus gastos, pois a guerra havia exaurido seu tesouro. Dizia-se, com muita certeza, que a rainha empenhara suas joias para financiar o cerco, e nem ela nem o marido se vestiam de modo extravagante. Abri caminho pela multidão. Estava curioso para ver a mulher guerreira de quem tanto ouvira falar.

Então vi uma moça diferente, parei e fiquei imóvel.

Ela estava de pé, olhando acima para uma tapeçaria. Havia nela uma serenidade que prendia a atenção. A tapeçaria exibia um mapa da Espanha. Era verde-clara, com os nomes das várias províncias e reinos cerzidos em ouro. No seu vestido vermelho-escuro, a mulher se destacava contra o tapete em forma e aparência como uma rosa se destacaria num jardim de gramíneas comuns.

Achei-a bonita desde o primeiro segundo que a vi. O cabelo estava preso por uma rede de renda preta, de um modo tão perfeito que expunha o queixo, o pescoço e a curva dos ombros. O vestido era muito simples. Nenhuma joia a adornava. Isso ajudava a torná-la diferente entre o arco-íris de cores do resto dos convidados, com seus espalhafatosos cetins e grossos veludos salpicados de renda prateada e panos dourados, tudo decorado com pedras preciosas, os dedos pesados com anéis.

O modo como se comportava indicava que ela, embora estivesse no aposento, estava indiferente a ele. Segui a linha que ia do pescoço

213

ao ombro, desci pelo braço até onde suas mãos, segurando um leque, descansavam nas dobras da saia. Ela se virou, muito lentamente, para observar o salão, e vi a testa, o nariz, seu rosto. Era extraordinário.

Vasculhei o aposento até encontrar o que achei que era o criado mais alerta, um rapaz de rosto perspicaz, inteligente. Fui até ele e disse:

— Descubra o nome daquela moça e eu lhe darei uma moeda.

Em seguida voltei à posição privilegiada de onde podia observá-la. Poucos minutos depois, o criado voltou e me disse:

— Seu nome é Zarita de Marzena. É de alguma aldeia e está aqui apenas para uma curta visita sob a proteção da Señora Eloisa de Parada. É sua primeira vez na corte. — Olhou-a de relance e sorriu para mim. — Não dá para perceber?

Dei-lhe a moeda. Quando viu que era de ouro, ofereceu:

— Qualquer outra coisa que precisar, *señor*, eu, Rafael, sou o homem certo para obtê-la. Faço parte da quarta unidade de provisões. Pode me chamar a qualquer hora do dia ou da noite.

A dama de companhia da jovem estava a seu lado, mas as regras de etiqueta que meu alfaiate havia me ensinado escaparam de minha cabeça. Decidi abordá-las sem encontrar um conhecido comum para fazer o primeiro contato. Atravessei o salão. Senti a mulher mais velha me avaliar minuciosamente quando me apresentei a ela. Mas eu não olhava o rosto da dama de companhia. Era nos olhos da moça que me fixava.

E ela olhou-me de volta. Mais diretamente, sem constrangimentos ou falso pretensionismo.

Agrupados em volta do rosto, pequenos cachos de cabelos que escaparam do laço de fita emolduravam suas feições como as pinturas de anjos que se veem em igrejas. Era um estilo bem incomum. A maioria das mulheres usa o cabelo comprido, e arrumado com pentes enfeitados para mantê-lo no lugar. Pensei: ela não é vaidosa, pois geralmente as mulheres querem exibir seu cabelo e colocam joias para se realçar, para salientar a cor dos olhos com safiras, azeviches ou esmeraldas.

Seus olhos ficaram firmes. Um minúsculo tremor atravessou seu rosto.

PARTE TRÊS: PRISIONEIRA DA INQUISIÇÃO

— Você parece interessada nessa tapeçaria, Zarita de Marzena — observei, quando, finalmente, a dama de companhia fez a apresentação que me permitiu falar com ela. — É uma esplêndida exposição das terras que nossos monarcas esperam governar.

— O trabalho é muito bem feito — comentou ela, com uma voz melodiosa. — Alegro-me por você achar isso também. Foram necessárias longas horas de trabalho pesado, e o bordado é uma habilidade à qual a maioria dos homens não dá valor.

— E você dá? — Fiquei imaginando como ela sabia daquilo. Por ser rica, certamente preencheria seus dias com ociosidade. — Onde obteve esse conhecimento?

— No convento de minha tia.

— Você é freira! — Senti como se tivesse levado um golpe físico. Isso explicava o cabelo, seus modos, seu desprezo pelos enfeites. A decepção me inundou. Dei um passo para trás.

— Não... — Ela hesitou. — Não é bem assim. Eu me refugiei lá por uns tempos, quando questões familiares me oprimiram.

Esperei. Após meu primeiro bravo esforço, não sabia como continuar a conversa.

— Não pretendi insultar os homens — prosseguiu ela, ignorando minha falta de tato. — Mas não é simplesmente o excelente bordado que torna essa tapeçaria tão maravilhosa, é o que está envolvido no planejamento de toda a peça que talvez os homens não saibam apreciar.

— Ah, mas eu sim — rebati, agora mais confiante. — Pois sou marinheiro navegador, e planejar uma viagem marítima não é apenas embarcar em um navio e zarpar. É preciso primeiro pensar a viagem toda, seu objetivo e seus obstáculos. — Ao dizer isso, lembrei-me do capitão Cosimo que, a despeito da miopia, tinha sido um cuidadoso planejador, um excelente marujo e uma pessoa astuta em questões comerciais; eu aprendera com ele essas habilidades. E, ao pensar nele, senti dentro de mim uma ânsia repentina de fugir do abafamento e das restrições daquele lugar e estar novamente na água.

Ela notou a mudança em mim.

— Você parece preocupado. Seu encontro com Cristóvão Colombo e os conselheiros de suas majestades foi bem?

— Como sabe que Cristóvão Colombo e eu estivemos hoje em reunião com os conselheiros da corte?

— Minha dama de companhia diz que todos na corte sabem dos assuntos de todo mundo.

— A reunião foi boa como seria de se esperar de uma reunião com um grupo de homens de diferentes opiniões, cada qual com seus próprios interesses.

Ela soltou uma ligeira risada.

— E acredita que o *Señor* Colombo será bem-sucedido em suas aspirações?

Lembrei-me do que sabia sobre Cristóvão Colombo. Sua confiança em suas previsões, a fé inabalável na ordem do universo dominado por Deus, o amor à vida e às forças elementares do mar, a experiência como marinheiro, a perícia nas habilidades básicas de navegação conhecidas pelos fenícios e gregos, o talento para improvisar e pensar rapidamente.

— Tenho certeza disso — respondi.

— Ouvi dizer que pensam que os cálculos dele estão errados.

— Os números podem estar levemente inexatos. A largura do Mar Oceano é algo tremendamente complicado de se calcular. Mas, qualquer que seja o cálculo, o princípio é o mesmo. Há terra para oeste, pois o mundo é redondo.

— Posso entender isso... — Ela falou cuidadosamente, como se estivesse elaborando. — Se há terra para o leste, e sabemos que há, e o mundo é redondo, então, por definição, tem de haver terra a oeste.

— Bravo! — exclamei. — Muitos homens instruídos parecem ter problemas para compreender essa ideia.

— Entretanto, se é longe demais — ela inclinou a cabeça para olhar novamente o mapa, de modo que vi sua garganta e quis estender a mão para tocar sua pele —, e se os ventos que sopram vocês para oeste não forem fortes o bastante para trazê-los de volta, como retornarão? Oh,

PARTE TRÊS: PRISIONEIRA DA INQUISIÇÃO

já sei! — concluiu, antes que eu pudesse responder. — Vocês dariam a volta toda.

— Isso exigiria uma grande quantidade de raciocínio. E mais planejamento do que a construção de uma tapeçaria — acrescentei para caçoar dela.

— Mas isso é tão emocionante! — Sua voz se avivou com interesse. — Conte-me como acha que isso pode ser feito.

Capítulo 38

Zarita

Apesar do tempo frio, os salões reais de recepção estavam quentes e cheios com a conversa alta das hordas de pessoas. Era a véspera da entrada triunfal dos monarcas em Granada, e nobres, clérigos e mercadores queriam ser parte do espetáculo. O ruído agredia meus sentidos enquanto a *Señora* Eloisa e eu estávamos de pé sob uma tapeçaria perto de uma porta externa.

A *Señora* Eloisa apontou para o salão diante de nós.

— Bem, se estivesse procurando um marido, Zarita... — começou.

— Não estou — interrompi.

— Mas, se estivesse — continuou —, seria crucial conhecer as pessoas certas. Há aqueles que são relacionados e muito ricos, aqueles que têm sangue nobre, mas não têm dinheiro, e aqueles com fortunas fabulosas que são de famílias de mercadores. — Abriu o leque com um estalido e o agitou com vivacidade à sua frente. — Aqueles que não possuem nenhum desses atributos, nós, é claro, ignoraremos completamente.

Fiquei surpresa com tal grosseria, mas então percebi que a amiga de minha tia usava de sarcasmo para ser espirituosa.

— Minha época de caçada já passou, portanto esta incursão na sociedade da corte é para você decidir quem prefere.

— Só vim pela oportunidade de ter uma breve conversa com Ramón Salazar — lembrei-lhe.

PARTE TRÊS: PRISIONEIRA DA INQUISIÇÃO

— Certamente, e providenciarei isso assim que for possível. Mas, nesse meio-tempo, uma mulher atraente como você será objeto de curiosidade. — Olhou-me de cima a baixo com aprovação. — Devo admitir que me superei em reformar esse vestido de Beatriz. Remover a sobressaia de rede preta para revelar o vermelho por trás foi inspirado. Combina com sua cor morena. É tão parecida com ela que é como se esse vestido tivesse sido feito para você. E, além disso, meu talento em ocultar seus cachos tosquiados com a rede de renda preta feita especialmente para a ocasião... Perfeito! Perfeito! — elogiou-se. — Você verá que todo tipo de gente vai se apinhar à nossa volta querendo conhecê-la; a informalidade desta corte ao lado de um campo de batalha significa que teremos de admiti-los em nossa presença.

Tia Beatriz havia escolhido muito bem minha dama de companhia. A saúde de Eloisa não era boa e ultimamente ela vivia a maior parte do tempo em suas propriedades do norte. Mas, para ajudar sua velha amiga, ela viajara ao sul para me encontrar, arranjou acomodações para nós e agora superava bravamente a fadiga para me acompanhar pela corte. Notei que ela começava a gostar daquilo.

— Você não ficará muito tempo no salão — previu ela — sem atrair a atenção de um jovem galante. Aliás, estou de olho num desses homens que, neste exato momento, examina você intensamente. — Protegeu a boca com o leque e disse: — Acredito que você atraiu a atenção do marinheiro que está com Cristóvão Colombo, o navegador-explorador que procura financiamento real. Dizem que esta tarde ele teve uma reunião difícil com o clérigo e os cortesões: acreditam que Colombo fez uma estimativa errônea de milhas na expedição que pretende. Esse companheiro de Colombo não tira os olhos de você.

— Onde ele está? — perguntei. Virei-me lentamente.

E o vi.

Ele se destacava entre os outros por causa da altura, do porte e da aparência. Se antes ergueria o braço e abriria o leque para cobrir a parte de baixo do rosto, naquele momento não o fiz. Fiz contato direto com seu olhar, quando ele se aproximou.

PRISIONEIRA DA INQUISIÇÃO

— Peço permissão para me apresentar. Sou Saulo de Lomas, o marinheiro que acompanha o explorador e navegador Cristóvão Colombo. — Dirigiu-se à minha dama de companhia, mas olhava para mim.

Havia algo em seus olhos; algo empolgante, porém familiar, como se uma parte interna de mim estivesse ligada de algum modo a sua alma.

A *señorita* Eloisa olhou-me de relance para se certificar de que eu aceitava a apresentação. Indiquei que sim, e ela respondeu:

— Tenho prazer em lhe conhecer, Saulo, o marinheiro. Sou a *señora* Eloisa de Parada, viúva de Dom Juan de Parada.

Eloisa então passou a tagarelar por um período interminável sobre o tempo, o estado das estradas, o preço da farinha, as providências para o desfile de amanhã por Granada, a dificuldade de se conseguir uma criada honesta, novamente a condição das estradas, até eu conseguir atingi-la com meu leque. Finalmente, ela interrompeu sua torrente e disse a ele:

— Saulo, o marinheiro, permita-me apresentar-lhe a sobrinha de uma amiga minha. — Eloisa inclinou a cabeça na minha direção. — Zarita de Marzena.

Ele estava vestido de um modo bastante particular. Sem chapéu na cabeça, nem mantéu ou colarinho extravagante em volta dos ombros, o cabelo preso para trás, na nuca, por uma tira de couro cru preta amarrada frouxamente, a camada superior do cabelo desbotada pelo sol. Seu rosto era bronzeado, com uma fina cicatriz pálida exposta logo abaixo do malar esquerdo. A camisa branca reluzia contra o preto da túnica, dos calções e das botas. Não carregava espada, mas trazia no cinto uma comprida adaga de origem oriental. Ao ficar parado perto de mim, não alisou o cabelo ou ajeitou os punhos como outros homens faziam enquanto avaliavam a impressão que causavam. Não consegui imaginar aquele homem se enfeitando diante de um espelho, preocupado com a aparência.

Seus lábios se separaram, ele sorriu para mim, e algo penetrou em meu coração com aquele sorriso.

Pensei em lhe dizer, assim que fosse possível, que vinha de um convento, e fiquei ridiculamente contente com a expressão sem-graça que

PARTE TRÊS: PRISIONEIRA DA INQUISIÇÃO

surgiu em seu rosto. Então entabulamos facilmente uma conversa, e ele tinha humor, espirituosidade, histórias fascinantes e a mente aberta. Beatriz o adoraria, pensei, por causa de seu intelecto questionador.

Seria indelicado perguntar, mas tinha certeza de que ele não era de berço nobre; contudo, era uma pessoa letrada e sabia um pouco de latim e grego, e viajara intensamente.

Não saímos daquele lugar durante toda a noite, e ainda nos encontrávamos lá quando a rainha e o rei saíram em procissão com seus servidores e conselheiros.

Saulo indicou-me Cristóvão Colombo.

— Olhe — disse —, aquele é o homem que provará que o mundo é redondo.

Fomos empurrados para trás para abrir passagem à realeza, e Saulo ficou muito próximo de mim, tão próximo que senti o calor de seu corpo. Eu sabia que ele identificara Colombo para que eu pudesse ser uma testemunha da história, e fiquei feliz por ele ter pensado em fazer isso. Entretanto, em vez de ficar admirada em ver o *Señor* Colombo, fiquei muito mais emocionada com a presença do homem a meu lado.

Capítulo 39

Saulo

— Aquele é Cristóvão Colombo.

Pronunciei seu nome e indiquei-o para Zarita, durante a passagem da procissão dos reis, nobres, clérigos e dignitários.

— Sim — disse ela baixinho, e nossos rostos quase se tocaram. Senti sua respiração de um lado do rosto, e a proximidade dela preencheu todos os meus sentidos.

A rainha Isabel era menor e mais simples do que imaginava, mas a aura de autoridade estava contida nela, na firmeza do queixo e no posicionamento do rosto. Pude muito bem acreditar em cada história que ouvira sobre ela; a feroz defesa de seu trono e do direito de governar Castela, apesar de ser mulher; a convocação das tropas para que defendessem suas terras e seu reino enquanto cavalgava vestida com armadura completa para aparecer no meio da batalha; recolher pedras ela mesma, nas montanhas, após o fogo ter destruído as tendas do acampamento e declarar que, em vez de levantar o cerco, construiria ali uma cidade diante das muralhas de Granada. O rei também parecia um homem que combatera duras batalhas, passando longas horas numa sela, galopando entre Castela e Aragão para apoiar o governo dos monarcas de ambos os reinos.

Perto do final do séquito, avistei o padre que questionara Colombo sobre o globo e a localização do céu e do inferno. Lembrei-me que seu

PARTE TRÊS: PRISIONEIRA DA INQUISIÇÃO

nome era padre Besian. Ele olhava para Zarita, a expressão igualmente surpresa e furiosa. Ela estava alheia ao padre: após se certificar qual homem era Colombo, Zarita virou de costas para mim. Meu olhar seguiu o do padre por mais alguns segundos. Após a reação inicial, seu rosto mudara. Agora concedia a ela um olhar astuto e de cruel intensidade.

A dama de companhia de Zarita fez menção de levá-la embora. Impulsivamente, estendi o braço para detê-la, e, por um instante, nossas mãos se tocaram. O contato a assustou, e ela deixou cair o leque. Rapidamente, juntei-o e o entreguei a ela.

Sussurrei:

— Procure por mim no desfile de amanhã.

Naquela noite, voltei para minha alcova cantando.

Acordei cedo no dia seguinte, pensando que seria uma simples questão de sair cavalgando e encontrar Zarita e sua dama de companhia. O que surgiu diante de mim, quando me aproximei das vias que levavam à cidade de Granada, foi a maior concentração de pessoas que já vira em toda a minha vida.

A rainha Isabel estava montada num cavalo branco, usando as insígnias reais, com um vestido dourado guarnecido com pedras preciosas que mostrava várias fileiras de saias douradas erguidas para revelar anáguas de tecido prateado. Uma capa branca de pele de arminho estava presa a seus ombros, tão grande e suntuosa que envolvia a traseira do cavalo. De sua cabeça pendia um comprido véu branco, preso por uma coroa de ouro. Ela reluzia sob o sol de inverno ao andar sentada sobre sua montaria como a rainha que era.

O rei montava num alazão preto. Suas roupas resplandeciam ao lado da rainha, veludo e cetim vermelho e dourado, com uma túnica justa e casaco acolchoado com mangas talhadas. Eles vinham acompanhados pelo filho, o príncipe herdeiro Juan, e as filhas vinham a cavalo logo atrás. Então seguia-se o clero: cardeais, arcebispos, bispos, padres e fileiras de monges de ordens diferentes — franciscanos e dominicanos. E, depois deles, nobres e mercadores, os funcionários e criados da corte.

Disposto dos dois lados, vinha o exército, em esplêndida formação exibindo suas cores e bandeiras. O ar estava denso com o cheiro de pólvora e incenso, ao mesmo tempo que gritos de ordens, o murmúrio de mil pessoas e o relinchar de cavalos criavam um tumulto sonoro.

Meu coração ficou apertado de aflição. Eu nunca encontraria Zarita!

Em vez de me enfiar na multidão, saí à procura da quarta unidade de provisões e do criado Rafael. Ele não estava lá, mas o chefe dos armazéns me informou onde deveria estar. Assim que Rafael me viu, veio correndo. Quando lhe disse quem eu procurava, ele partiu, retornando no momento em que foi dado o sinal para o desfile avançar. Ele se desculpou pela demora e me deu uma ideia da provável localização de Zarita nas fileiras.

Ela usava roupa de montaria azul-escura, justa no pescoço e na cintura, com um chapéu de veludo combinando. O modo como se sentava sobre o cavalo revelou-me que era uma verdadeira amazona, enquanto eu, mais à vontade num navio, sentia dificuldade em abrir caminho até ela.

Reconheceu-me com um olhar de prazer, e, imediatamente, me senti desgracioso, sem jeito e sem fazer ideia de como cumprimentá-la.

Ela esticou-se sobre o cavalo e apontou com o chicote.

— Verá que é mais fácil controlar sua montaria se ajustar o freio — aconselhou-me. — Você o mantém em rédea curta. Se quiser guiar um cavalo por um determinado caminho, o melhor jeito é docilmente.

— Esse conselho também é verdadeiro para as mulheres? — perguntei.

Zarita ruborizou. Desculpei-me imediatamente. Ela aceitou minhas desculpas. Senti que havia me perdoado. E não me arrependi de meu comentário ousado, pois, se ela não gostasse de mim, teria se sentido insultada e ficaria furiosa, e não constrangida e empolgada. E ela *estava* empolgada. Não apenas pelo espetáculo à nossa frente, mas também, pensei, porque eu estava a seu lado.

Capítulo 40

Zarita

Eloisa e eu esperávamos havia mais de uma hora para o início do desfile, e comecei a ficar desesperada para ver Saulo.

Eu passara uma noite insone repassando cada detalhe de nossa conversa, listando as coisas interessantes que ele dissera e sobre as quais eu queria saber mais. Revivi minhas sensações de quando o vi se aproximar através do salão de recepção. Envaideci-me ao visualizá-lo diante de mim. Deitada na cama, debaixo dos mantos de pele que Eloisa insistia em empilhar em cima de mim para me manter aquecida, imaginei novamente toda aquela tarde. Minha garganta se apertava com preocupação. Será que ele sentira por mim o que eu sentira por ele? Ele era tão bonito. Poderia escolher qualquer mulher, e elas também o admirariam por sua mente e pelas histórias que contou sobre os lugares por onde viajara. Seu conhecimento do mar e das estrelas era imenso. Diferentemente do conhecimento insosso que adquiri através dos livros, Saulo possuía experiências verdadeiras do que era o mundo e sobre o que estava acontecendo nele.

Ao nos enfileirarmos com os demais na cavalgada, a infelicidade apropriou-se sorrateiramente de mim. Saulo não viria. Devia ter conhecido mulheres mais divertidas e sofisticadas do que uma simples garota de aldeia. Não ligou para nosso encontro. Foi um flerte, apenas isso. Entendi mal os sinais. Fui uma tola, uma idiota.

Então ele surgiu ao meu lado, olhando-me, e a verdade estava em seus olhos. Meu ânimo disparou. Instantaneamente, tive certeza de que ficou pensando em mim desde que nos separamos. Cumprimentou-me com um gesto da cabeça e, de repente, me senti superior, pois percebi que estava sem jeito e nervoso e que eu poderia ficar no comando da situação.

Inclinei-me audaciosamente e disse para ele afrouxar a rédea para seu cavalo ter mais liberdade de movimentos. Disse-lhe que era um erro tentar dobrar uma criatura inteligente para submetê-la ao desejo de alguém. Avisei-o para ser gentil, dizendo que seria mais provável conseguir o que queria pela dócil persuasão. Ele inclinou a cabeça e, com os olhos sorrindo para os meus, perguntou se era desse modo que deveria lidar com uma mulher!

Uma vibração de prazer percorreu meu corpo. Senti o rosto esquentar. Ele aparentou arrependimento, dizendo que esperava não ter me ofendido, que ficara tão intimidado pela minha presença que sua língua tropeçara. Fez um gesto de cortesia junto ao humilde pedido de desculpa, mas pude perceber que estava me observando para ver se ainda continuava em minhas boas graças e torcendo para mais do que isso.

Houve um aumento da tensão entre nós, mas também o crescimento de um familiar bem-estar. Ambos sabíamos o que estava acontecendo e estávamos preparados para nos deleitar com isso.

Capítulo 41

Saulo

Cristóvão Colombo estava alojado com o astrônomo real, mas as acomodações eram tão restritas que não havia lugar para mim. Procurei o oficial do exército encarregado do aquartelamento para ver se ele conseguia me espremer em algum lugar. Rafael surgiu ao meu lado.

— *Señor* Saulo, eu lhe conseguirei um quarto... talvez até mesmo dentro do próprio palácio de Alhambra — prometeu ele. — Precisarei, é claro, de algumas moedas para subornar os funcionários apropriados.

Dei mais dinheiro a Rafael e, após combinarmos um encontro mais tarde, vaguei pela cidade.

As ruas estavam silenciosas, e as pessoas que vi ao passar pelo quarteirão judeu me olharam temerosamente. Eu ouvira alguns dos cortesões mais atentos falarem de assentamentos sob o domínio mouro conhecidos como *comunistas* onde todas as religiões viviam juntas e em paz. Será que a rainha Isabel e o rei Fernando sabiam dessas comunidades? Não seria melhor acomodar as pessoas de religiões e culturas diferentes e permitir que vivessem desse modo? Pensei em meus pais, e, agora, com a sabedoria da maturidade, percebi que, por um ou outro motivo, eles tinham sido expulsos de onde tentaram se instalar. Meus pais eram pessoas educadas, pois me ensinaram as letras, a ler e como contar os números. Não fazia ideia a qual credo ou cultura eram leais, pois nunca me falaram disso, provavelmente por considerarem que era um segredo mortal demais para confiar a um menino.

O que nossos monarcas estavam fazendo em nome de uma Espanha unida? Se baníssemos os mouros, perderíamos seu saber. Uma grande quantidade de informações náuticas usada no Mediterrâneo era de origem árabe. Se os boatos fossem verdade, então estávamos para exilar os judeus, e suas habilidades e seu conhecimento também iriam com eles.

Era fim de tarde quando voltei a me encontrar com Rafael.

— O palácio está lotado — disse-me —, mas consegui lhe arranjar um lugar num anexo.

Quando chegamos ao meu quarto no sótão, dei a Rafael uma generosa retribuição.

— Agora que me conseguiu um quarto — falei —, gostaria que me localizasse outro. Zarita de Marzena está alojada aqui. Eu pretendo passar pelo corredor dela para nos encontrarmos por acaso.

Rafael piscou para mim, pegou seu dinheiro e saiu assobiando. Aproveitei a chance para comer, me lavar e mudar de roupas. Quando Rafael voltou, seu ânimo estava diferente.

— Eu sei onde ela e sua dama de companhia estão — informou com um tom de voz preocupado. — Mas, *Señor* Saulo, seria melhor que voltasse sua atenção para outro lugar. Há muitas moças bonitas na corte. Algumas acomodariam muito mais as necessidades de um homem do que essa tal. Eu conseguiria lhe arranjar um concubinato, muito discreto...

— Como ousa! — Agarrei-o pelo pescoço e o sacudi até ele soluçar.

— Senhor! Senhor! Escute-me. Aquela dama não é para você. Ela carrega má sorte consigo!

Ergui o punho.

— Oh, nobre dom, eu lhe imploro, ouça o que tenho a dizer!

Soltei-o e Rafael caiu no chão. Fui até a janela, a voz suplicante de meu pai ecoando em meus ouvidos.

— Não sou um dom — falei entre dentes. — Nunca se dirija a mim dessa maneira.

PARTE TRES: PRISIONEIRA DA INQUISIÇÃO

— Não, senhor. — Rafael limpou o rosto ao se pôr de pé. — Não cometerei esse erro novamente.

Virei de costas para ele, enjoado com minha própria brutalidade.

— Senhor — prosseguiu Rafael —, não pretendi insultar a dama. Na noite passada, ela era considerada doce e inocente, mas, quando fiz indagações sobre ela, ouvi algumas conversas de que ela é perigosa.

— Perigosa! — escarneci. — Ela é uma moça muito meiga.

— Ela é, ela é — concordou ele. — Não que ela seja perigosa por si mesma, mas sim porque...

— O quê?

— Não sei — declarou miseravelmente. — Esses rumores começaram a aparecer agora. Às vezes, criados ouvem coisas antes de elas acontecerem. Tem sido cochichado que nenhuma das criadas quis ser alocada nos aposentos dela. Estão nervosas, extremamente nervosas, mas ninguém consegue dizer por quê. Tentarei descobrir mais detalhes.

Embora ele relutasse, fiz Rafael descobrir a localização dos aposentos de Zarita e, quando o sol se pôs e foram trazidas tochas para iluminar o palácio, saí para procurá-la.

O palácio de Alhambra compunha-se das mais intrigantes e belas edificações. Um pátio levava a outro, fontes cintilavam, intrincados padrões de azulejos decoravam paredes, chãos e tetos. Arcos e sacadas reluziam com um colorido reboco tridimensional. Mesmo no coração do inverno, havia florescência em árvores e arbustos. O ar estava repleto com o odor de alecrim e alfazema. Havia vasos e potes de plantas, conhecidas e desconhecidas: menta, erva-doce, manjericão — ervas para cozinhar e curar.

Cheguei finalmente a uma área de pátios fechados e tive de procurar por uma porta que levasse a um corredor externo. Então outra porta e um muro, fácil de se escalar.

E ali estava ela.

Zarita encontrava-se numa área pavimentada junto a um pilar coberto por jasmins de floração invernal. Ela arrancou um broto de flor amarela e o manteve entre os dedos. Quando desci do muro para o pátio, ela assustou-se, mas então me reconheceu, olhou de relance para a ampla janela do aposento interno. Cautelosamente, olhei para lá e vi a *Señora* Eloisa parada junto a uma mesa conversando com um dos embaixadores estrangeiros.

— Eu teria permissão de visitá-la formalmente esta noite? — sussurrei.

Zarita sacudiu a cabeça.

— Impossível — sussurrou de volta. — Outra pessoa vem nos visitar. E você não deveria estar aqui — repreendeu-me. — Não posso falar com você, a não ser que eu esteja acompanhada.

— Então *eu* falarei com *você* — retruquei espirituosamente —, pois não preciso de acompanhante. E, como não pode responder, será forçada a ouvir calada tudo que tenho a dizer.

— Eu quis dizer que não podemos falar um com o outro — explicou ela, fingindo estar zangada com meu equívoco proposital.

— Eu também estou contente com essa restrição — falei, chegando mais para perto dela. — Então não vamos nos falar.

Ela começou a tremer e inclinou a cabeça. Eu pus o dedo debaixo de seu queixo para levantar o rosto dela até o meu. Ela ergueu o rosto novamente, e a luz vibrante de vida estava em seus olhos. Os lábios se separaram, e sua aparência era muito, muito adorável, e eu vivenciei um devastador surto de emoção. Ela percebeu e isso pareceu coincidir com algum sentimento seu mais profundo. Oscilou na minha direção. Inclinei a cabeça, e seus lábios roçaram nos meus.

Separamo-nos imediatamente.

— Sinto muito — desculpei-me. Afastei-me dela. Meu coração disparou. Senti suas batidas em meus ouvidos.

Capítulo 42

Zarita

Seus lábios estiveram nos meus, e o fogo percorreu meu corpo.

Nós nos separamos de supetão. Ele pareceu confuso e gaguejou dizendo que lamentava muito o que fizera.

Eu não lamentava nem um pouco.

Ele continuou repetindo o quanto sentia muito até que, para fazê-lo parar, pedi-lhe que me contasse alguma coisa sobre o oceano. Eu sempre vira o mar como algo funcional, mas ele falava de suas belezas. Acreditava que era a maior maravilha da natureza: uma obra de arte, um amigo, um provedor, uma boa companhia — majestoso, atraente, arrebatador, mas uma força espantosa quando despertado.

Disse-me que, no mar, não há dois dias iguais. Descreveu a visão da manhã iluminando o céu, a alvorada dançando no horizonte; e tardinhas quando o sol despejava ouro derretido pela superfície da água. Adorava barcos e um dia pretendia comprar o seu. Seria comandante e tripulação e velejaria para longe, além do pôr do sol, para terras não descobertas.

— Estive na proa de um navio, Zarita — contou-me com os olhos cintilando. — Não há sensação mais enriquecedora do que estar ali com o navio correndo a favor do vento. Podemos sentir o poder da natureza quando ela encapela as ondas. E — chegou mais para perto de mim — é a experiência mais prazerosa que se pode imaginar. Ou... *uma* das mais prazerosas.

Enrubescendo, virei-me de costas.

Ele chegou para mais perto de mim e colocou a boca em meu ouvido.

— As velas se enfunam acima de sua cabeça. A espinha dorsal do barco arqueia contra as ondas. E ele vive; está com você, permitindo-se ser guiado, mas com vontade própria.

Percorreu minha coluna com os dedos e deixou a mão repousar na curva mais baixa da espinha.

— Como uma mulher, quando um homem faz amor com ela.

Estremeci, inclinei-me em sua direção, e ele me envolveu com os braços. Fiz menção de girar o corpo e o encarar.

— Não, não se mexa — sussurrou. — Não deve virar.

— Eu quero.

— Eu sei. Eu sei que quer. — Sua respiração era quente em meu cabelo. — Mas, se fizer isso, estou perdido. Preciso manter meu juízo, ou ambos seremos destruídos.

Ouvi Eloisa chamar meu nome.

E ele desapareceu.

Uma sombra no jardim, então nada.

Eloisa chegou à janela e acenou para mim.

— Lamento tê-la deixado sozinha por tanto tempo, Zarita, mas o embaixador estava contando coisas muito divertidas, falando-me das mais recentes modas e danças italianas. — Olhou-me mais atentamente. — Está vermelha. Sente-se bem?

— Sinto-me de fato muito bem.

— Bem o bastante para se encontrar com Ramón Salazar esta noite?

— Sim — confirmei. Queria que meu assunto com Ramón Salazar fosse resolvido o mais rapidamente possível.

Havia a questão da criança: minha tia acreditava que Ramón tinha o direito de saber sobre o bebê. Mas também precisava afastar qualquer lembrança falsa que eu ainda tivesse sobre nosso tempo juntos. Um amor novo e diferente crescia dentro de mim. Entre Saulo e mim havia uma combinação de mentes como também uma forte atração física. Havia muito que afastara os sentimentos que tivera por Ramón

PARTE TRÊS: PRISIONEIRA DA INQUISIÇÃO

Salazar. Eu era uma Zarita diferente daquela de outros dias. Eu me desenvolvera fisicamente, meu corpo havia adquirido as qualidades femininas; meus modos e mente também tinham se alterado. Sentira-me lisonjeada por Ramón ter vindo atrás de mim, embora soubesse que, na época, o dinheiro do meu pai era parte do motivo para ele me cortejar. E papa, que queria sangue nobre em sua linhagem de descendentes, permitira um noivado informal. Entretanto... papa não parecera objetar muito quando Ramón deixara Las Conchas. Aliás, ele dissera que estava feliz pelo casamento não ter acontecido. Teria se dado conta de que Ramón não seria um bom marido para mim e colocara de lado seu desejo de ligações com a nobreza em meu benefício? Minha tia nunca havia falado qualquer coisa contra papa. Aliás, certa vez ela fizera um comentário dizendo que às vezes as pessoas podiam ser mal interpretadas, embora fizessem coisas com a melhor das intenções.

E agora meus motivos pessoais para me encontrar com Ramón eram ainda mais urgentes. Queria ter certeza de que não havia restado nada dos sentimentos do amor juvenil que tivera por ele. Isso reforçaria a verdade do amor que agora eu sentia por Saulo.

Sim, com toda a certeza eu queria me encontrar com Ramón Salazar.

Capítulo 43

Saulo

No caminho de volta ao meu quarto, não notei nenhuma das características arquitetônicas incomuns do palácio nem da impressionante decoração nas paredes. Os pensamentos voavam livremente em minha cabeça. Zarita e eu éramos almas gêmeas. Eu precisava dela do mesmo modo como ela precisava de mim. Um sem o outro, nossas vidas seriam incompletas. Precisávamos nos casar sem demora. Ela estava aqui apenas para uma curta visita. Eu precisava alcançar uma posição relevante para ser um digno pretendente dela. Eu não tinha posição na sociedade, mas possuía dinheiro. Podia ajudar a financiar a expedição através do Mar Oceano. Cristóvão Colombo estava ansioso para que eu me juntasse a ele e, se ele se tornasse almirante, então talvez me indicasse para algum posto. Isso me daria uma certa reputação. Eu teria de falar com a dama de companhia de Zarita e depois com sua família. Haveria uma entrevista com seu pai. Teria de me submeter a isso. E se ele me olhasse com desdém? Se ele me recusasse, ela atenderia seu desejo?

Colombo queria partir este ano, e era possível que isso acontecesse, pois cada vez mais o clérigo e os conselheiros aprovavam seus projetos. Portanto, se Zarita e eu quiséssemos nos casar, teria de ser agora.

PARTE TRÊS: PRISIONEIRA DA INQUISIÇÃO

Mas ela aceitaria minha proposta? Só havia um meio de descobrir: perguntando a ela. Decidi fazer isso o mais cedo possível. A *Señora* Eloisa e Zarita estavam esperando um convidado. Eu esperaria até depois da refeição da noite, iria secretamente ao apartamento delas, como fiz esta manhã, bateria na janela de Zarita e a pediria em casamento.

Capítulo 44

Zarita

Ramón era chato!

Como pude imaginar-me apaixonada por um egocêntrico pedante? A avaliação dele feita por Lorena fora exata. Ramón tinha um rosto desinteressante sem qualquer marca de caráter; foi um garoto tolo que se tornou um homem fraco e convencido. Refleti sobre a sensatez de meu papa e agora acredito que ele protelou o contrato de casamento imaginando que a família Salazar queria apenas ter acesso a seu dinheiro e que Ramón era um companheiro inadequado para mim. Já eu ficara lisonjeada, com a cabeça virada pelo primeiro rapaz que prestara alguma atenção em mim.

Papa!, pensei. *Gostaria que estivesse aqui para eu lhe agradecer.* Na minha tola obstinação, não havia percebido que ele estava agindo para me proteger.

Eloisa conteve um bocejo com a mão. Havia duas horas que Ramón jantava conosco. Após permitir que eu o atualizasse sobre alguns acontecimentos de minha vida, ele passou o resto do tempo falando sem ouvir, deleitando-nos com histórias sobre si mesmo. Eloisa me fez um sinal com os olhos e fitou intencionalmente o decantador de vinho. Percebi que ela me dizia para aproveitar a oportunidade para falar com Ramón antes que ele bebesse mais e ficasse insensível.

PARTE TRÊS: PRISIONEIRA DA INQUISIÇÃO

— Eu gostaria de caminhar aqui no pátio, antes de ir dormir — anunciei, levantando-me da mesa. — *Señora* Eloisa, permite que o *Señor* Salazar me acompanhe? Como sabe, ele é um amigo de infância de minha cidade e estarei totalmente segura.

— Certamente que sim. — Eloisa estava de pé antes que eu terminasse meu pedido, trazendo um xale para eu colocar em volta dos ombros e nos acompanhando pela janela à francesa que levava à área pavimentada lá fora.

Comecei indagando a Ramón se ele tinha estado em contato com Lorena pouco antes de sua morte. Acreditei nele quando disse que não. Alegou que estivera muito ocupado com o cerco da cidade — quem o ouvisse pensaria que ele havia derrotado sozinho o exército mouro. Mas eu sabia agora o quanto ele fora íntimo de Lorena e achei-o muito insensível por não se afetar pela morte dela.

— Soube que você ficou arruinada financeiramente por um terrível incêndio que destruiu sua casa.

Agora eu percebia por que Ramón se desinteressara por nossos destinos. Achava que o dinheiro tinha acabado: não tínhamos mais utilidade para ele.

— Sabe, eu acabo de noivar com uma moça que é igualmente rica e nobre — prosseguiu, presunçoso.

— Fico feliz por você — falei.

— E estou muito feliz por você estar segura no convento, Zarita — observou Ramón, condescendente.

— Decidi não fazer os votos finais — revelei.

Ele me olhou com interesse.

— Por que não?

Não quis lhe dizer meus motivos, por isso ofereci apenas uma verdade parcial.

— Não tenho uma verdadeira vocação religiosa.

— Já fez algum plano?

— Nenhum ainda.

— Bem, Zarita — a voz de Ramón diminuiu —, então talvez nós dois pudéssemos fazer algum tipo de acordo. — Olhou na direção do apartamento e baixou a voz. — Sabe que eu sempre a achei muito atraente.

A princípio não me ocorreu sua intenção.

— É claro que qualquer relacionamento que venhamos a ter teria de esperar até eu me casar. — Dizendo isso, Ramón segurou minha mão.

— Quer dizer que deseja que eu seja sua cortesã?

— Você seria minha amante. Teria casa e criados, e eu lhe daria dinheiro para roupas e lhe compraria joias. Poderíamos ficar juntos em algumas ocasiões.

— Ramón! — Puxei minha mão. E, nesse instante, resolvi não lhe contar sobre o bebê. Eu sabia que, longe de lhe agradar, essa notícia seria um grande inconveniente para ele. Certamente ele repudiaria a criança, e então o destino dela correria perigo — rejeitada e com o risco de não receber qualquer herança que fosse. Em todo o caso, Ramón não merecia a dádiva de um bebê tão adorável e, certamente, a inocente criança não merecia uma pessoa tão superficial como pai.

— Ramón — falei categoricamente —, não tenho nenhum desejo de ter qualquer relacionamento com você.

— Você se tornou muito sincera, Zarita — reagiu Ramón acidamente. — Eu a advirto, homens não gostam desses modos numa mulher.

— E também não gosto de seus modos, Ramón — retruquei.

Ele fez uma última tentativa de me cativar.

— Não acredito que você permitiu que cortassem os lindos cachos negros de sua cabeça. — Ergueu a mão e tocou no meu cabelo como costumava fazer.

— Você tem de ir agora — ordenei friamente. — E esqueceremos que esta conversa algum dia aconteceu.

Capítulo 45

Saulo

Eu já estava à espera atrás de um pilar do jardim quando Zarita e um homem surgiram na passagem e saíram para a área pavimentada.

A conversa dos dois era baixa demais para eu escutar. Ele parecia estar a lisonjeando. Não achava que ela fosse do tipo que reagia a esse tipo de abordagem, mas, em vez de livrar-se dele, seu tom de voz sugeria que estava sendo razoável com o sujeito.

Havia uma arrogância em sua atitude que me pareceu familiar. Mas talvez todos os nobres tivessem aquela maneira de se portar. Algo se agitou em minha memória, algo que eu não queria reconhecer. O rosto dele estava obscurecido, mas então movimentou-se e a luz da janela o iluminou. Onde eu o tinha visto antes?

Olhei mais atentamente. Eu conhecia aquele homem.

E seu nome surgiu em minha cabeça assim que ouvi Zarita pronunciá-lo, Ramón.

Ramón!

Ramón Salazar!

O homem que perseguira meu pai na igreja de Las Conchas.

Nesse momento, Ramón Salazar ergueu a mão para tocar a cabeça de Zarita. E o modo como fez aquilo levou-me a reconhecer mais uma coisa.

Mais *alguém*.

PRISIONEIRA DA INQUISIÇÃO

Ela era a moça!

Enfiei os nós dos dedos na boca e os mordi com força. Não podia ser! Era ela? Era Zarita a moça que estivera com Ramón Salazar no dia da prisão de meu pai? Era ela a filha do magistrado? Quase 18 meses haviam se passado. Nesse período, eu havia mudado e ficado irreconhecível. Ela também poderia ter mudado. Naquele dia, a garota que estava com Ramón Salazar tinha o rosto coberto por véu. Tinha um corpo esbelto e um lindo cabelo longo negro. Agora a aparência de Zarita era a daquela mulher, e o cabelo estava quase todo coberto.

Corri à procura de Rafael.

Nos mais profundos recônditos do meu ser, sabia que não precisava de qualquer verificação. Mas precisava ter absoluta certeza. Esperei enquanto Rafael buscava as respostas para uma série de perguntas que lhe fiz. Ele voltou, num estado de alta ansiedade, com a informação.

— *Señor* Saulo, eu lhe imploro, fique longe dessa mulher. Dizem que...

— Diga-me o que mandei você descobrir! — gritei para ele.

Rafael jogou as mãos para o alto.

— A moça, Zarita, é de uma pequena cidade portuária na Andaluzia chamada Las Conchas. Recentemente, adotou o nome da família da mãe, mas, antes, usava o do pai, que é Dom Vicente Alonso de Carbazón. Era o magistrado da cidade até sua morte pouco antes do Natal, quando a casa dele pegou fogo.

Soltei um grito de angústia e caí de joelhos. Arranquei cabelos e bati com a testa no chão. Rafael fugiu do aposento. Ele tinha razão. Aquela mulher era perigosa — uma cortesã do tipo mais enganoso. Ela me fizera esquecer meu verdadeiro motivo de estar na corte, que não era de me associar a Cristóvão Colombo, mas destruir a semente do magistrado, Dom Vicente Alonso de Carbazón. E não apenas me fizera esquecer, como ela mesma era justamente a pessoa que eu procurava para me vingar! Agora eu acreditava totalmente em feitiçaria. Ela jogara um encanto em mim. Era uma bruxa, um demônio, uma Circe que atraía homens para a morte.

PARTE TRÊS: PRISIONEIRA DA INQUISIÇÃO

Pontadas de dor me atingiram atrás das pálpebras. Choque e descrença se tornaram raiva e, depois, indignação.

Eu sabia o que tinha de fazer.

Voltaria a seu pátio particular e esperaria até ela se retirar para dormir. Então invadiria seu apartamento e a mataria.

Eu a mataria naquela noite.

Capítulo 46

Zarita e Saulo

Um homem estava diante do pé de minha cama. Em sua mão havia uma faca longa. A luz da vela refletiu na lâmina, e soube, pelo modo como segurava o cabo, que ele já usara aquela faca antes. Matara com aquela faca. A respiração tornou-se espessa em minha garganta. Na língua, havia o gosto de meu próprio medo.

Ela estava muito, muito assustada. Eu conseguia sentir seu medo. Mesmo assim, ela não recuou. Não se curvou, nem correu para se esconder, nem se esgueirou. Sentou-se e olhou para mim.

Levantei-me da cama e o encarei, ciente de que eu estava apenas de camisola. Veio à minha cabeça que, quando ele enfiasse a faca, a cor do meu sangue contrastaria vivamente com a musselina branca da roupa. Seu rosto estava nas sombras, e os olhos queimavam com uma estranha luminescência. Olhos familiares. Contudo, não o conhecia...

— O que você deseja? — perguntei.

— Vim para ter minha vingança — respondi. — Devo esfaqueá-la? Ou usar isto como uma corda para a enforcar?

Com a mão livre, arranquei a cinta borlada que prendia sua cortina.

PARTE TRÊS: PRISIONEIRA DA INQUISIÇÃO

— Talvez deva pendurá-la para que possa dançar a mesma jiga que seu pai fez o meu dançar.

Fui para mais perto dela. Havia uma pulsação latejando em sua garganta debaixo da pele dourada, e suas pupilas estavam dilatadas. Em uma das mãos, eu segurava a adaga; na outra, o pedaço de corda sedosa.

— É a sua hora de morrer — disse-lhe.

Levei a ponta da faca para perto de seu peito.

— *Saulo?* — sussurrei aterrorizada. — Saulo? Não pode ser você.

Teria eu enlouquecido? Estaria sonhando? Vivendo um pesadelo acordada, onde podia ver e tocar um assassino que viera me matar? Algum demônio que adotara o disfarce do homem que eu amava?

— Saulo?

— Ele estava com fome — frisei.

— Quem, Saulo? Quem estava com fome?

— Meu pai — falei para ela. — Todos nós estávamos passando fome, mas eu sabia que ele não tinha agredido você. Não era da natureza dele. Se tentou arrancar sua bolsa, então foi apenas para comprar remédios para a esposa dele, minha mãe, e para alimentar o filho dele... eu.

— Oh — lamuriei. — Agora sei quem você é. É o filho do mendigo. Eu sabia que algum dia seria julgada pelo que fiz naquela tarde terrível. Pensei que seria no outro mundo e não neste.

— O dia chegou, Zarita — anunciei. — Pois estive aqui, uma hora atrás, e vi você com Ramón Salazar e a reconheci.

— Você sabia quem eu era desde o início? — perguntou-me. — Tudo o que fizemos, tudo que me disse... — E então sua voz vacilou. — Foi tudo uma mentira?

— Foi *você* quem mentiu — acusei, com a voz rouca — quando acusou falsamente meu pai de agredi-la.

PRISIONEIRA DA INQUISIÇÃO

— Não menti. Não o acusei de agressão. Ele me tocou, é verdade, mas seus dedos apenas roçaram nos meus...

Quando ela começou a falar, ergui a mão.

— Silêncio! Não quero ouvir desculpas. Você já me enfeitiçou o bastante para confundir meu cérebro.

Zarita, porém, não silenciou.

— Você tem razão, Saulo, quando disse que seu pai não fez nada. Ele era inocente. A culpa foi minha; minha estupidez, minha insensatez. Não foi maldade... isso posso afirmar com certeza. Não que eu queira qualquer piedade sua, mas por causa da verdade, para que saiba sobre o último ato de seu pai, que ele foi um homem honrado. E acredito que ele tentou salvar você.

— Suas palavras nada significam para mim — disse-lhe.

— Para começar — insistiu ela —, quando saiu correndo da igreja, seu pai estava apenas desesperado para fugir, para se perder nos becos e nas ruas que levavam para longe da praça. Por isso, correu para a frente. Mas então ele o viu e virou na direção do mar para afastar os perseguidores de você, o filho dele. Eu estava a alguma distância atrás e pude ver a cena toda. Muitas vezes, através dos anos, pensei nesses acontecimentos. Estou convencida de que, quando o viu, ele alterou a direção para o cais, para se certificar de que, acontecesse o que acontecesse, você não seria apanhado; não seria castigado como ele sabia que seria.

Uma clara lembrança surgiu em mim.

Meu pai *tinha* me visto. Consigo visualizá-lo agora, correndo na minha direção, na praça, depois mudando de caminho. Longe da segurança, em direção de um caminho fechado — para salvar seu filho.

Havia lágrimas em meus olhos. Contive-as.

— Nada disso a salvará de minha vingança. Nem pense em pedir clemência.

Quando falei, um fragmento de uma outra lembrança cortou minha mente e vi uma garota implorando por clemência. Não por sua vida,

244

PARTE TRÊS: PRISIONEIRA DA INQUISIÇÃO

mas pela minha. Zarita havia se ajoelhado diante do pai e o impedira, quando ele estava prestes a me enforcar.

Saulo hesitou.

Por quê?

Ele viera ao meu quarto com a intenção de me matar para vingar a morte de seu pai pelas mãos do meu. Contudo, agora parecia inseguro.

Eu deveria gritar por ajuda. Mas, se o fizesse, Saulo seria preso e, sem dúvida, executado.

— Você precisa ir embora — falei para ele. — Para não ser descoberto aqui. Eu não gostaria de ter o seu sangue em minhas mãos, pois já tenho a morte de seu pai em minha consciência.

— Como tenho a do seu — rebateu ele abruptamente.

Pronto! Foi dito! Agora ela sabia!

— Você...? Meu papa... Oh! Oh!

Zarita cobriu o rosto com as mãos e afundou na cama.

— Oh! Entendo! É por isso que a árvore do lado de fora de minha casa foi envenenada. Foi *você* quem incendiou a casa. Era de *você* que papa estava fugindo quando o coração dele falhou!

Zarita ergueu o rosto atormentado para o meu e gemeu com uma voz lamentosa.

— Quantas consequências terríveis de um feito!

Houve um repentino grito de alarme, e, então, uma batida retumbante na porta do corredor interno. Por um segundo pensei que, de algum modo, Zarita tinha secretamente pedido ajuda. Mas ela ficou tão surpresa quanto eu.

— Devo atender — explicou, com a voz perturbada. — A *Señora* Eloisa todas as noites toma uma poção muito forte para dormir. Demorará muito tempo para ela acordar.

— Pergunte quem é e por que a está perturbando a esta hora — ordenei-lhe. — Mas não passe da porta deste quarto.

Fiquei atrás dela quando abriu a porta do quarto.

245

— Quem é? — A voz era insegura quando falou.

Não houve resposta. Apenas um crescente martelar prosseguiu na porta do corredor.

— Pergunte novamente — instruí-lhe.

Ela voltou a gritar, mais alto.

— Identifique-se! Não abrirei a porta se não o fizer.

— Você fará o que mandarmos! — veio a resposta. — Abra esta porta em nome da Santa Inquisição!

Capítulo 47

Saulo

O tumulto conseguiu acordar a *Señora* Eloisa.

Nós a ouvimos sair de seu quarto e abrir a porta do corredor.

Enfiei-me atrás da porta do quarto quando os soldados entraram no apartamento, e fiquei escondido enquanto eles a prenderam: Zarita, filha do magistrado, Dom Vicente Alonso de Carbazón.

Ela manteve o porte quando o capitão dos soldados desenrolou um pergaminho, anunciou seu nome e fez a declaração de prisão. Então, como vieram buscá-la, Zarita deu um pequeno passo adiante e abriu totalmente a porta do quarto para que eu continuasse escondido atrás dela. Ela preferiu não revelar que uma pessoa que havia jurado matá-la estava à espreita no quarto. Havia uma brecha entre as dobradiças da porta e a parede, e vi a cena se desenrolar. Zarita estava calma, mas suas mãos tremiam.

— Trata-se de um engano! — A voz da *Señora* Eloisa era um guincho.

— Não há engano — disse o homem que era o encarregado. Mostrou-lhe o mandado. — A mulher conhecida como Zarita, de Las Conchas, deve vir conosco, esta noite, imediatamente.

A *Señora* Eloisa lhes implorou que dessem tempo para que Zarita se vestisse, mas eles recusaram, então ela pegou seu próprio vestido longo e jogou sobre os ombros de Zarita. Os soldados pareceram tratar Zarita com algum respeito ao segurá-la, mas todo mundo na Espanha

PRISIONEIRA DA INQUISIÇÃO

sabia que, assim que as portas das masmorras da Inquisição se fechavam atrás do preso, era aplicado um conjunto diferente de normas.

— Farei uma petição à rainha! Eu vou fazer uma petição à rainha! Eu vou mandar buscar sua tia! Eu vou, eu vou! — A *Señora* Eloisa desabou numa cadeira, chorando.

Pouco antes de a levarem, numa voz de grande autoridade, Zarita disse:

— Há algo que quero lhes contar.

Ah, agora! Seu verdadeiro caráter será revelado! Segurei minha faca e esperei que ela gritasse e lhes revelasse onde eu estava escondido. Pensei: *Ela teve tempo de pensar na situação e, como não se encontra em perigo imediato de morte, talvez conte a seu favor se denunciar um quase assassino às autoridades. Será sua maneira de se assegurar de que eu seja castigado por ter causado a morte de seu pai.*

Ouvi Zarita falar em voz alta.

— Pode ser que não me seja dada a oportunidade de fazer uma declaração. Quero que, qualquer que tenha sido o mal que fiz a Deus, ou a um homem ou a uma mulher, não foi por cruel intenção; ao contrário, foi por impensada insensatez. Peço perdão àqueles que prejudiquei e livremente perdoo aqueles que me causaram mal.

O soldado encarregado fez um estalido de impaciência com a língua. Não era algo estranho para um prisioneiro dizer. Provavelmente ele já ouvira declarações semelhantes ao arrastar prisioneiros revoltosos para serem torturados. Mas eu sabia a quem aquilo fora dirigido.

A mim.

Capítulo 48

Zarita

Não sabia se Saulo continuava ali.

Rezei para que ele tivesse aproveitado a chance de fugir; no entanto, também desejei que tivesse ficado tempo suficiente para ouvir minha declaração. Se ouviu ou não, aquilo foi dito. E, ao ser levada embora, fiquei contente por ter confessado.

Alguns cortesões se juntaram para apontar e olhar enquanto marchavam comigo pelos corredores, porém a maioria baixou os olhos ou recuou e virou o rosto para a parede.

Esse era o terror da Inquisição.

Fui levada para um porão perto das barracas dos soldados. Fiquei surpresa, mas de modo algum conformada ao descobrir que muitas das salas ali embaixo já estavam cheias de prisioneiros.

Um monge beneditino estava sentado atrás de uma comprida mesa. Parei diante dele, tremendo, meus pés descalços no chão de pedra, enquanto ele anotava os detalhes de meu nome, idade, e local de nascimento e informações de família. Quando terminou, levantou a cabeça.

— Deseja confessar?

— Minha prisão é um engano — respondi, pois naquele momento eu achava que realmente havia sido cometido um erro. — Nada tenho para confessar.

PRISIONEIRA DA INQUISIÇÃO

— Todo mundo tem alguma coisa para confessar. É melhor que o faça agora, voluntariamente, do que... depois.

Sacudi a cabeça.

— Não fiz nada de errado.

— Então nada tem a temer.

Essa entrevista durou apenas dez ou quinze minutos antes de eu ser levada para um aposento sem janelas com um catre. Ao me deitar nele, minha primeira sensação foi de alívio. O padre estava certo. Nada tinha a temer. Eu não era como Bartolomé, que aparentemente havia ridicularizado o clérigo, ou as mulheres que haviam pecado com o corpo. Por quase cinco meses do ano anterior eu levara uma vida de freira enclausurada, por conseguinte não havia qualquer ofensa de minha parte contra a igreja ou o estado.

Sabia-se, também, que havia um limite para o número de vezes que um suspeito podia ser interrogado pela Inquisição. Eu teria, portanto, mais uma ou duas sessões como aquela e ficaria livre para ir embora.

Deitei-me no catre naquela noite, sem dormir, e tentei convencer a mim mesma de que seria assim.

Capítulo 49

Saulo

O destino da jovem Zarita de Marzena não me interessava.

Foi o que disse a mim mesmo. É verdade que ela não me entregara aos soldados da Inquisição, como poderia ter feito, mas isso não significava que eu lhe devia alguma coisa. Ou que eu, de algum modo, me importava com ela.

Mas... o que ela poderia ter feito para que a Inquisição fosse levada a investigá-la?

Mal havia chegado no meu quarto quando houve uma leve batida na porta. Abri-a cautelosamente. Era Rafael. Entrou rapidamente, deslizando por baixo de meu braço.

— Minhas desculpas por perturbá-lo, *señor*. — Ele estava sem fôlego e muito agitado. — Achei que gostaria de saber o que está acontecendo no palácio esta noite. — Olhou ansiosamente para meu rosto.

Concordei com a cabeça.

— A mulher Zarita foi presa pelos agentes da Santa Inquisição!

Pus a mão sobre a boca e o queixo para ocultar o rosto, pois acreditava que estava mordendo o lábio.

— Ela foi levada para uma das salas secretas do subsolo, onde será interrogada pela Inquisição. Vim alertá-lo assim que pude.

— Alertar-me? Por que eu deveria ser alertado? O que isso tem a ver comigo?

PRISIONEIRA DA INQUISIÇÃO

— *Señor*, talvez, por ter andado viajando pelo mar, não esteja familiarizado com o modo como são conduzidas essas investigações. As pessoas que têm ligações com o preso geralmente também são suspeitas. No mínimo, são convocadas como testemunhas para testemunhar contra o acusado.

Ah, agora! Isso seria realmente uma coisa boa! Eu poderia me apresentar e falar contra a filha do magistrado do mesmo modo como ela falara certa vez contra meu pai.

— Precisa fugir, *señor* — prosseguiu Rafael. — Esta noite, mais cedo, a moça jantou com o nobre Ramón Salazar. Os criados dele o acordaram no meio da noite para lhe contar o que estava acontecendo. O *Señor* Salazar e seu guarda-costas foram imediatamente aos estábulos, pegaram os cavalos e partiram. Ele declarou que estava indo para a propriedade da família, no leste, para cuidar de uma emergência. Mas dali ele pode facilmente atravessar a fronteira para a França e se refugiar até essa investigação terminar.

Então seu amigo de infância tinha fugido assim que achou que corria perigo. Eu deveria estar contente ao ouvir isso. Eu *estava*, disse a mim mesmo.

— Não que ela tenha alguma estima por ele — continuou Rafael. — A criada que tirou a mesa do jantar e arrumou a sala após ele ter ido embora me contou que a moça falou para sua dama de companhia que não queria mais nada com ele. As duas o acham presunçoso, insensato e egocêntrico.

— Bem, ele provou que isso é verdade — comentei, ao mesmo tempo que pensava: Zarita rejeitou as atenções dele. Eu teria julgado mal os modos dela, quando a vi tão perto de Ramón e ele erguera a mão para tocar seu cabelo?

— Sua dama de companhia, a *Señora* Eloisa, tem mandado recados para a rainha... pelo menos uma dúzia deles. Também pagou a um cavaleiro veloz para ir à costa com uma carta endereçada ao convento em Las Conchas pedindo que uma parente viesse à corte o mais rápido possível. A *Señora* Eloisa então desmaiou, e foi chamado um médico para cuidar dela. Está muito doente.

PARTE TRÊS: PRISIONEIRA DA INQUISIÇÃO

Essa parente em Las Conchas devia ser a tia Beatriz de quem Zarita me falara. A dama de companhia devia considerar a situação grave para tirar uma freira reclusa de seu convento.

— Como vê, as coisas estão assim — concluiu Rafael. — Como tentei lhe avisar mais cedo, *señor*, um perigo mortal envolve essa mulher.

— Sim, tentou, Rafael — concordei. — E lhe agradeço por isso.

— Pus uma moeda em sua mão e depois acrescentei mais algumas. Obviamente, ele permaneceria alerta para colher informações para mim e, provavelmente, teria de subornar cavalariços e criados para se manter atualizado sobre qualquer coisa de interesse. Fui até a porta e comecei a abri-la para ele. Eu deveria estar feliz por causa da notícia da desgraça de Zarita, mas minha cabeça latejava e eu sentia um enjoo no estômago. Queria ficar a sós.

— Não, não, *señor*. — Rafael empurrou a porta para fechá-la. — Desta vez, vai ter de me ouvir. Você também precisa ir embora. Tenho contatos nos estábulos. Posso providenciar para que seu cavalo seja selado e mandado ficar à espera em um dos portões externos menos movimentados. É melhor fazer isso agora, antes do amanhecer. Vou — tossiu — precisar de algum dinheiro para arranjar essas coisas.

— Você acha que a situação é tão desesperadora assim?

— No que se refere à Inquisição, é melhor não arriscar. Se um nobre razoavelmente importante como Ramón Salazar fugiu do palácio, é porque devem ter lhe dado uma indicação de como acabará o julgamento dela. Por causa de sua posição, ele tem acessos a mais informações do que eu. Acredito que as acusações contra ela são muito sérias. — Fez uma pausa. — Mortalmente sérias.

— Não posso ir embora tão rapidamente — aleguei. — Preciso falar com o navegador Cristóvão Colombo para lhe avisar que estou partindo.

Rafael pareceu hesitante.

— Com relação ao *Señor* Colombo e aos esforços para obter apoio para sua expedição, a posição dele não está tão favorecida quanto antes.

— Como assim?

253

— Dizem que ele faz muitas exigências. Ele quer um título importante e uma porcentagem de qualquer tesouro que for achado. Há também uma questão que envolve aritmética. — Rafael encolheu os ombros. — Não sei por qual motivo, mas sua petição está parada. Quando ele for informado sobre isso, provavelmente também partirá. Como vê, não faz qualquer favor a si mesmo esperando.

— Sim, entendo o que quer dizer.

Pensei em Zarita no subsolo. Lembrei de seu rosto, sua boca, seus olhos quando enfrentara a mim e aos soldados no quarto. Mostrara coragem. Sentira medo, mas o ocultara. Mas como se sairia ao ser interrogada pelos agentes da Inquisição? Sem um patrono rico e poderoso a favor dela, eles não teriam a menor compaixão.

— Ela está condenada. — Rafael segurou minha manga. — Não há nada que possa fazer para ajudá-la. Salve-se.

Claro que Rafael me imaginava enfeitiçado por um capricho passageiro que eu poderia facilmente esquecer nos braços de outra mulher. Ele não sabia o que se passava pela minha mente; o quanto eu tentava me fazer pensar: *Eis agora a perfeita culminância de meu juramento de vingança. A Inquisição será o instrumento de meu ato final contra a família do magistrado.*

Rafael olhou-me, ansioso, à espera de instruções.

— Sim — repeti. — Sim, você está certo. Farei o que sugere.

Dei-lhe mais dinheiro, e combinamos nosso plano de ação. Disse-lhe que esperaria até de manhã, antes de partir, pois queria me explicar para Cristóvão Colombo. Então Rafael saiu para subornar quem quer que precisasse para me tirar do palácio e da cidade e me colocar no caminho da liberdade.

Capítulo 50

Zarita

— Beatriz!

Calculei que era o fim da tarde do dia seguinte quando a porta da minha cela se abriu e minha tia surgiu na entrada.

Corri para cumprimentá-la, mas o carcereiro ordenou que eu ficasse encostada na parede mais afastada. Beatriz tinha uma trouxa de roupas debaixo do braço. O carcereiro pareceu prestes a deixá-la entrar, mas desconfiou das roupas que ela carregava.

— É um hábito de freira; todas as irmãs de minha ordem usam-no. — Tia Beatriz mostrou-o para ele e, num tom mais amável, implorou que me deixasse vesti-lo.

— Não sei se é permitido — resmungou.

— Sua prisioneira, essa jovem mulher, Zarita, é uma de minhas noviças. Certamente ninguém pode se opor a que uma freira reivindique o uso de seu hábito — rebateu minha tia, mantendo ainda o tom de voz comedido e tranquilo. — Sei que ela será levada a julgamento. Será impróprio aos olhos de Deus até mesmo uma noviça aparecer em público de camisola. E — a voz de Beatriz se apressou, como se um pensamento tivesse acabado de lhe ocorrer — ela é obrigada a usar este vestido cinzento dia e noite. Isso significa... que teremos o problema de nos livrar de sua muda de roupas e do xale. Eu, como freira com

255

PRISIONEIRA DA INQUISIÇÃO

voto de pobreza, não posso aceitar um presente tão caro como esse. Talvez você possa cuidar desse assunto para nós.

O carcereiro olhou para mim. Seus olhos absorveram o pesado vestido de veludo com bordado em dourado e verde e debruns de pele em volta do pescoço e dos punhos. O valor dele era provavelmente o dobro de seu salário anual. Ele levou apenas alguns segundos para decidir.

— É permitido — concedeu.

Ele ficou rondando a porta aberta enquanto eu mudava de roupas. Minha tia me protegeu com o corpo, e, ao vestir o familiar vestido cinzento de sua ordem, senti um pouco de paz. Arrumei o cabelo debaixo da touca e amarrei as sandálias de couro nos pés.

Quando o carcereiro partiu, levando seu butim, nós nos sentamos no catre, bem juntas, e conversamos.

Perguntei por Eloisa. Beatriz me contou que sua amiga tivera uma espécie de ataque, mas estava se recuperando. Embora quisesse ficar, Beatriz insistiu para que ela voltasse para casa.

— Eloisa escreveu vários bilhetes e apelos à rainha e também subornou todos que achava que deveria subornar, mas não conseguiu descobrir por que você foi presa. Faz alguma ideia de qual possa ser a acusação?

— Nenhuma. — Sacudi a cabeça. — E mal tenho pensado em outra coisa, desde que isso aconteceu.

— Eloisa disse que Ramón veio jantar ontem à noite. Falou-se alguma coisa desfavorável na ocasião?

— Não. Ramón não comprometeria sua própria posição. Ele está empenhado em fazer um lucrativo contrato de casamento. Não deixaria que nada se intrometesse no caminho disso.

— Ah — fez Beatriz —, você sabe desse futuro casamento. Portanto, não despedaçará seu coração saber que Ramón deixou Granada esta manhã, bem cedo, a grande velocidade, a fim de colocar o máximo de distância possível entre você e ele?

— De modo algum — retruquei. — Achei Ramón pretensioso, insolente e arrogante. E decidi não lhe contar nada sobre o bebê. Ele

PARTE TRÊS: PRISIONEIRA DA INQUISIÇÃO

não daria a mínima para essa criança. Nem mesmo reagiu quando lhe falei da morte de Lorena... embora, em certa ocasião, tenha ficado obviamente fascinado por ela.

— Esse rapaz sempre foi mais fascinado por si mesmo — observou tia Beatriz.

— Você sabia! — exclamei. — Você sabia que Ramón era superficial e dissimulado. Mesmo assim, mandou que eu me encontrasse com ele.

— Eu tinha fé em seu bom senso, Zarita. Os meses que passou no convento não foram desperdiçados. O mundo acredita que quem decide se enclausurar contra suas influências não tem conhecimento de suas ações. Contudo, no tempo que passamos juntas, vi você amadurecer e passar de menina a mulher... uma mulher graciosa e sensata. Estava convencida de que veria Ramón como ele é, e caberia a você decidir se desejava passar sua vida na companhia dele. — Pôs as mãos em concha sobre minha face. — A vida é muito, muito preciosa. É preciso tomar cuidado com o que se faz com ela.

— Bem, você tinha razão, Ramón não era para mim. Mas — hesitei —, há um outro.

Ela ouviu silenciosamente enquanto eu lhe falava sobre Saulo. Comecei com a parte feliz e emocionante de meu grande amor. Então relatei o que acontecera no quarto, pouco antes de minha prisão.

— Entendo por que Saulo ficou furioso — comentou finalmente Beatriz. — Ele vivenciou uma raiva dupla. A primeira, que você era a moça a quem ele culpava pela morte do pai. A segunda, e muito mais danosa para o orgulho de um homem, que, não a reconhecendo, ele se apaixona por você e então descobre sua identidade. Sua fúria só podia ser completamente devoradora.

Sim, pensei. E quase tinha me consumido.

— E, ainda assim — refletiu Beatriz —, ele teve a coragem de lhe confessar a participação dele na morte de seu pai.

O carcereiro bateu na porta.

— A visita tem de acabar agora — anunciou rudemente.

Beatriz falou rapidamente.

— Zarita, você deve se preparar para enfrentar a pior acusação possível, a de heresia. Tente ser forte. Após ser acusada, terei permissão de visitá-la novamente e a ajudarei como puder. Farei uma petição à rainha e rezarei por você.

Quando minha tia se foi, levantei-me e deixei que a áspera lã cinzenta do hábito adotasse as dobras naturais da saia. Ele me confortava mais assim do que se estivesse vestindo rendas e brocados. Acolhi com prazer minhas toscas sandálias em vez dos macios chinelos de seda. Baixei o véu sobre o rosto e ajustei o capuz em volta da cabeça. Deslizei as mãos por dentro de cada manga oposta e cruzei-as. Pronto! Agora estava encasulada contra o mundo exterior. Segura.

Por enquanto.

Capítulo 51

Saulo

— Poderia me conceder alguns minutos de seu tempo?

Havia uma mulher vestida de freira do lado de fora de minha porta. Pela semelhança de feições, pude perceber que ela era parente de Zarita mesmo antes de ela se apresentar.

— Meu nome é Beatriz de Marzena. Sou tia pelo lado materno de Zarita, a moça que foi presa recentemente pela Inquisição. Sei que você a conhece, pois acabei de visitá-la na prisão e conversei com ela.

Ela entrou. Antes de eu fechar a porta atrás dela, olhei de uma ponta a outra do corredor. Estava deserto, como estava esta manhã a maioria dos corredores dos andares inferiores quando fui falar com Cristóvão Colombo para lhe avisar que ia embora. Não lhe contei tudo, apenas que uma moça que eu cortejava fora presa pela Inquisição e achava melhor partir antes de ser vinculado a ela. Estas palavras tiveram um gosto amargo em minha boca quando as pronunciei.

Colombo olhara-me maliciosamente.

— Será que não há mais coisas nesse caso, Saulo, que você não quer me contar no momento?

Concordei miseravelmente com a cabeça. O golpe duplo de perder a chance de ser um explorador e compartilhar minha vida com Zarita deixara-me transtornado demais para falar.

259

Colombo revelou que também estava pensando em ir para outro lugar. Haviam lhe dito que os monarcas achavam seus pedidos de alto cargo e de benefício pessoal sobre qualquer descoberta que fizesse grandiosos demais e até mesmo impertinentes.

— Gastei os anos de minha juventude e da meia-idade planejando essa expedição. Não executarei o trabalho e arriscarei minha vida para ser recompensado com um insignificante saco de ouro. — Colombo já estava enrolando seus mapas, preparando-se para ir em frente. — Acharei outro rei ou rainha, na França ou na Inglaterra, que me conceda o que quero.

Quando voltei a meu quarto, encontrei Rafael me esperando.

— Está tudo providenciado — informou-me. — Avise-me quando estiver pronto para partir. — Ao sair, tocou em meu ombro. — Não demore muito.

Mas eu *tinha* demorado. Minha mala fora feita horas atrás, com a jaqueta de pavão pressionada firmemente no fundo. Agora era quase noite.

Ainda assim, eu esperava.

Ainda esperava quando Beatriz, tia de Zarita, veio me visitar. Pensei, a princípio, que a batida na porta fosse Rafael vindo me apressar. Conduzi a freira para o interior do quarto e fechei a porta. Ela me avaliou e retribuí seu olhar. Seus olhos tinham a mesma forma e cor dos de Zarita e, com a pele do rosto esticada para trás e alisada pela touca, podia se passar por uma irmã mais velha.

Disse a mim mesmo que não perguntaria pelo estado de Zarita ou sua disposição.

— Por que veio me ver? — indaguei, fingindo indiferença.

— Achei que talvez você pudesse descobrir por que Zarita foi presa. Fiz uma petição para a rainha, mas não sei se ela responderá. Minha amiga, a *Señora* Eloisa, já enviou vários recados implorando a mediação da rainha, mas sem sucesso. Algum tempo atrás, quando jovens, nós vivemos na corte real e participamos das atividades da corte, onde conhecemos a rainha Isabel. Como muitos anos já se

PARTE TRÊS: PRISIONEIRA DA INQUISIÇÃO

passaram, talvez a rainha não se lembre de mim. A vida mudou, e receio que Isabel também tenha mudado. Ela sempre foi séria e cuidadosa com seus deveres, mas agora parece ter se tornado mais implacável e é mantida sob rigoroso aconselhamento. Faz muito tempo que ela me conheceu; talvez tenha optado por não renovar nosso contato sob essas circunstâncias. — A freira fez uma pausa. — Quero ajudar Zarita. Se ao menos eu soubesse o que está acontecendo... qualquer informação que seja...

E, como não respondi, ela foi mais adiante:

— Zarita me contou que você está com o navegador Cristóvão Colombo e que ele transita pelos círculos internos da corte. Talvez...? — Novamente, deixou a voz diminuir.

— Zarita contou-lhe a história de nós dois?

— Contou.

— Toda ela?

— Sim, toda.

— Por que eu iria querer ajudar você ou ela? — falei bruscamente. Ela piscou e não respondeu.

— Por quê? — repeti furiosamente. — Meu pai foi assassinado pelo pai dela. Minha mãe também morreu por causa desse ato. Ambos agora estão enterrados como indigentes.

— Sua mãe não foi enterrada como indigente.

— O que está dizendo?

— É conhecido o local onde sua mãe está enterrada. Possui uma cruz de madeira, e flores frescas são colocadas ali todos os dias.

— Por quem?

— Pela mulher para quem estou pedindo sua ajuda.

— Zarita?

A irmã Beatriz confirmou com a cabeça.

— Nos dias que se seguiram à sua prisão e à morte da mãe dela, minha sobrinha lembrou-se de que, enquanto lhe pedia dinheiro na igreja, seu pai havia mencionado uma esposa. Então ela foi às favelas à procura de sua mãe. Conseguiu um médico para cuidar dela, mas, como seu fim estava próximo, Zarita levou-a para meu convento-hospital, onde cuidou dela até sua morte.

— O quê? — Olhei-a fixamente. Fiquei tão atônito que não consegui dizer outra palavra.

— Acredite-me, é verdade. — A irmã Beatriz percebeu meu espanto. — Sinto muito em dizer, Saulo, que a vida de sua mãe não pôde ser salva, mas perto do fim ela não sofreu. Zarita pagou do próprio bolso os remédios que ela precisava. Quando morreu, minhas irmãs lavaram o corpo e o vestiram. — Ela olhou para mim. — Peço desculpas se ela não partilhava nossa fé, mas, com a melhor das intenções, organizamos uma missa funerária para ela. Acendemos velas, e havia muitas flores. Zarita tem pago para que a sepultura seja cuidada e que orações sejam feitas. Frequentemente, ela mesma faz isso.

Zarita cuidou de minha mãe em seus últimos dias...

Tentei clarear meus pensamentos, mas disse apenas:

— Sua sobrinha é culpada da desgraça da minha família.

— Sim, ela teve uma participação nisso — concordou a irmã Beatriz.

Aquela mulher era mais velha, porém seus olhos tinham a mesma escura intensidade dos de Zarita, um brilho constante de uma força interna.

— É seu sentimento de culpa que mantém essa raiva, Saulo?

— O quê? — vociferei. — Que história é essa de *minha* culpa?

— Você causou a morte do pai de Zarita. Mas já reconheceu isso. Estava pensando mais em seu senso de desonra sobre a morte de sua mãe.

Engoli em seco.

— *Minha* desonra sobre minha mãe?

— É natural sentir raiva pela perda de um pai ou uma mãe. Por algum motivo, quando morre uma mãe ou um pai, a criança sofre a experiência de ser abandonada. Pode demorar muitos anos para isso passar, ou a pessoa amadurecer o suficiente para aceitar o fato. O modo como você foi privado de seus pais foi igualmente chocante e brutal, e isso deve tê-lo afetado profundamente, mas...

— Mas o *quê?* — berrei.

PARTE TRÊS: PRISIONEIRA DA INQUISIÇÃO

— Por que estava com seu pai e não com sua mãe, embora ela estivesse tão doente? Zarita me contou que, quando lhe pediu dinheiro, seu pai não o fez para si, mas para a esposa doente e o filho faminto. Obviamente, não era um mendigo experiente, caso contrário saberia que não devia entrar na igreja. A maioria espera do lado de fora para interceptar os que saem ou entram para rezar e pedir. Seu pai devia amar muito a mulher e o filho para se humilhar a esse ponto. E devia amar você em particular, ou o teria mandado pedir nas ruas em vez de ele mesmo fazer isso, pois uma criança sempre atrai mais caridade do que um adulto.

A freira aproximou-se mais, sem tirar os olhos de mim. Ela era ligeiramente mais alta do que Zarita, e seu rosto ficou no mesmo nível do meu.

— Seu pai não fez isso. Devia saber que sua mãe estava morrendo, portanto não a teria deixado sozinha. Ele mandou você ficar com sua mãe e cuidar dela? Mas você desobedeceu-lhe... E então foi capturado. Com o pai morto e o filho desaparecido, ela foi abandonada, incapaz de se mexer e sem ninguém para ajudá-la, e você sabia disso. E, desde esse dia, você carrega o fardo da morte de sua mãe.

Encarei-a. Para meu terror, senti lágrimas se formarem em meus olhos.

— Você não precisa se sentir culpado — falou delicadamente a irmã Beatriz. — Sua mãe estava à beira da morte. Nenhum remédio poderia salvá-la. Aliás, por um destino bizarro, ela provavelmente teve uma morte mais tranquila em meu hospital do que teria se esse incidente não tivesse acontecido. Mas você não teve culpa por sua mãe ter morrido, Saulo. Talvez o motivo que o leva a pensar que não pode perdoar outra pessoa seja porque não perdoa a si mesmo. Digo-lhe novamente que não é o culpado.

Virei-me abruptamente e fui até a janela. Dali podia ver os jardins do palácio. Depois, ficava a cidade de Granada e, mais além, estava a Espanha e a longa estrada para a cidadezinha à beira-mar onde perdi minha infância e os pais que me amaram.

A freira esperava em silêncio.

Apertei a beirada da janela com ambas as mãos, com a vergonha e o autodesprezo ameaçando dominar meus sentidos. As observações da freira foram dolorosamente precisas. Se algum dia eu quisesse ficar em paz comigo mesmo e com os outros, precisava reconhecer isso. Senti um ínfimo alívio em minha mente. Quando me acalmei o suficiente para falar, informei-lhe:

— Cristóvão Colombo não pode nos ajudar. Sua solicitação de patrocínio não deverá ser aceita. Ele se prepara para deixar a corte. — Virei-me. — Não há nada que possa imaginar que tenha levado à prisão de Zarita?

A irmã Beatriz franziu a testa.

— Há algo que aconteceu antes de Zarita entrar para o convento. Eu a aceitei como noviça não porque ela buscava uma vocação religiosa, mas porque sua vida familiar se tornara difícil e traumática e ela não tinha para onde ir. No dia em que seu pai foi morto, a mama dela, minha irmã, morreu. Em menos de um ano, o pai dela se casou novamente com uma mulher chamada Lorena, de natureza egoísta e ciumenta. Ela desejava mal a Zarita e conspirou para que fosse coagida a deixar a casa de sua família. Nessas circunstâncias, entrar para o convento pareceu a melhor opção para Zarita, e isso a beneficiou. Ela amadureceu em graciosidade e sensatez, e eu adorava sua companhia. Eu a amo, mas teria sido egoísmo de minha parte mantê-la somente por esse motivo. Soubemos que Lorena esperava um filho e pensei em esperarmos a chegada do bebê para então tentarmos uma reconciliação. Lorena escapou do incêndio, e, embora tenha morrido após o parto, o bebê nasceu em segurança.

— O bebê sobreviveu? — Foi um alívio. Não destruí tudo que Zarita amava.

— Sim. — A irmã Beatriz deu um breve sorriso. — Mas só porque Zarita chamou um médico para ajudar no parto. O mesmo médico que cuidou de sua mãe. Um judeu.

— Zarita levou um judeu ao convento? — Até mesmo eu, sem religião, sabia que, para alguns, isso seria visto como sacrilégio.

PARTE TRÊS: PRISIONEIRA DA INQUISIÇÃO

— Levou.

— Se descobriram isso, então ela está perdida.

— Não penso que descobriram — retrucou. — Apenas mais duas pessoas sabiam disso: eu e outra freira a quem confiaria minha vida. — Ela começou a andar pelo quarto. — Fui eu quem falou para Zarita vir a Granada. Quando o bebê nasceu, permiti que ela saísse da clausura e comparecesse à corte. Havia ali um assunto de família com o qual ela precisava lidar... e queria que ela se encontrasse novamente com Ramón Salazar.

— Você permitiu que Zarita viesse à corte para estabelecer um relacionamento com um homem como ele?

— Não. Permiti que ela viesse por outro motivo, mas também achei que estava na hora de que nossa Zarita mais velha e mais madura voltasse a se encontrar com Ramón para que visse o homem fraco e presunçoso que é. Caso contrário, ela poderia continuar alimentando um sonho de amor adolescente que nunca houve. Portanto, a ideia foi minha e fui eu quem a incentivei a deixar o convento para vir à corte.

A irmã Beatriz soluçou, ao dizer isso, e seu rosto adotou um ar aterrorizado.

— Agora acredito que mandei Zarita para a morte.

Capítulo 52

Zarita

— Zarita de Marzena, mais uma vez lhe é dada a oportunidade de confessar.

O capuz de meu hábito repousava sobre os ombros, e o véu fora puxado para o lado. Eu podia ver o rosto do monge de manto negro sentado à mesa defronte a mim, e ele podia ver o meu.

— Padre — falei educadamente —, não sinto necessidade de me confessar.

O monge suspirou.

— Não quero que uma jovem, principalmente ligada a uma ordem religiosa, enfrente qualquer julgamento. Mas precisa cooperar comigo.

— De que sou acusada?

— É acusada do pecado mais horrível contra a Inquisição... o de heresia.

Eu estava *mesmo* sendo julgada por heresia! Os temores de Beatriz se revelaram corretos.

— Quando e como eu supostamente cometi heresia?

O monge apanhou o papel que estava à sua frente e o leu.

— Você cometeu heresia em atos e palavras em várias ocasiões, enquanto residia na casa de seu pai, o magistrado da cidade de Las Conchas, conhecido como Dom Vicente Alonso Carbazón.

PARTE TRÊS: PRISIONEIRA DA INQUISIÇÃO

— O quê? — Quase caí na risada. — Isso é um absurdo. Meus pais eram pessoas devotas... principalmente minha mãe, que frequentou a igreja quase todos os dias de sua vida.

O monge consultou o papel.

— Aqui não há referências à sua mãe.

— Cite-me a ocasião e o local desses incidentes.

Novamente, ele consultou o papel.

— Não há anotações sobre eles.

— Então onde estão as provas? — exigi.

— Não posso fornecê-las aqui. Elas serão mostradas em seu julgamento formal.

— Não pode fornecê-las aqui porque elas não existem — falei, com firmeza.

O rosto do monge enrubesceu de irritação. Inclinou-se sobre a mesa para me olhar de modo penetrante.

— Eu vou lhe dizer o que *existe*, minha esperta jovem senhorita. Tenho meios de fazê-la confessar. Pois, acredite, você *vai* confessar. No final, nossos prisioneiros sempre confessam. E tirarei qualquer dúvida de sua mente a esse respeito. Como você pede tão veemente para que sejam mostradas provas, eu lhe garanto que serão mostradas provas que a convencerão do que digo.

O monge fez um sinal com a cabeça chamando meu carcereiro e, por gestos e cochichos, o instruiu como proceder.

O carcereiro segurou-me pelo braço e me conduziu para fora — não para minha cela, mas por uma úmida passagem que levava para a área abaixo, mais recôndita do subsolo.

Ali mostrou-me os instrumentos de tortura. A mesa da tortura e as torqueses para arrancar unhas. A polé e os atiçadores para queimar e arrancar a verdade da pele da vítima. Este último fora usado para dobrar Bartolomé de corpo e alma.

Passamos por celas que continham aqueles que haviam sido interrogados. Permaneciam amontoados num canto de seus aposentos, soluçando e choramingando. Então o carcereiro me levou a uma área comum onde havia pessoas penduradas às paredes por correntes. O cheiro era rançoso — o odor acre de urina, o fedor de excremento. Ele parou ao lado de um conjunto de correntes desocupadas.

— Não é para eu ser deixada aqui — falei rapidamente, toda a minha determinação e coragem se dissolvendo. — Era só para me mostrar o que pode acontecer.

Ele olhou-me tristemente. Notei que cheirava a álcool e imaginei que bebia em excesso para parar de pensar nas cenas que devia presenciar todos os dias. Com genuíno pesar na voz, ele disse:

— Eu faço o que me mandam.

— Não! — berrei, minha voz elevando-se para um tom de histeria. — Eu não fiz nada de errado! Nada, estou lhe dizendo!

— Todos dizem isso. — O carcereiro suspirou ao destrancar as algemas do tornozelo e do pulso e as abrir.

Olhei em volta. O resto dos homens e mulheres acorrentados mal ergueram a cabeça para se dar conta de minha presença. A boca de um mantinha-se indolentemente aberta, mostrando cotos ensanguentados onde antes houvera dentes. O cabelo de outro estava empapado de sangue.

— Por favor — sussurrei. — Nem mesmo sei o que supostamente fiz.

— Você será informada na ocasião apropriada — disse alguém atrás de nós. A voz era desagradável, mas familiar.

Virei-me.

Parado diante de mim estava o padre Besian.

Capítulo 53

Saulo

Segurando um círio aceso diante de si, Rafael nos levava caminho acima por uma estreita escada de pedra. Sua mão tremia, e a luz chamejava, espalhando na passagem nossas sombras pela parede nua. Custara algumas de minhas moedas de ouro e muitos apelos da irmã Beatriz para ele embarcar nessa aventura.

No início, recusara-se terminantemente.

— Não, *Señor* Saulo, não vou ajudá-los a espionar um tribunal da Inquisição. — Sacudiu a cabeça. — Não é possível. Não há como introduzi-lo clandestinamente no salão. Não pode se disfarçar de criado, pois não permitem a entrada de serviçais. Além do mais, se for descoberto, será interrogado. Sob tortura, revelará minha participação e então não haverá piedade para mim. Como criado, eu seria executado. Com sorte, isso aconteceria rapidamente. Mas eles têm aqui, neste momento, um inquisidor particularmente cruel, portanto seria mais provável que fosse uma morte demorada e dolorosa.

Nesse momento, a freira havia estendido a mão e tocado no ombro de Rafael.

— Eu rezarei pelo sucesso de nossa missão — prometeu-lhe.

— Com todo o respeito, irmã, rezar não me adiantará nada quando enfiarem os atiçadores em brasa nos meus olhos.

Empilhei algumas moedas na mesa diante dele.

— Tudo isto — afirmei. — Tudo isto é seu.

Ele hesitou, pois era uma soma considerável, muito maior do que esperaria ganhar durante vários anos.

— As freiras do convento-hospital de Las Conchas rezarão por sua alma eterna — insistiu a irmã Beatriz.

Rafael recolhera o dinheiro e saíra pela porta.

Agora, diante de mim, no topo da escada, ele olhou nervosamente para trás.

— Deste ponto em diante — sussurrou —, temos de nos manter bem quietos.

Concordamos com a cabeça, e, novamente, nossas sombras, como espectros, seguiram nossos movimentos. O capuz que cobria a cabeça da freira e a capa que me envolvia criavam formas grotescas ao nosso lado.

Rafael levara dois dias inteiros para encontrar um negociante que havia trabalhado no palácio de Alhambra e conhecia todos os aposentos, passagens e algumas das entradas e saídas secretas. Ele descobrira que o julgamento da Inquisição de Zarita de Marzena seria realizado hoje no Salão do Sultão, e que havia um lugar de onde poderíamos observar secretamente o processo. O corredor que se abria diante de nós não tinha janelas nem portas e terminava numa parede vazia do lado mais distante.

Parei.

— Não há saída por este caminho — declarei.

— O artesão mandou que eu procurasse aqui. — Rafael avançou e tocou num painel de madeira instalado a meio caminho ao longo da parede. O desenho era composto por um arabesco com flores estilizadas intercaladas com formas geométricas.

— Não há nada — afirmei, com impaciência.

— Vocês não desconfiam de um painel de madeira entalhado com todo o cuidado e instalado numa parede de um local aonde ninguém tem motivo para vir? — perguntou irmã Beatriz. — Por que gastar tanto num entalhe tão bonito que ninguém nunca vê? Às vezes —

PARTE TRÊS: PRISIONEIRA DA INQUISIÇÃO

acrescentou —, como no vestido ou nas joias de uma mulher, o motivo de um adorno não é mostrar, mas esconder.

Seus dedos sensíveis percorreram a madeira. Ela traçou padrões interligados, seguindo as voltas, torções e espirais, até o ponto central. Houve um suave clique, e o painel deslizou para o lado, um minúsculo balcão circundado de cortinas drapejadas.

Rafael nos deixou. A freira e eu deslizamos para dentro e fechamos a porta secreta atrás de nós.

Pouca luz penetrava no escuro e mal havia espaço para nós dois. O balcão fora projetado para manter escondida uma única pessoa que desejasse espionar qualquer reunião que acontecesse embaixo. As cortinas à nossa frente faziam parte de uma decoração de reposteiros na área superior da parede do salão. Irmã Beatriz ajustou as dobras para que nós ficássemos de pé entre as pesadas cortinas e pudéssemos ouvir e enxergar abaixo de nós.

— Ouça! Estão começando a se reunir. Fique atento, Saulo. Por pior que seja o resultado, não devemos emitir qualquer som, nem gritar de forma que revele nossa presença aqui. — Ela mesma, porém, assustou-se quando os membros do tribunal, um padre e dois monges, se reuniram abaixo de nós. — Reconheço o Inquisidor-chefe — cochichou agitada. — É o padre Besian. Ele tem má vontade comigo e com os meus. Se ele está por trás disso, então não perseguiu Zarita sem estar confiante de poder fornecer uma prova de grave delito.

Isso explicava o modo como o padre olhara para Zarita quando deixara os salões reais de recepção dois dias atrás. Devia ter sido ele quem providenciara sua prisão e o encarceramento.

Eles a trouxeram. Zarita ficou parada no salão quase que diretamente abaixo de nós. Eu podia ver o ângulo reto de seus ombros, a curva do pescoço e um cacho de cabelo que havia escapado da touca em volta de sua cabeça.

E meu coração e minha alma se estenderam para ela.

Capítulo 54

Zarita

— Zarita de Marzena, filha de Dom Vicente Alonso de Carbazón, você é acusada de heresia, de executar certos atos heréticos em sua casa em Las Conchas.

— É uma acusação falsa — declarei, com firmeza.

— Nega a acusação?

— Nego — respondi. — Tragam as pessoas que me acusaram disso e também negarei diante delas.

— A denúncia está na forma de uma carta.

— Escrita por quem?

— Por sua madrasta, Lorena.

Lorena!

— Que seja registrado — falou formalmente o padre Besian para o monge que atuava como secretário — que Lorena, esposa do magistrado de Las Conchas, um certo Dom Vicente Alonso de Carbazón, escreveu-me alguns meses após eu ter realizado uma Inquisição na cidade.

— O que ela escreveu? — Vi a expressão de júbilo triunfante no rosto do padre Besian, e minha voz falhou.

— Lorena disse que temia por sua alma e de seu filho ainda por nascer por causa de certas práticas que vira ocorrer dentro da residência de seu marido. Ofereci imunidade para ela e seu filho e reivindicação

PARTE TRÊS: PRISIONEIRA DA INQUISIÇÃO

total das propriedades e bens da família se ela colocasse no papel o que sabia. — O padre Besian apanhou uma folha de papel e a agitou no ar. — Esta é sua resposta. Ela afirma que você e seu pai frequentemente se dedicavam a rituais judeus.

Consegui sorrir dessa declaração ridícula.

— Por que motivo faríamos isso? Nossa família não tem nenhuma ligação com a fé judaica.

— Não é bem assim! — O padre Besian levantou-se. — Eu também desconfiei, quando visitei sua casa. Era óbvio que havia uma falta de devoção em sua pessoa. Enquanto sua madrasta cuidava de seus deveres religiosos, você preferia, com a aprovação de seu pai, estudar em livros. Eu tive oportunidade de ver esses livros. Não eram religiosos nem devotos. Alguns dos textos eram realmente suspeitos. E também seu pai pediu-me que fosse piedoso com o homem, o *converso*, culpado de reverter às práticas judaicas. Isso me alertou para suas afinidades com judeus. Após receber a primeira carta de sua madrasta, pesquisei sua descendência. Por parte de seu pai há um avô que se converteu do judaísmo para o cristianismo. Está claro que você e seu pai reverteram isso.

Isso explicava por que papa parecera aflito com o surgimento dos agentes da Inquisição em nossa casa. Lembrei-me das palavras que o padre Besian pronunciara a respeito de pessoas que tinham coisas a esconder e da reação de papa a essa declaração. Foi por isso que Beatriz me aconselhara a servir carne de porco na refeição da noite, pois judeus não comiam porco — um pedido que não cumprira porque aquele fora o dia da prisão de Bartolomé. E finalmente entendi o olhar intenso de papa em minha direção quando o judeu *converso* morria queimado. Pensei no medo que devia ter agitado sua mente naquela ocasião. Ele devia estar rezando para eu não gritar em protesto, pois isso poderia me levar a ser investigada e torturada. Meu papa tentara me proteger.

Ele, porém, não estava mais aqui, e eu precisava falar por mim mesma.

— O que Lorena escreveu não é verdade. Essa carta... — parei. *A carta!*

PRISIONEIRA DA INQUISIÇÃO

Foi *essa* carta de que Lorena falou no leito de morte. Suas últimas palavras para mim...

Zarita, você queimará... a carta...

Lorena me alertara. Eu pensei que ela quisera que eu queimasse algumas cartas que estavam entre seus papéis, mas de fato estava tentando me avisar da carta que enviara à Inquisição me acusando de heresia.

Zarita, você queimará.

Lorena quis dizer que *eu* queimaria.

— Prossiga.

— O quê? — Ergui a vista.

O padre Besian olhava-me atentamente.

— Você estava para dizer alguma coisa?

— Não, nada — sacudi a cabeça.

O que poderia dizer? Não podia revelar uma confissão feita num leito de morte. Ainda que fosse apropriado fazê-lo, quem sabe aonde isso levaria? Eu teria de divulgar as condições em que ouvi Lorena dizer aquilo — durante o parto de seu filho. Então tudo viria à tona — Deus me livre! —, a presença do médico judeu cuidando do parto de uma mulher cristã, examinando-a. Só esse delito bastaria para eu ser condenada por heresia. E prenderiam todos que estiveram naquele momento na sala — talvez até todo mundo que trabalhasse no convento. Agradaria demais ao padre Besian ter uma desculpa para fechar o hospital de minha tia e dispersar a ordem de freiras. Ele descobriria que eu já tivera um contato anterior com o médico judeu, pois o conhecera quando cuidara da mãe de Saulo. Meu Deus! *Saulo!* Ele seria preso. Descobririam quem ele era realmente e seria enviado de volta para as galeras ou coisa pior. E haveria outros implicados: Serafina, Ardelia e Garci, que me ajudaram com Lorena e Bartolomé. Pensei no pobre Bartolomé açoitado.

Eu agora estava chorando, não apenas temendo por mim mesma, mas por minha adorada família, meus amigos, por toda a humanidade... pelo mundo todo.

O monge que fazia o registro disse amavelmente:

PARTE TRÊS: PRISIONEIRA DA INQUISIÇÃO

— Minha filha, talvez você tenha se desgarrado tanto da verdade que não consegue enxergar os baixos descaminhos que percorreu. Devia nos contar tudo que sabe.

— Como Lorena, a esposa do magistrado, está morta, não podemos ter mais informações dessa fonte. — O padre Besian se dirigia aos outros membros do tribunal. — É óbvio que essa mulher tem coisas que prefere não nos dizer. Colocá-la na mesa talvez a faça pensar com mais cuidado em suas respostas. Um prisioneiro, após passar pela mesa, tende a ser mais eloquente num interrogatório subsequente.

Seus colegas balançaram as cabeças em concordância.

Uma náusea ergueu-se do estômago, e meu corpo ficou gelado, depois quente. Baixei a cabeça e coloquei as mãos sobre as faces. Houve um martelar nos meus ouvidos, e vi o chão marmorizado correr a meu encontro.

Capítulo 55

Saulo

Quando Zarita começou a oscilar embaixo de mim, inclinei-me adiante involuntariamente.

Rapidamente, a tia dela colocou-se diante de mim para bloquear minha arremetida à frente, mas, pela primeira vez, perdeu a própria serenidade. À menção da mesa, ela cobriu o rosto com a mão. Agora pressionou os dedos sobre a boca com tanta força que as articulações brilharam esbranquiçadas.

— Esse homem, Besian, condenou-a antes do julgamento. — Com dificuldade, mantive a voz baixa. — Não importa o que Zarita confessar ou não. Ele pretende declará-la culpada.

A irmã Beatriz soltou um leve soluçar de sofrimento.

— O que podemos fazer? Saulo, o que podemos fazer?

Ao praticamente carregarem-na para fora do salão, o sol caiu sobre o rosto de Zarita. Ela ergueu a vista para sua luz e arrastou os pés, e eu achei ter entendido o motivo. Sua cela estaria escura, e Zarita tentava permanecer sob a luz solar o máximo de tempo possível. Ela procurou se aprumar quando os soldados a apressaram para fora do aposento.

Virei-me para ir embora.

— Fique — ordenou baixinho, mas energicamente, a irmã Beatriz.

Por quê?, imaginei. O monge escriba havia terminado de fazer anotações em seu livro, o outro juntava alguns documentos, e então,

PARTE TRÊS: PRISIONEIRA DA INQUISIÇÃO

juntamente com o chefe do tribunal, padre Besian, eles se levantaram para sair.

— A rainha e o rei estão usando este salão para suas reuniões — cochichou-me a irmã Beatriz. — Se eu captar o ânimo atual de Isabel, isso me ajudará a julgar o quanto de compreensão, se houver alguma, ela me concederá.

Pensei nessa mulher, Isabel, rainha de Castela e Aragão e pretensa rainha de toda a Espanha. Lembrei-me que ela ordenara a criação da cidade de Santa Fé, cortada em pedra maciça, para que o cerco pudesse continuar no mesmo lugar durante o inverno. Duvidava que ela fosse capaz de mostrar clemência para uma jovem acusada de heresia.

Não tivemos de esperar muito para que a rainha Isabel, o rei Fernando e sua comitiva chegassem. Nesta última, reconheci alguns dos conselheiros que tinham estado presentes na reunião da qual participei com Cristóvão Colombo. A discussão começou. Referia-se à proposta de expulsar oficialmente os judeus. Foi mencionado o nome de um de seus principais conselheiros financeiros, um judeu chamado Isaac Abravanel, que apelara aos monarcas que não emitissem o édito de expulsão. Ele se dispunha a pagar uma garantia para que o povo judeu permanecesse na Espanha.

— Isaac Abravanel tem trabalhado muito bem para nós e pelo bem da Espanha — declarou o rei Fernando. — Ele ajudou a levantar fundos para o exército. Agora nosso cerco aqui em Granada foi bem-sucedido e a guerra está quase acabando.

— Portanto, não precisamos mais dele — argumentou um ardiloso cortesão.

— Em Granada, os judeus têm vivido pacificamente dentro das comunidades muçulmanas. Não podemos permitir que façam o mesmo entre nós?

— Isso poderia ser chamado de heresia — interpôs um nobre.

O rei Fernando olhou fixamente para o homem que havia falado.

— Digo isso apenas para aconselhar vossa majestade — gaguejou o nobre. — Eu seria um péssimo conselheiro se não o aconselhasse.

PRISIONEIRA DA INQUISIÇÃO

— Isaac Abravanel procura proteger seu povo — observou a rainha Isabel. — É um sentimento compreensível. E além do mais a guerra esvaziou nossos cofres. Nosso povo está faminto. Talvez possamos chegar a algum acordo. Que soma de dinheiro ele mencionou?

De repente, houve uma agitação na entrada principal do salão. Uma figura com capote preto surgiu caminhando a passos largos. O rosto estava contorcido, seus modos eram irrefletidos, e ele tremia. Acima da cabeça brandia um crucifixo de madeira escura exibindo a figura distorcida do Cristo agonizante num pálido alabastro.

— Que assembleia de maldade é esta? — bradou.

— É Tomás de Torquemada, o inquisidor-geral de toda a Espanha! — disse irmã Beatriz em meu ouvido.

— *Señor* Tomás... — O rei Fernando falou compassivamente. — A rainha e eu convocamos uma reunião de nosso conselho para discutir a situação das finanças da nação. Não é um assunto da igreja.

— Tudo é assunto da santa madre igreja! — retrucou Torquemada. — Corpo e alma estão unidos inseparavelmente e, portanto, os governantes de um país devem fazer a devida notificação à igreja.

O queixo do rei se retesou.

— Os monarcas tomam decisões no melhor interesse de ambos. Enfrentamos uma crise que, se não for resolvida, resultará em muitas mortes.

— Precisamos encontrar meios de alimentar nossos soldados e nossos cidadãos — alegou a rainha Isabel.

— É preferível sofrer as dores da fome do que os tormentos eternos do inferno!

A rainha e o rei se entreolharam.

— A mão de Deus está pairando sobre este palácio, prestes a baixar Seu punho sobre os impuros e os indignos! Não traiam os sagrados juramentos que fizeram! Ouçam as palavras dos profetas! Aqueles que crucificaram Cristo estão entre nós! E vocês fizeram um juramento sagrado de tornar a Espanha um país cristão!

O rosto do rei Fernando se enrijeceu.

PARTE TRÊS: PRISIONEIRA DA INQUISIÇÃO

A rainha Isabel, devota e piedosa, permitiu que sua mão se movesse até a cruz que usava numa corrente em volta do pescoço.

— Isaac Abravanel administrou as questões do tesouro com excelente habilidade — disse ela.

— Isso era de se esperar. — Torquemada expeliu estas palavras.

O rei fingiu não ter notado o comentário.

— Ele ofereceu uma soma de dinheiro como reparação para compensar as perdas da coroa.

— Isso fará com que fiquem mais em dívida com os judeus!

— Não de fato. É dinheiro que Isaac Abravanel ganhou com seus próprios negócios.

— Vocês estão fechando os olhos para a usura, e a usura é um erro. Dinheiro não deve ser usado para fazer mais dinheiro. Dinheiro deve ser obtido através do trabalho.

— Ele ofereceu o dinheiro como um presente.

— Ah! Suborno! — exultou Torquemada.

— Suborno não! — rebateu rapidamente o rei. — Trata-se de uma segurança para o povo dele. É habitual e também uma transação perfeitamente legal pagar uma soma de dinheiro dessa forma.

— Que soma de dinheiro? — exigiu saber Torquemada.

— A quantia de trinta mil ducados.

— Então por que não? — riu alto Torquemada. — Por que não aceitar esse dinheiro judeu? Afinal, não foi Jesus Cristo, o nosso Senhor, traído por trinta moedas de prata?

E, dizendo isso, ele levantou a mão bem alto, acima da cabeça, e jogou o crucifixo no chão. Este quebrou-se sobre as placas de mármore, e a figura se partiu em dois pedaços. A cabeça de Cristo, com o agonizante rosto branco e sangue escorrendo da coroa de espinhos na testa, soltou-se e saiu deslizando pelo chão até parar aos pés da rainha.

— *Jesu!* — A tez da rainha Isabel perdeu a cor e ficou mais branca do que o rosto sem vida de alabastro do Cristo morto.

Torquemada saiu rapidamente do salão. Houve um silêncio, depois um rebuliço na assembleia.

A rainha desabou para trás em sua cadeira.

Um cortesão chamou um criado para recolher os pedaços do crucifixo, mas a rainha ergueu a mão e falou.

— Eu mesma farei isso — disse ela, e sua mão tremeu com aflição.

Ajoelhou-se e, levantando o rosto de Jesus, beijou-o. Em seguida, juntou o resto da cruz, tirou o véu de sua cabeça e envolveu os pedaços nele.

O rei tamborilou com os dedos no braço de sua cadeira, mas não interferiu.

Eu testemunhara o poder de Torquemada, e a desesperança encheu meu coração, pois aquele homem era invencível. Se a rainha e o rei de Espanha não conseguiam se opor a ele num assunto de Estado, então Isabel ignoraria qualquer apelo feito pela freira por clemência para Zarita.

— Percebo agora como são as coisas com Isabel — comentou a irmã Beatriz. — A rainha não agirá para poupar a vida de Zarita. — Ela expressou meus pensamentos, e, em sua voz, estava o som de meu próprio desespero.

A Inquisição apagaria a vida de Zarita como uma vela sendo extinguida.

Capítulo 56

Zarita

A mesa da tortura.

Eu ia ser torturada.

Interrogada como Bartolomé havia sido. Forçada a confessar algo que não fizera. Lembrei-me de seus gritos de agonia no dia em que corri até o celeiro e o encontrei pendendo das vigas por uma corda amarrada nos pulsos. Vi novamente diante de mim o velho ser levado para a execução na fogueira, seu andar cambaleante, o corpo como o de um boneco de membros frouxos.

Não conseguiria resistir. Não conseguiria. Eu não possuía a coragem de um mártir. Tinha certeza disso. Até mesmo a perspectiva de ser presa por grilhões e pendurada na parede havia me reduzido à condição de desfalecimento que obrigara o carcereiro a me apoiar ao me conduzir de volta para minha cela.

Lembrei-me do que acontecera quando torturaram Bartolomé: os habitantes da cidade entraram em pânico e passaram a denunciar uns aos outros, inclusive eu. Fui responsável por duas mulheres terem sido despidas e açoitadas, pois apontara a Inquisição na direção delas. Isso seria muito pior. A dor seria tão grande que eu lhes diria qualquer coisa, tudo.

Pensei em todas as coisas que poderia dizer.

Havia a coleção de livros médicos de minha tia descrevendo cirurgias no corpo humano. Eles considerariam esses textos heréticos e

PRISIONEIRA DA INQUISIÇÃO

também a tachariam de herege, pois ela estudava árabe e hebraico para ler essas obras eruditas. Eles a prenderiam, e o padre Besian ficaria feliz em fazer isso, pois a considerava arrogante.

E o convento onde minha tia elaborara suas próprias regras para retornar ao verdadeiro espírito dos primeiros homens e mulheres santos da igreja? Os comentários que ela fizera sobre isso poderiam ser interpretados como heresia dupla. Suas irmãs seriam levadas a julgamento pela Inquisição.

Eu denunciaria o médico que cuidara de Lorena. Ele seria punido pela ousadia de pôr as mãos numa mulher cristã, ainda que para salvar a vida de uma criança. Eu lhes falaria sobre a criança. Revelaria quem era o pai. Isso destruiria Ramón. E, embora ele fosse um insensato, não era malvado e não merecia ter a vida arruinada. E isso significaria que a criança também correria riscos. Talvez eles decidissem que o médico judeu tinha trocado o bebê por outro diferente: a criança inocente, agora deleitando-se com os mimos de Garci, Serafina e Ardelia, também sofreria. A imunidade que havia sido prometida a Lorena para seu filho em troca de sua traição a mim e a meu pai não resistiria a essa prova condenatória. Como parente de um herege, o bebê perderia sua herança.

E então havia Saulo. Diria que ele não era um marinheiro independente e aventureiro. Eu o denunciaria como filho de um mendigo enforcado, que fora sentenciado à escravidão.

Vi como isso iria mais e mais adiante, e não pararia nunca, mas consumiria toda a Espanha.

Precisava permanecer em silêncio.

Deus, deixe-me morrer agora, pensei, *deixe-me morrer esta noite.* Se tivesse os meios, eu me mataria. Pois acredito na bondade de Deus e Ele me concederia o perdão que julgasse adequado. Posso apenas fazer o que minha consciência me orienta a fazer. E, se eu morresse, tudo acabaria.

Então pensei que, na verdade, não me importava de viver mais nesta vida. Saulo, a quem amava, não correspondia meu amor. Ele

PARTE TRÊS: PRISIONEIRA DA INQUISIÇÃO

me odiava. Fora ao meu quarto para me matar. Portanto, a felicidade que antecipara com ele era impossível. A vida que havia começado a esperar viver nesta terra era pó em minha mão.

Fiquei acordada naquela longa noite até os olhos queimarem na escuridão. Quando ouvi o carcereiro movimentando-se lá fora no corredor, soube o que deveria fazer. Eu tinha o poder de deter uma pequena parte da inundação destruidora.

E só havia uma única maneira de fazer isso.

Fui à porta e chamei o carcereiro.

— Eu gostaria de falar com o padre Besian — anunciei. — Quero me confessar.

Capítulo 57

Saulo

Zarita confessou ser secretamente judia!

Foi Rafael quem me trouxe essa notícia bem cedo na manhã seguinte. Disse-lhe que precisava encontrar a tia de Zarita, que me deixara no dia anterior para procurar uma capela na qual pudesse rezar durante toda a noite.

— A freira já sabe — informou Rafael. — Ela passou a noite rezando de joelhos do lado de fora dos aposentos do padre Besian. Disseram-me que ele teve um enorme prazer em lhe informar que sua sobrinha confessara heresia. Aparentemente, ele nutre sentimentos inamistosos contra a freira e pretende castigá-la destruindo a garota que ela ama.

Fui buscar Beatriz e a trouxe para meu quarto.

— Por que ela confessaria? — perguntei-lhe. — Eles a torturaram? Ela enlouqueceu?

— Não... — A freira falou lentamente. — Não, Zarita não está louca. Creio que ela pensou em tudo muito cuidadosamente. Confessar heresia significa que não será interrogada novamente. Ela sabe que, se a colocassem sob interrogatório, denunciaria todos nós. — Ergueu a cabeça e olhou diretamente para mim. — Você se importaria se ela fosse torturada?

A ideia de Zarita sendo torturada me deixou perturbado. A dor me rasgou por dentro como se uma série de ganchos farpados fossem

PARTE TRÊS: PRISIONEIRA DA INQUISIÇÃO

arrastados por meu cérebro. Coloquei minhas mãos em cada lado da cabeça.

— Não aguento nem pensar nisso.

Numa voz desprovida de emoção, a irmã Beatriz continuou:

— É um pequeno consolo saber que, como ela confessou que celebrava rituais judaicos, vai escapar da tortura. Agora vão queimá-la como herege.

— Queimá-la? — sussurrei.

— Sim. É o castigo para um *converso* que retorna ao judaísmo.

— Por causa disso vão queimá-la viva?

— Isso depende — explicou a freira inexpressivamente. — Se ela optar por abjurar, o que pode fazer até mesmo quando a fogueira for acesa, então, piedosamente, o carrasco a estrangula rapidamente para lhe poupar a agonia da morte pelo fogo.

A irmã Beatriz apanhou um pedaço de papel que estava sobre a mesa e, inclinando-se à frente, colocou a borda na chama da vela. O papel pegou fogo e se transformou em cinzas. Ela as contemplou e depois cutucou-as com o dedo.

— Sim — murmurou, meio para si mesma —, vejo por que escolhem o fogo. Ele não deixa nada para trás... nenhum indício de qualquer espécie.

Encarou a chama da vela e entrou em um estado aparente de transe, e percebi que estava meditando. Em seguida, pareceu chegar a uma decisão: levantou a cabeça e olhou-me seriamente.

— Fiz uma petição para a rainha, mas, como esperava, meu apelo foi rejeitado. Como sinal de nossa amizade passada, ela declarou que, mesmo sendo parente de uma herege, escaparei da prisão, desde que volte para meu convento e permaneça no interior de suas paredes até morrer. Fui informada de que devo deixar a cidade antes da alvorada de amanhã... embora ela vá assinar uma licença especial para eu visitar Zarita uma última vez. Posso ficar aqui um pouco, antes de fazer isso?

Deixei a freira descansar em minha cama e fui falar com Cristóvão Colombo. Era a única pessoa que eu conhecia na corte. Esperava que talvez me desse alguma orientação sobre o que eu poderia fazer.

— Eu o ajudaria se pudesse, Saulo — afirmou ele —, mas não tenho mais prestígio na corte. Estou partindo em definitivo. É inútil esperar aqui. Estão me fazendo perder tempo, como fizeram antes com outros. Estou decepcionado, pois pensei que estivessem suficientemente interessados para investir em mim.

Abraçamo-nos e lhe desejei sucesso em seus empreendimentos. Tentou me convencer a ir com ele ou pelo menos deixar a cidade, como era sua pretensão, antes da execução do dia seguinte.

— Pode ser que esteja enamorado dessa moça, mas insisto para que vá embora agora.

— Não posso.

— Não há esperança para ela.

— Acredito em você. Mesmo assim, não posso ir embora.

— Você pode correr perigo se ficar; se souberem que procurou a companhia dela.

— Não me importo — falei.

— Tome cuidado, Saulo. Soube que os monarcas preparam um decreto para expulsar todos os que professam a fé judaica. Os judeus e todos ligados a eles perderão suas propriedades e seus bens. Você corre o risco de ser apanhado pelo expurgo.

Agradeci-lhe sinceramente pelo patrocínio e pelo apoio, e ele me fez prometer que o encontraria em algum momento no futuro. E, assim, nos separamos, Cristóvão Colombo e eu, ele angustiado em razão de sua causa perdida, e eu angustiado em razão da minha.

Capítulo 58

Zarita

Estou rezando, ou tentando rezar o melhor que posso.

Verei mama novamente, e papa também, no céu? Espero que sim. Há muitas coisas que quero lhes dizer, pedir seu perdão e lhes dizer o quanto os amo.

Um padre veio ouvir minha confissão. Após sua partida, pedi outro perdão em particular e mais sincero ao meu Criador pelos erros que cometi em minha vida. O padre dissera que, no final, eu poderia ter esperança de alguma compaixão.

— Eu vou morrer, não é verdade?

— Sim — concordou ele. — Você foi condenada à morte na fogueira e a sentença será executada amanhã. Mas, além de sua confissão, há um ato final que deve realizar. Tem de gritar sua abjuração. Se fizer isso, a um sinal do chefe do tribunal, o carrasco pode rapidamente... Ele tossiu e recomeçou: O carrasco acabaria com sua vida rapidamente e seu sofrimento nesta terra estaria encerrado.

Eu não imaginara morrer dessa maneira.

Mas fizera as pazes com Deus e comigo mesma, e apenas ansiava por ver minha tia Beatriz e me despedir dela.

O carcereiro disse-me que ela viria uma última vez, após a meia-noite, pois tinha de deixar a cidade antes do amanhecer ou pagaria com a própria vida. Havia apenas uma única outra pessoa cujo rosto eu queria ver novamente.

Saulo.

Meu coração pesou no peito. Sentei-me.

Como procedi mal com ele! Que estupidez demonstrara. Como fora covarde. Eu deveria ter me jogado na frente de papa para detê-lo. O pai de Saulo estaria vivo se eu tivesse feito isso, e ambos teriam estado junto à mãe dele quando ela morreu.

Se me for negado o céu por causa disso, será um castigo justo e esperarei no purgatório até minha alma ser purificada antes de entrar no paraíso.

Ouvi as chaves do carcereiro e seus passos claudicantes do lado de fora de minha porta.

Capítulo 59

Saulo

Quando voltei a meu quarto, a freira estava de joelhos junto à janela.

Sacudi a cabeça para indicar que, como desconfiávamos, nada havia que Cristóvão Colombo pudesse fazer para nos ajudar.

A irmã Beatriz levantou-se.

— Saulo, como lhe disse, recebi salvo-conduto da rainha para retornar a meu convento, mas só se eu partir antes do romper do dia de amanhã. Você me acompanharia para fora do palácio e da cidade e iria comigo a Las Conchas?

— Eu? — Encarei-a. — Você quer que *eu* a acompanhe para fora da cidade?

— Quero — afirmou ela. — Uma mulher viajando sozinha, mesmo com hábito de freira, pode ser perigoso.

— E por que me escolheu para essa tarefa?

— Foi Zarita quem me disse que você era o único homem honesto na corte em quem ela confiava.

Zarita falara de mim como sendo uma pessoa honesta e confiável. A verdade falada por uma mulher diante da morte. Senti uma súbita irritação por causa da suposição dessa freira de que eu humildemente faria o que ela me pedia.

— O que faz *você* pensar que sou confiável?

Cruzei os braços e parei diante da porta, deliberadamente bloqueando sua saída do quarto para indicar que ela deveria me responder ou eu não a deixaria sair.

Ela pressionou os lábios, mas não reagiu como a maioria das mulheres, demonstrando medo. Não era fingimento. Ela realmente não sentia medo.

— Zarita me disse que a única coisa boa que acontecera com ela na corte foi encontrar você, o jovem marinheiro que acompanhava Cristóvão Colombo. Qualquer pessoa que ouvisse isso poderia pensar que era tagarelice de uma garota impressionada com as atenções de um homem bonito. Mas eu conheço muito bem minha sobrinha. Ela sofreu na vida, amadureceu e está além desse tipo de conversa tola infantil. Deve ter visto ou sentido algo em seu caráter que o torna diferente de outros... nobreza de intenções, certa firmeza moral. E, em todo o caso, você aguentará esperar até amanhã e vê-la morrer?

— Não — respondi secamente. Deixei a cabeça cair sobre o peito. — Farei o que me pede.

— Obrigada — agradeceu ela. — Então, por favor, providencie para Rafael ter dois cavalos à espera, pois não pode haver atraso. Quero partir imediatamente após falar com minha sobrinha.

Olhei para a freira. Ela permaneceu ali, diante de mim, as mãos juntas ocultas nas largas mangas. Havia alguma tensão em sua postura, mas, debaixo da coifa e do capuz do hábito religioso, seu rosto estava sereno.

— Você não se importa com ela? — perguntei.

— Com quem? — retrucou — Com Zarita?

— Sim. Com *Zarita!* — berrei.

— Ela é a filha única de minha única irmã e possui um espírito bondoso e amoroso — declarou, com uma calma que me enfureceu. — Eu me importo muito com ela.

— Não deve amá-la tanto assim; a perspectiva da morte terrível que a aguarda não parece incomodá-la.

— Eu a amo mais do que minha própria vida — refutou irmã Beatriz. Levantou a cabeça e olhou diretamente para mim. — A questão é, Saulo, o marinheiro, o quanto *você* a ama?

Capítulo 60

Zarita

Há luz de lampião do lado de fora de minha cela.

Vozes abafadas, o raspar de uma chave e Beatriz estava comigo. Nós nos abraçamos.

— Quero que você tome isto. — Inclinou-se adiante para falar baixinho em meu ouvido, olhando de relance enquanto fazia isso, em direção à porta. Havia ali um homem, parado nas sombras.

— O quê?

Ela pegou uma garrafinha debaixo do hábito e tirou a rolha. Um cheiro repugnante encheu minhas narinas.

— É um calmante. Uma mistura que eu mesma criei. Camomila e algumas outras... ervas. Vai acalmar seus nervos pela manhã. — Colocou-a nos meus lábios. — Vamos, Zarita. Beba isto. Mesmo que seja a última coisa que lhe peça para fazer. — Tentou me convencer. — Vai sossegar sua mente e ajudá-la em sua provação.

Engoli o grosso xarope. Ao terminar, tia Beatriz puxou-me para perto dela.

— Deixe-me olhar para você uma última vez. Seu rosto... — estendeu a mão para tocar em minha face — Tão bonito, você é tão bonita, e bondosa também! Nunca se esqueça que é amada e bondosa.

Estendi a mão para tocá-la.

— Ah, você está tremendo. Isso logo passará. — Tirou a capa com o capuz. — Ponha isto. Vai mantê-la aquecida.

Tremi e então dei uma risadinha. Coloquei a mão sobre a boca, quase sem acreditar que tivesse feito aquilo.

— Parece divertido — tentei explicar — que a gente se preocupe que eu possa pegar um resfriado a poucas horas de minha morte na fogueira.

— Shh — silenciou-me Beatriz. — Não fale alto. Prefiro que você fique em silêncio. Pode me prometer isso, Zarita?

— O quê? — Minhas palavras estavam desarticuladas. Os pensamentos em minha cabeça estavam desconjuntados.

— Que você ficará em silêncio. Por favor.

O juramento das freiras em manter períodos regulares de silêncio sempre fora um problema para mim. Novamente achei engraçado o que ela dizia. Lá veio novamente. Uma risada indolente ebulindo dentro de mim enquanto meus sentidos rodopiavam. Senti-me muito abatida. Murmurei alguma coisa, mas não fazia ideia se tinha ou não pronunciado as palavras em voz alta.

Beatriz pelejava comigo, tentando enfiar meu braço debaixo do abrigo de sua capa.

— Ajude-me aqui — cochichou roucamente para o homem junto à porta. — Temos muito pouco tempo.

Capítulo 61

Saulo

Fui em frente, cumprindo sua ordem, e tomei nos braços a mulher que eu havia jurado matar.

— Que Deus vá com vocês — disse a freira em voz baixa.

Demorei-me.

— Não espere — apressou-me. — Toda a sua força é necessária agora. Reúna toda a sua capacidade e que o bom Senhor o ajude.

— Não acredito na bondade de seu Senhor.

— Então eu rezarei, Saulo. E a luta ficará por sua conta. — A irmã Beatriz sorriu e me abençoou. — Vá — mandou — e não olhe para trás.

Mas olhei em volta, apenas uma vez, ao deixarmos a cela.

Ela já estava de joelhos, onde o brilho da luz do lampião banhava suas feições com uma estranha luminescência etérea.

Levantei Zarita até meu braço para apoiá-la.

— Saulo? — Sua voz foi sufocada pela descrença. — Meu amado. Você está realmente aqui?

— Estou aqui — respondi baixinho.

— Eu te amo.

— Eu também. — Levei-a para perto da porta.

— Espere — pediu Zarita, percebendo aos poucos nosso plano por além da névoa da droga que a irmã Beatriz tinha lhe dado.

PRISIONEIRA DA INQUISIÇÃO

— Fique calada — sussurrei em seu ouvido. O carcereiro, embora tonto de sono e de bebida, não era completamente surdo.

Zarita puxou-me.

— Não podemos permitir que ela faça isso. Eu já causei mortes demais.

— E causará ainda mais — disse-lhe brutalmente — se não ficar calada. Pois, se esta fraude for descoberta, certamente todos nós seremos executados, assim como o homem que nos espera lá fora com os cavalos que podem nos levar daqui para a segurança.

Nisso ela desabou sobre mim e começou a soluçar.

— Ela não pode morrer... não pode... por favor, não a deixe morrer.

Esse foi o comportamento mais apropriado para o carcereiro presenciar ao nos acompanhar na saída. Imagino que ele devia ter visto muitas cenas semelhantes e esperava que a última visita de um parente terminasse com um homem amparando uma mulher em prantos.

Ele nos conduziu através da câmara principal, e subimos a escada para o nível superior. Mas, na entrada da prisão, a coisa seria diferente. Houvera uma mudança de guardas, e o novo oficial nos examinou atentamente.

— Seus olhos são bem característicos — comentou ele. — Creio que conheço seu rosto.

— É bem provável. — Bocejei, esperando contaminá-lo com minha exaustão fingida, pois um bocejo pode pegar e já estava tarde. — Mas não temos tempo para isso.

Olhou novamente os papéis que eu lhe tinha entregue.

Zarita soltou um gemido e se apoiou em mim.

O guarda olhou para ela e consultou novamente os papéis em sua mão.

Um soldado que sabia ler! Isso nós não queríamos. Precisávamos de um guarda que olhasse apenas o selo oficial da rainha, o reconhecesse e, como duas pessoas entraram antes, permitisse que duas pessoas saíssem.

— Tenho toda a certeza de que já vi você. — Ele não tinha pressa. Alguns minutos de conversa quebrariam a monotonia de um longo período de serviço maçante.

PARTE TRÊS: PRISIONEIRA DA INQUISIÇÃO

— Creio que não — garanti-lhe.

Ele não se convenceu. A meu lado, Zarita se agitou novamente. Se demorássemos mais tempo, ele veria que a garota que eu apoiava com um dos braços estava drogada e não tendo um desfalecimento causado pelo sofrimento.

— Estou com o explorador Cristóvão Colombo — informei, tentando desesperadamente despistá-lo. — Você deve ter me visto na corte, onde entregamos petições para a rainha e para o rei.

— Eu nunca estive tão perto assim de assuntos da corte.

— Mas deve saber que o *Señor* Colombo tem a proteção da rainha, portanto seria melhor nos deixar passar sem demora. — Falei isso de um modo não muito arrogante para não ferir seu orgulho. — É o selo da rainha nesse documento.

— Sim, é. — O guarda me devolveu o papel, e eu o enfiei no gibão.

— Contudo — prosseguiu ele, movendo-se com irritante lentidão para fora de nosso caminho —, não foi aqui que eu vi você antes. Disse que é marinheiro, não? Passei algum tempo viajando em navios enquanto nosso tenente procurava o melhor lugar para nos aquartelarmos enquanto a guerra se desenrolava. Talvez tenha sido onde eu... — Ele se interrompeu e aproximou mais o lampião para examinar meu rosto. Olhou bem em meus olhos. — *Cristo!* — arfou. — Já sei!

E, no instante em que ele me reconheceu, eu *o* reconheci.

Era o soldado ruivo. Aquele que vi primeiro na propriedade do magistrado, Dom Vicente Alonso, e ajudou a enforcar meu pai na árvore.

Capítulo 62

Saulo

O soldado abriu a boca.

Minha faca estava na mão e subiu para sua garganta antes que ele conseguisse emitir uma palavra.

— Não grite — alertei-o.

O lampião oscilou, mas ele não perdeu a calma.

— E o que acontecerá quando me matar, rapaz? — perguntou.

— Não sei — rebati —, mas não morrerei sozinho.

— E o que será dela? — Seus olhos se estreitaram e, abruptamente, arrancou o véu do rosto de Zarita. Suas pálpebras estavam fechadas, mas ela obviamente não tinha a idade da freira nomeada na licença diante dele. Olhou-me intrigado. — Está arriscando a vida para resgatar um dos prisioneiros? Por quê?

— Amor. — Respondi a pergunta quase ao mesmo tempo em que foi feita.

— Como conseguiu tirá-la da cela da prisão?

— Uma freira mais velha, a tia dela, tomou seu lugar.

— E se o carcereiro notar a troca?

— Não é do interesse dele que saibam que permitiu que uma herege escapasse.

— É verdade — concordou o soldado ruivo. — Mesmo que ele perceba o que aconteceu, não dirá nada na esperança de que, durante o caos das execuções de amanhã, ninguém perceba.

PARTE TRÊS: PRISIONEIRA DA INQUISIÇÃO

— A tia dela pretende ir para a estaca totalmente coberta pelo véu e me disse que não fará a abjuração, pois, se o carrasco for terminar sua vida mais rapidamente, o véu terá de ser afastado.

— É realmente muita coragem — admirou-se o soldado ruivo.

Não acrescentei que a irmã Beatriz dissera que a única pessoa que talvez olhasse mais atentamente seria o padre Besian, e era ela quem ele odiava de verdade, de forma que ficaria mais do que contente em vê-la sofrer.

— Eles têm uma freira para queimar amanhã — acrescentei. — Não os privei de seu esporte.

O soldado continuou olhando-me espantado enquanto eu falava, e me lembrei que aquele guarda fora quem terminara com a agonia do meu pai puxando firmemente as pernas dele, quem me dera água quando eu estava quase morrendo de sede no porão do navio.

— Duas vezes antes eu presenciei você enganar a morte, rapaz. — Sua voz possuía um tom maravilhado. — Eu disse que você nasceu voltado para uma estrela especial. — Benzeu-se.

— Tenha piedade — apressei-o — e pedirei às irmãs dessa ordem que façam uma prece por sua alma imortal.

— Peça que façam mais de uma. — Sorriu. — Você tem a vida encantada, rapaz, e não irei contra, seja qual for o deus que o protege. Farei parte, pela manhã, do pelotão de escolta das execuções. Cuidarei para que a cabeça e o rosto da freira fiquem devidamente cobertos.

Rafael estava à espera onde disse que estaria.

Ele foi de uma grande ajuda para mim, mas retive a maioria dos enormes pagamentos que lhe prometi para me assegurar de que ele estaria no local. Disse-lhe que precisaria de dois cavalos, pois escoltaria a tia de Zarita para fora da cidade. Deixei que soubesse que ela possuía permissão para ir embora, mas que seria melhor que isso acontecesse durante as horas de escuridão e o mais discretamente possível. Se descobrisse a verdade da situação, Rafael não apareceria. De qualquer modo, tive de deixar um cavalo para trás, pois Zarita não conseguiria ficar aprumada em cima do dela.

Sentei-a na sela diante de mim, e Rafael conduziu o cavalo, com os cascos amortecidos, através das vielas e becos até chegarmos a uma remota porta de saída da cidade. Ele foi adiante, para falar com o soldado de guarda e mostrar os salvo-condutos. Abri minha bolsa de viagem e saquei dela um pesado saco de moedas que havia retirado anteriormente da jaqueta de pavão.

— Isto é seu — disse, jogando-o para ele. — Dentro, encontrará prata e ouro. Aí há o suficiente para você comprar uma mansão, enchê-la com criados para lhe servirem e viver como um nobre pelo resto de sua vida.

Capítulo 63

Saulo

O sol começava a subir no horizonte oriental enquanto eu cavalgava pelo vale.

Zarita dormia — provavelmente por causa de uma combinação de exaustão e os efeitos prolongados da poção que sua tia lhe dera. Eu era forçado a seguir mais lenta e cautelosamente do que desejava.

Evitei os acampamentos do exército. A estrada estava vazia, a região rural ainda silenciosa. Foi um choque quando ouvi um tropel atrás de mim.

Não havia onde se esconder. Quantos cavaleiros? Olhei de soslaio, para trás, ao longo da estrada. Apenas um. Aumentei o passo, mas sabia que não conseguiria superá-lo num cavalo carregando duas pessoas. Então avistei um pequeno lago adiante; poucas árvores — pouco mais do que o suficiente para nos ocultar da estrada. Mas teria de servir. Acelerei meu cavalo, mas, ao me aproximar, vi outro viajante adiante de mim na estrada. Estava preso entre os dois.

Refreei. O que fazer? Não conseguiria lutar contra os dois e minha imaginação já tinha sido esticada mais além do que conseguiria pensar claramente.

— Olá, Saulo!

Minha cabeça balançou de surpresa. Estava sendo cumprimentado pelo homem à minha frente. Avancei um pouco e vi que era Cristóvão Colombo.

PRISIONEIRA DA INQUISIÇÃO

Trotei em sua direção e ele veio a meu encontro. Nem o véu nem o capuz de Zarita estavam no lugar. Colombo assustou-se ao olhar para ela. Avistou o cavaleiro que vinha em perseguição e entendeu imediatamente a situação.

— Depressa — disse ele. — Leve a moça para ali. — Apontou para as árvores. — Cubra-a com sua capa. A distância, ele não deve ter percebido que seu cavalo carregava duas pessoas.

Desci do cavalo, levando Zarita nos braços ao fazer isso. Curvando-me à frente, corri para o grupo de árvores na beira da água e pousei-a delicadamente sobre a praia de seixos. Joguei minha capa sobre seu corpo. Colombo também desmontou e arrancou galhos de arbustos perenes para cobri-la. Empilhei algumas pedras na frente.

— Vamos torcer para que ela não acorde ou grite — murmurou Colombo. Ele piscou e sorriu para mim, enquanto se endireitava, e entendi alguns dos motivos por que ele havia atraído um grupo tão significativo de patrocinadores através dos anos. Era leal com seus amigos, desembaraçado e perspicaz, e apreciava o desafio do inesperado. Colocou a mão sobre meu ombro para acalmar a agitação em que eu me encontrava e caminhamos normalmente de volta para nossos cavalos.

Um minuto depois o cavaleiro surgiu galopando.

Colombo foi na direção dele, ocultando a visão da parte do lago onde Zarita estava escondida. Minha mão segurou a adaga.

— Cristóvão Colombo — falou o homem, ao mesmo tempo que desmontava —, trago uma missiva de suas majestades. — Do interior do gibão, tirou um carta ostentando o selo da rainha Isabel.

Colombo dispensou-o com um gesto.

— Estou disposto a desistir do rei e da rainha de Espanha — afirmou. — Pretendo ir à França ou à Inglaterra, onde meu irmão procura patrocínio. Com nós dois para pleitear nosso caso, talvez consigamos um monarca com visão para enxergar o verdadeiro potencial de minha planejada expedição.

— Senhor — o mensageiro apoiou-se sobre um joelho e ofereceu a carta a Colombo —, isto contém uma convocação para retornar à corte.

300

PARTE TRÊS: PRISIONEIRA DA INQUISIÇÃO

Suas majestades, a rainha Isabel e o rei Fernando, decidiram concordar com seus termos, aceitar suas exigências e financiar sua expedição.

Em vez do grito de alegria que esperava de Colombo, vi sua face empalidecer. Colocou a mão sobre o coração.

— Será que é verdade? — Suas palavras foram quase inaudíveis. — Após todos esses anos, será realmente verdade?

Peguei a carta com o mensageiro e entreguei-a a Colombo. Com dedos trêmulos ele rompeu o selo e esquadrinhou o conteúdo.

— Está escrito! — Sua voz tremeu de emoção. — Com a letra da própria rainha Isabel! Tenho sua palavra de que financiará meu empreendimento!

Assim que o mensageiro partiu para levar sua resposta para a rainha e o rei, Colombo começou a listar as coisas que devia fazer para se preparar.

— Vou equipar três caravelas, comprar suprimentos e recrutar imediatamente uma tripulação, pois pretendo partir ainda este ano, quando os ventos e o tempo forem favoráveis. Será a aventura mais emocionante já conhecida pelo mundo! Diga que irá comigo, Saulo!

— Tem uma coisa... alguém... de quem devo cuidar — justifiquei-me. — Não posso ir com você.

— Mas precisa — disse uma voz atrás de nós. — Eu insisto.

Virei-me. Zarita tinha acordado e estava apoiada numa árvore.

— *Señor* Colombo — falou lenta, mas claramente —, se a rainha e o rei vão financiar sua expedição, por favor, fique sabendo que Saulo, o marinheiro, velejará com você.

Fui até ela e disse-lhe que não iria, pois acreditava que, nos próximos meses, ela precisaria de minha ajuda.

Zarita sacudiu a cabeça. Seu rosto estava cinzento de dor e choque.

— Preciso ir ao convento de Las Conchas e falar com a amiga de minha tia, irmã Maddalena — disse-me. — Tentaremos consolar uma à outra enquanto lamentamos a perda de alguém que ambas admirávamos e adorávamos.

Segurei suas mãos e busquei seus olhos com os meus.

PRISIONEIRA DA INQUISIÇÃO

— Será que nosso amor é forte o bastante para sobreviver a tudo isso que nos aconteceu? — perguntei.

— Sim — respondeu Zarita. — Acredito que é.

E, a partir desse momento, eu também acreditei.

Observamos Cristóvão Colombo montar em seu cavalo e cavalgar de volta à cidade.

No topo da colina, a magnificência do palácio de Alhambra dominava a paisagem. As torrinhas, cúpulas e torres reluziam, matizadas com rios de ouro criados pelos raios do sol nascente.

A freira era suficientemente parecida com Zarita para enganar até mesmo os olhos dos guardas próximos se usasse um véu, pensei. Um pouco mais alta, mas ela curvou-se propositadamente ao ser levada por eles. Isso não pareceria incomum aos observadores, que suporiam que a vítima estava arrasada de corpo e alma. Como se tratava de uma freira, não a despiriam, e o véu e o capuz permaneceriam no lugar.

Imaginei o cheiro de pão fresco vindo dos fornos dos padeiros que acordaram antes do amanhecer para acender seus fogos da cozinha. Então... o canto de um galo, e os habitantes agitam-se e despertam. Penso em uma pessoa que certamente não dormiu durante toda a noite. Fechei os olhos bem apertados, como se, de algum modo, borrasse a cena de minha imaginação.

Zarita veio para mim, e nos abraçamos.

O desfile está se formando.

Uma escolta de guardas, entre eles o soldado ruivo. Agora a constante batida de um tambor ao seguirem para o local da execução. O populacho, obrigado a comparecer para não atrair suspeitas para si mesmo, abre caminho para deixá-los passar.

Chegam à praça. A estaca está pronta. Madeira empilhada em volta da base.

Ela é conduzida adiante.

Capítulo 64

Ela implorou por uma cruz para segurar.

Não lhe deram uma.

Seu corpo estava amarrado firmemente com cordas à parte central da estaca. Seus braços e mãos estavam livres. Ela os juntou. Atravessou com o polegar da mão direita o dedo indicador da esquerda. Pressionou os lábios na interseção dessa cruz e gritou em voz alta:

— Em nome do Abençoado Senhor Jesus que morreu por nossos pecados!

As chamas começaram a se erguer à sua volta.

Seria verdade que, em alguns casos, eles umedeciam a madeira da fogueira para que o condenado assasse mais lentamente? Seu corpo foi obscurecido pela fumaça, sua forma era uma sombra se contorcendo dentro do fogo.

Ela não podia ser vista, mas podia ser ouvida, gritando agora, e a multidão entoava para ela: "Abjure! Abjure!"

Um jovem bradou:

— Pelo amor de Deus, deixem que ela morra! Deixem que ela morra!

Dizem que esse homem era Ramón Salazar, um amigo de infância, um nobre, que tinha grande consideração por essa mulher.

Às vezes o carrasco se adiantava e rapidamente garroteava os hereges antes que as chamas os atingissem. Ela, porém, não abjurara, portanto não foi demonstrada qualquer piedade.

Seus gritos diminuíram, para serem substituídos por algo pior — um balbuciante grasnido agonizante.

O homem baixou a cabeça, soluçando, as mãos cobrindo os ouvidos.

O fedor de carne queimada pairou sobre a praça por muitas horas depois.

Epílogo

Pouco antes do nascer do sol da sexta-feira, 3 de agosto de 1492, na cidade de Palos, norte de Cádiz, dois homens saíam da capela de São Jorge próxima ao rio.

Da alta ribanceira de um dos lados do estuário, uma jovem mulher observava enquanto eles seguiam para onde três navios, o *Niña*, o *Pinta* e o *Santa Maria*, estavam ancorados na baía abaixo. Os marinheiros em suas túnicas de tecido caseiro e reluzentes gorros vermelhos levantaram as âncoras, e os navios começaram a se movimentar enquanto o fluxo da maré vazante os conduzia lentamente na direção da foz do rio. No convés do maior deles, o *Santa Maria*, Zarita avistou Saulo erguer a mão para lhe dar adeus.

O sino da capela parou seu repique, e os navios começaram a se movimentar mais velozmente em direção ao Mar Oceano. Ao atravessarem o banco de areia do Saltes, a larga vela redonda do *Santa Maria*, branca com uma cruz vermelha decorando-a, ergueu-se a favor do vento.

Cristóvão Colombo havia calculado que poderiam se passar seis meses ou mais até seu retorno. Isso daria tempo a ela e Saulo, Zarita pensou; tempo e espaço para se recuperarem do trauma de suas vidas anteriores. Quando Saulo voltasse, eles conversariam e planejariam

PRISIONEIRA DA INQUISIÇÃO

o futuro. Talvez houvesse terras desconhecidas lá longe à espera de serem descobertas — um novo lugar — onde as pessoas fossem livres para cultuar quem quisessem e pudessem viver umas com as outras em harmonia e paz.

Agradecimentos são devidos a...

Margot Aked
Lauren Buckland
Laura Cecil
Sue Cook
Marzena Currie
Annie Eaton
Georgia Lawe
Hanne, guia turística do "Classic Spain"
Lily Lawes
Museo Naval de Madrid
Sophie Nelson
Hugh Rae
Equipe da Random House
Família e etc.

Este livro foi composto na tipologia Sabon
LT Std, em corpo 11/15,5, e impresso em
papel off-white no Sistema Cameron da
Divisão Gráfica da Distribuidora Record.